Les cadavres n'ont pas froid aux yeux

Andrea H. Japp

Les cadavres n'ont pas froid aux yeux

MARABOUT

Ce livre est une œuvre de fiction. Les noms, les personnages, les lieux et les événements sont le pur produit de l'imagination de l'auteur. Toute ressemblance avec un événement, un lieu, une personne, vivante ou morte, serait pure coïncidence.

« La pratique de la science permet d'atteindre un niveau de jugement et de sérénité avec lequel seule la méditation rivalise. »

Un monsieur qui aurait mieux fait de se taire.

JOUR 1.

Quand ça commence mal…

Un chapeau de feutre à larges bords, orné d'une bande faux zèbre, planté sur la tête, vêtue d'une saharienne très smart, la crosse de sa carabine calibre .44 magnum, neuf coups, fermement coincée contre son épaule, le docteur Hélène Audibert, trente-neuf ans, chassait le Lambin dans les couloirs de son labo parisien. Le Lambin, de son prénom Stéphane, une race de chercheurs en voie d'extinction, puisqu'elle allait pulvériser son unique représentant. Aux aguets, la mine farouche, ses talons de santiags claquant sur le carrelage, elle tendait l'oreille pour repérer sa proie dissimulée dans un recoin. Le Lambin venait de commettre sa dernière saloperie à l'égard d'Hélène. La dernière d'une longue, longue liste, puisque le chercheur de quarante ans s'ingéniait depuis des années à lui savonner la planche avec une obstination et une ingéniosité dignes d'éloge.

Une semaine plus tôt, ce chancre mou lui avait annoncé d'un ton angélique qu'elle ne serait pas la *chairwoman* du prochain congrès scientifique de Boston. Il avait réussi à se faire nommer à sa place. Sans doute en cirant les pompes des membres du comité et en déblatérant sur le compte de la chercheuse, une des ignobles stratégies très au point de Stéphane. Sur le fond, ne pas avoir été désignée comme *chairwoman* importait peu à Hélène. On s'ennuie installé à son petit bureau qui fait face à l'amphithéâtre. Impossible de mâcher un chewing-gum à grands coups de mandibules, de bâiller ou de se laisser aller à des manifestations de muette protestation lors d'une conférence ennuyeuse ou médiocre puisque tout le monde vous regarde. Sur la forme, donner l'impression à Lambin qu'il venait de marquer un gros point contre elle lui filait un urticaire géant. Elle avait eu envie d'attraper à pleines mains ses beaux cheveux raides et très bruns, qu'il portait un peu longs, et de tirer de toutes ses forces. Ou bien de lui coller brutalement ses index dans les yeux. Ou encore de lui mordre le pif avec sauvagerie. Cependant, un calibre .44 avait un petit côté *African Queen* qui n'était pas pour déplaire à Hélène.

Un gémissement bas derrière la porte d'un labo. Elle approcha ses cils de la visée, son index frôla la détente. Cuit, le Lambin Stéphane.

Une musiquette insupportablement guillerette la tira de son rêve, juste avant qu'il plonge dans l'hémoglobine. Celle de son réveil. Elle songea avec aigreur, comme chaque matin à 6 h 15, qu'elle haïssait ces petites notes primesautières et devrait changer de sonnerie, d'autant que tirer sur Stéphane « pour de faux » lui aurait sans doute mis du baume au cœur. Peut-être l'appareil avait-il en mémoire un requiem, un morceau bien lugubre, adapté à son humeur des matins ? Problème : elle ne parvenait plus à retrouver le mode d'emploi afin de le reprogrammer. Autre menu inconvénient domestique : le week-end venu, elle devait cacher le réveil au fond d'un placard, emmailloté dans un gros pull, ne se souvenant pas comment désactiver la sonnerie. Au demeurant, c'était la raison pour laquelle elle était condamnée à se lever à 6 h 15 chaque matin, même lorsqu'elle aurait pu dormir une demi-heure de plus. Certes, une femme dotée d'un autre schéma mental qu'Hélène aurait trouvé une parade simple : changer de réveil. Que nenni ! Hélène, elle, n'allait pas céder devant un assemblage de rouages et de micro-boulons, quitte à se pourrir chaque matin. Non mais des fois !

Au prix d'un gros effort, elle se leva. Branchée sur pilotage automatique, elle passa dans la cuisine. Elle alluma la cafetière, toujours prête de la veille au soir, tout comme son bol, ses couverts, sa serviette soigneusement disposés sur la table. Elle fourragea dans le congélateur pour en tirer deux tartines qu'elle glissa dans le grille-pain. L'ordre, l'organisation étaient choses vitales aux yeux d'Hélène. D'ailleurs, il s'agissait là du seul motif à son divorce, onze ans plus tôt. Un type génial, Frédéric, son ex, un dessinateur de BD. Elle aurait donc dû se méfier. D'autant que les signes avant-coureurs de désastre n'avaient pas manqué. Mais, aveuglée par l'amour, elle les avait négligés. Plus bête encore, elle s'était convaincue qu'elle parviendrait à faire changer son mari. Grave erreur. Frédéric était un bordélique génétique. À moins de lui appliquer une thérapie génique, il était incapable de lutter contre son énorme propension au désordre. Elle retrouvait une paire de chaussettes sales sur la table de la cuisine, parce que, en chemin pour le panier à linge de la salle de bains, une idée de bulle lui était venue. Il avait fait marche arrière, abandonnant sur la table les chaussettes dont il avait complètement oublié qu'il les tenait à la main. Il rentrait en lui annonçant qu'il allait devoir faire changer ses lunettes, qu'il n'y voyait plus aussi bien. Elle se rendait alors compte qu'il avait embarqué celles d'un voisin de table au restaurant. Penaud, il était incapable de se souvenir où ni comment. Ayant oublié dans quel restaurant il avait déjeuné, il devenait impossible de récupérer ses lunettes. Elle ne comptait plus les fois où il s'était trompé d'heure ou de lieu de rendez-vous avec elle, où il avait perdu ses clés, ses cartes bancaires, son chéquier, voire les trois à la fois, etc. Frédéric était un habitué des terminus de lignes d'autobus et de métro : perdu dans ses rêveries, il oubliait systématiquement de descendre à sa station. Ahurie, Hélène avait enfin compris que le désordre galopant et l'étourderie triomphante ne le gênaient en rien. Au contraire, il y puisait une sorte de bienveillante sérénité, une fabuleuse inventivité, un parfait équilibre, une joie de vivre permanente. On aurait annoncé à la chercheuse qu'en réalité la Terre était cubique qu'elle n'en aurait pas été plus sidérée. Chacune de ses fibres se révoltait contre ce constat : certains êtres, dont Frédéric, fonctionnaient à merveille au milieu de la désorganisation « totale attitude ». Encore plus invraisemblable : ils semblaient s'y retrouver. Les prises de bec avaient commencé pour devenir quotidiennes. Étrangement, son mari n'avait pas senti l'importance cruciale aux yeux d'Hélène de ce qui n'était qu'un détail presque incongru pour lui : l'ordre. Le coup de grâce avait été porté un 24 décembre au soir, alors qu'ils réveillonnaient en amoureux et qu'Hélène avait décidé de faire momentanément taire sa maniaquerie bien que refusant de la nommer ainsi. Elle piaffait, attendant son cadeau. Ceux qu'elles destinaient à son mari étaient déjà alignés avec soin sous le sapin. Cela faisait un quart d'heure que Frédéric la faisait bicher avec des devinettes crétines du genre : « Ça commence par un R mais tu ne trouveras pas, na-na-nèreuh ! » Enfin, il s'était décidé. Elle frétillait d'impatience. Frédéric était passé dans leur chambre et il avait semblé à Hélène qu'un très long moment s'écoulait avant qu'il reparaisse, la bouche en cul de poule, la mine contrite.

— Euh… je retrouve pas le paquet… faut dire qu'il est petit… Je l'avais bien caché… mais…

Elle avait dégluti avec peine, retenant la bordée d'injures qui lui montait aux lèvres.

— Euh… c'est un ras du cou en or, avec des petits saphirs… C'est joli… enfin je trouve.

— Était, avait-elle rectifié, d'un ton assassin.

— Non ! Non, non… Euh, je vais bien finir par mettre la main dessus… Parce que je suis sûr que je l'ai caché, donc il est ici.

Il avait retourné la chambre toute la journée de Noël, en vain, pendant qu'elle songeait qu'elle devrait prendre une pleine poignée de calmants pour éviter de l'étrangler.

Deux jours plus tard, elle lui annonçait qu'elle voulait divorcer. Frédéric avait ensuite mis des années à admettre que, non, elle n'avait personne d'autre en vue, mais qu'elle ne tolèrerait plus son désordre ni sa distraction. Peu de temps après qu'il eut quitté les lieux en emportant ses affaires, elle avait retrouvé le paquet, en versant la fin d'une boîte de céréales dans un bol de lait. Le cube enrubanné était tombé avec un plouf. Elle avait fondu en larmes.

Se brossant les dents méthodiquement, de haut en bas, en comptant jusqu'à 120, elle décida de laisser de côté l'inépuisable « sujet Frédéric » afin d'éviter les aigreurs d'estomac dès le matin. Elle se considéra dans la glace scellée au-dessus du lavabo. Mince, mince, encore de fines rides sous les yeux ! La grande rousse tirant sur l'auburn, au regard gris, n'allait pas en rajeunissant !

JOUR 1.

... En général, ça continue mal...

Et, en plus, il flottait. Une de ces petites pluies fines, obstinées, dont on sait qu'elles vont persister jusqu'au soir. Une foule pressée, un peu hargneuse, un peu désolée de se trouver là plutôt que sous la couette ou dans un beau jardin, s'écoulait sur les trottoirs.

Hélène, comme la plupart de ses congénères présents ce matin-là, était aussitôt passée en mode : le premier qui me casse les pieds se mange une bordée d'injures. Étonnant ce que peuvent induire les mégalopoles archisophistiquées : on redevient un animal prêt à relever les babines à la première provocation. Ou alors, on se crée une bulle de protection : « Je ne vois rien, je n'entends rien, je me rends juste à mon boulot et, ce soir, je rentrerai dans le même état de cécité volontaire. » Un autre mécanisme de survie. Et pourtant, indécrottable Parisienne, l'idée de vivre ailleurs lui était aussi étrangère que celle d'élever des vers à soie. Elle parvint en bord de trottoir et attendit, perdue dans ses pensées, que le feu passe au rouge. Un automobiliste énervé passa à vive allure, soulevant une gerbe d'eau qui atterrit, précisément, sur le docteur Hélène Audibert.

Elle inspira avec lenteur, invitant son cœur à lui épargner l'infarctus de rage.

Il y a deux attitudes possibles dans ces cas-là. La première, suave : « Non, je ne viens pas de me faire tremper. Je n'ai pas l'air ridicule avec mon jean qui me colle aux cuisses comme si j'avais fait pipi sur moi. En y réfléchissant bien, tout va pour le mieux. » Deuxième option – celle que choisit Hélène – la fureur, un hurlement : « Enfoiré de tocard ! Et il va même pas s'arrêter… » Puis, parce qu'il fallait bien une cible vivante à sa colère, au gars qui pouffait à sa droite : « Ça vous fait rigoler, pauvre débile ? Vous avez trois ans d'âge mental ? »

Disons-le tout net : Hélène Audibert était affligée de ce qu'il est convenu d'appeler charitablement « un caractère de cochon ». À sa décharge, force était d'admettre qu'il n'en avait pas toujours été ainsi. Bien au contraire. La jeune fille bien élevée du passé, si timide qu'elle osait à peine pénétrer dans une boutique, mettait un point d'honneur à ne pas ulcérer autrui. Le genre à toujours s'écarter, à descendre d'un trottoir afin de laisser passer des malotrus qui n'auraient jamais songé à lui rendre la politesse, à s'écraser lorsqu'une grande gueule dépassait tout le monde dans une queue. Elle en était toujours là lorsqu'elle avait obtenu son poste de chercheur. Tous ceux qui lui passaient devant pour un contrat, une bourse, un matériel, alors qu'ils ne pouvaient pas se prévaloir d'aucune supériorité scientifique sur elle, l'avaient fait réfléchir.

Sa première rébellion avait eu lieu dans un café. Elle en sortait alors qu'un type y entrait. Il l'avait littéralement repoussée d'un coup d'épaule vers l'intérieur pour passer le premier, sans même la regarder. Une rage folle avait secoué Hélène. Avantage de la taille aidant, elle avait attrapé le type par le revers de son veston et l'avait sorti du café en l'injuriant. À son air paniqué, à ses excuses bafouillées, elle avait compris qu'elle venait de gagner la partie. Deuxième guerre majeure : le chauffeur de taxi. Enfin, elle venait de trouver une place. Magnifique la place, juste en bas de chez elle. En femme respectueuse du code de la route, elle avait mis son clignotant, avait avancé de quelques mètres pour se garer par l'arrière. Le chauffeur du taxi qui la suivait n'était pas du même avis. La collant à vingt centimètres, il avait commencé à klaxonner pour qu'elle dégage. L'ancienne Hélène Audibert se serait laissé faire, aurait filé, perdant la sublime place. Pas la nouvelle. Au beau milieu de la rue, elle avait coupé le contact et était descendue de voiture. Elle s'était penchée à la vitre du taxi et avait déclaré, prête à en découdre :

— Vous êtes pressé ? Moi, j'ai terminé ma journée. Alors soit on y passe la nuit, soit vous reculez.

Bafouillant de colère, le type avait cédé. Hélène s'était ensuite entraînée avec énergie, chaque jour, dans le but d'acquérir un mauvais caractère. Une bonne idée, dont elle se félicitait. Ne nous leurrons pas, l'homme ferme a *du caractère*. La femme dans la même situation a nécessairement un *mauvais* caractère lorsqu'elle en vient à décider qu'on ne lui mangerait plus la soupe sur la tête. Ainsi va le monde !

JOUR 1.

Chaque femme a ses petits secrets et ses gros trous de mémoire.

Le docteur Charlotte Claudanel, psychiatre et psychanalyste, trente-sept ans, se réveilla un peu interloquée. Mince… comment s'appelait cette masse de muscles couchée à ses côtés, déjà ? Pas Stéphane, pas Aymeric, pas Jérôme… Euh… Sylvain ! Oui… Euh non, ça c'était le nouveau livreur du supermarché, un jeune gars hyper-sympa qui lui proposait toujours de ranger les courses dans ses placards et son réfrigérateur. Pas question ! Le réfrigérateur d'une femme célibataire est un lieu très privé. Pas la peine que le Sylvain en question se dise qu'elle devrait balancer les trois morceaux de fromage racornis, la plaquette de jambon sous Cellophane, pâle de sa longue incarcération au froid, qu'à part cela les rayonnages étaient un désert vertigineux de trucs light, pour la plupart totalement insipides. Certes, il était sympa, le Sylvain, mais, d'un autre côté, ils n'allaient pas taper une partie de belote ensemble. Mince, comment il s'appelait ? L'autre, celui qui était couché à côté d'elle. Euh… Ludovic ! Quel soulagement ! Il est très difficile de prendre le petit-déjeuner avec un monsieur qui a partagé votre couche, en commençant par : « C'est quoi votre prénom, déjà ? » Forcément, ça vexe. Pas mal, Ludovic, pas mal… enfin, du moins pour ce qu'elle s'en souvenait : elle était pas mal imbibée de whisky lorsqu'elle l'avait ramené chez elle, après deux mois de carême en l'honneur de Charles.

En effet, sa liaison avec Charles faux Dupin, vrai Druguières, du signe du Bélier, n'avait duré que deux mois. Un petit record dans la vie sentimentale tumultueuse de Charlotte. Très difficile de vivre avec un espion de la DST, même un commandant. Oh, il était génial Charles, mais… très, très sérieux. Des gens qui fouinent pour la gloire de l'État, qui fliquent tout le monde, même leur grand-mère, qui se méfient de leur ombre et qui, le cas échéant, font un carton sur les « méchants » – c'est comme ça qu'on appelle ceux qui sont de l'autre côté et qui ne partagent pas votre avis – ne peuvent pas être légers. Charles était lourd, mon Dieu qu'il était lourd ! En plus, il était véritablement passionné par la randonnée. Pourtant, Charlotte avait fait des efforts. Elle s'était même acheté une paire de chaussures de marche, mignonnes comme tout, avec des éclairs rouges sur les côtés. Cependant, « un kilomètre à pied, ça use, ça useuh… vingt kilomètres à pied ça gave, ça gaveuh » ! Elle avait donc mis un terme à leur relation, très soft, enrubanné de guimauve, sur le mode : « Je crois que je ne suis pas la femme idéale pour toi. Je te retiens, tu ne peux pas déployer tes ailes à cause de moi. » Bref, le genre de niaiseries qui marchent toujours et qui vous évitent une scène affreuse. Pourtant, elle s'en voulait beaucoup : à ce rythme-là, elle ne trouverait jamais une relation stable.

Bon, sérions les problèmes. Pour l'instant, elle allait se lever, préparer un petit déjeuner correct, écouter Ludovic, si toutefois il avait quelque chose à dire. Elle n'en aurait pas juré, ni du contraire d'ailleurs, ayant conservé un très vague souvenir de leur rencontre. Ensuite, après un laps de temps raisonnable et courtois, elle le pousserait sous la douche et il filerait. Une affaire rondement menée !

Puis, elle passerait à sa priorité. Le plan A. Destiné à sauver son amie.

JOURS 1 et 2.

L'enfer est pavé de bonnes intentions !

Charlotte, l'air dense et douloureux d'une missionnaire qui tente l'impossible pour sauver une âme en perdition, insista :

— Écoute, il paraît que ça donne des résultats géniaux. Tu peux au moins essayer !

Butée, le front bas, Hélène se contenta d'une réponse monosyllabique péremptoire qui eût découragé toute autre :

— Non !

— Mais pourquoi ?

— Parce que je ne crois pas à ce genre de trucs.

— Je l'ai vu, de mes yeux, ça marche.

— Pas avec moi.

— Et pourquoi ?

— Parce que je n'y crois pas, justement.

— Tu es une scientifique. Réagis comme telle. Il existe des preuves irréfutables.

Peste, Hélène rétorqua :

— Quel genre ? Des preuves de psy ?

— Ah, ça recommence, soupira Charlotte, navrée. Ta vieille animosité envers la psychanalyse.

— Pas du tout. D'abord, il ne s'agit pas d'animosité mais de méfiance à l'égard des choses qui ne sont pas démontrées de façon scientifique, donc irréfutable. De surcroît, je te rappelle qu'il y a dans vos rangs de plus en plus de scientifiques haut de gamme, spécialisés en neurobiologie, qui vont dépoussiérer votre discipline. Et c'est pas dommage ! ajouta-t-elle, vacharde.

Parce qu'elle était décidée à emporter le morceau, Charlotte temporisa :

— Eh ben, ça, c'est démontré. Tu n'as qu'à le Googliser, tu verras.

Elles étaient amies depuis des années. Aussi Charlotte changea-t-elle de tactique. Elle connaissait le point faible d'Hélène : sa sentimentalité, qu'elle gérait fort mal (sans doute pas assez scientifique à ses yeux). Elle biaisa :

— S'il te plaît, accepte pour me faire plaisir…

Hélène crispa les lèvres et plissa les paupières.

Adoptant l'air de la pauvre petite sœur qui quémande un bout de la barre au chocolat de son aînée, elle insista :

— Je t'en prie. Ça te prendra une heure. Si ça ne fonctionne pas, tu as le droit de m'insulter et je te rembourse. S'il te plaît… sois gentille. Pour me faire plaisir, allez ! Je t'accompagne. Je resterai avec toi tout le temps. C'est vrai que ça peut être un peu… perturbant quand on découvre. Je m'occupe de tout, du rendez-vous, tout.

Un gros soupir de l'obstinée renseigna Charlotte : elle avait gagné. Elle fut suffisamment futée pour garder une mine modeste et éviter le triomphalisme.

Il était 14 h 50 le lendemain lorsqu'elles enfoncèrent le bouton de sonnette d'une porte de chêne vernie, dans un magnifique immeuble du 16e arrondissement. Un déclic, un des panneaux s'entrouvrit. Elles pénétrèrent dans un vaste couloir recouvert de moquette grise. D'élégantes sanguines du XIXe siècle ponctuaient les murs, peints dans un gris plus soutenu. Une musique baroque assez joyeuse jouait en sourdine. Un parfum indéfinissable, subtil et agréable imprégnait l'atmosphère. Une dame entre deux âges, sanglée dans une blouse blanche, à l'allure avenante et rassurante de mamie-gâteau, se précipita à leur rencontre en tendant les mains, comme si elle les retrouvait après une longue absence :

— Ah... mesdames... l'une est l'amie, l'autre la patiente... Je crois.

Son regard détaillait les deux femmes avec tendresse et jovialité. Charlotte l'éclaira :

— Je suis l'amie... de mon amie... qui est la patiente.

— Ah, parfait, parfait..., répondit la petite femme comme s'il s'agissait de la meilleure nouvelle qu'elle ait entendue depuis des lustres. Eh bien, suivez-moi dans le bureau. Nous allons établir un dossier et, ensuite, vous patienterez juste quelques instants avant de rencontrer le docteur Pallard.

Le fameux dossier fut expédié en dix secondes : nom, prénom, adresse, numéro de téléphone.

— Parfait, parfait. Bien, passons au règlement, maintenant : 295 euros, je vous prie.

Hélène se fit la réflexion que c'était bien la première fois qu'un médecin lui faisait régler la consultation avant même de l'avoir reçue dans son cabinet. Deuxième réflexion qu'elle eut le tort de ne pas explorer davantage : en général, quand on vous fait payer avant, c'est qu'on craint que vous refusiez de donner vos sous après. Elle sentit que Charlotte, elle aussi, s'étonnait de ce procédé. Elles persistèrent toutefois.

L'attente dans une salle qui ressemblait à un confortable et luxueux boudoir avec canapés profonds recouverts de chintz, tapis persans d'admirable facture, ravissantes huiles suspendues au mur, somptueux bouquet de pivoines au centre d'un guéridon en bois de rose – à 295 euros la consultation, pourquoi se priver ? – fut de courte durée. Un grand homme très élégant, au beau regard tendre derrière ses lunettes, aux cheveux blond moyen et à la voix de baryton enveloppante, pénétra dans la pièce. Bassement matérialiste, Hélène remarqua son costume Armani et sa magnifique montre Patek-Philippe qui avait dû coûter à peu près un an de son salaire de chercheuse. Peut-être même davantage : elle ignorait le prix de ces pièces d'exception. Pourquoi se faire du mal en salivant sur des trucs qu'on n'aura jamais les moyens de s'offrir, hein ? Après tout, une Swatch, ça donne l'heure aussi et quand on la casse ou qu'on la perd, on n'en fait pas un drame.

— Bienvenues, mesdames, bienvenues, déclara-t-il en s'avançant, mains tendues lui aussi, vers Charlotte qui répondit par un sourire machinal en expliquant :

— Euh… C'est mon amie qui vient consulter.

— Oui, Laure, mon assistante, me l'a expliqué.

Il devint vite évident que le docteur Pallard aurait largement préféré que les poumons de Charlotte soient en danger. Preux chevalier, ne ménageant pas sa peine, il eût sans doute été prêt à un bouche à bouche. À la décharge du praticien, Charlotte était tout simplement renversante, longue silhouette fine et musclée, moulée ce qu'il fallait dans un ravissant tailleur en laine légère vert sombre qui mettait en valeur sa soyeuse chevelure brune et ses yeux émeraude étirés en amande. À côté, Hélène, avec sa mine revêche, son jean fatigué, ses Paraboot qui avaient connu des jours plus glorieux quinze ans auparavant (des chaussures peut-être pas parmi les plus fines mais très, très résistantes ainsi que le démontrait leur longue cohabitation avec Hélène !), sa chemise Oxford à laquelle manquait le bouton de col, sa surchemise en flanelle un peu râpée, faisait un peu rescapée des labos de recherche publics. À ceci près qu'elle n'était pas une rescapée puisqu'elle trempatouillait toujours dedans jusqu'au cou.

Le médecin les propulsa avec onctuosité dans un spacieux cabinet, escortant Charlotte en posant la main au milieu de son dos, des fois qu'elle risque de se perdre dans le couloir. Tout n'était que luxe et calme dans la pièce. Quant à la volupté, mieux valait ne pas rêver, étant entendu la raison de leur présence en ce lieu. Il les invita à s'asseoir dans de profonds fauteuils club. Futée, Charlotte se percha en bout de siège. Déjà agacée, Hélène se laissa choir sans aucune élégance, tout en songeant qu'elle aurait un mal de chien à se redresser. Un sourire extatique aux lèvres, le beau mec joignit les mains en prière sous son menton et déclara de son onctueux baryton qu'il devait entretenir à coups de gargarismes, toujours en détaillant Charlotte :

— Je suis si heureux de votre démarche. Elle est courageuse et surtout nécessaire. Vous voyez ceci, juste derrière mon fauteuil ? C'est votre délivrance...

Un monticule de paquets de cigarettes de toutes marques s'élevait jusqu'à mi-mur.

— Vous allez donc y ajouter le vôtre, celui qui se trouve dans votre sac.

Quand le vin est tiré... Hélène s'extirpa sans grâce de son fauteuil, récupéra le paquet de clopes au fond de son sac à dos fatigué et, après trois secondes d'hésitation, contourna le bureau pour le balancer au sommet de l'impressionnant tas.

— Ah, quel geste magnifique ! la complimenta le médecin, en ne lui jetant qu'un bref regard. Êtes-vous prête ? Nous passons à la suite, annonça-t-il en se levant. Euh… madame, inutile d'accompagner votre amie. Détendez-vous dans la salle d'attente. Elle sera en très bonne compagnie… précisa-t-il avec un sourire ravageur au profit de Charlotte.

Tout de même un peu inquiète, celle-ci tint à escorter Hélène jusqu'à une autre porte. Ce qu'elle vit par l'entrebâillement la rassura bien que la sidérant : sept fauteuils étaient semés en arrondi dans une pièce qui ne devait guère excéder douze mètres carrés de surface. Cinq étaient déjà occupés : quatre hommes et une femme leur sourirent, l'air un peu coincé quand même. De lourdes tentures occultaient les fenêtres.

— Mme Audibert, installez-vous, je vous prie. La séance d'hypnose va commencer, précisa le médecin en désignant un des deux sièges inoccupés.

Hélène s'exécuta de mauvaise grâce, songeant qu'elle ferait bien mieux de tout planter là et d'exiger qu'on lui rende son chèque, et plus vite que ça ! Ses genoux frôlaient ceux de la femme installée en face d'elle et elle dut se contorsionner pour parvenir à ménager cinq centimètres d'écart entre eux.

Le docteur Pallard leur demanda ensuite de fermer les yeux et de se mettre en « disponibilité mentale », afin de faire passer le cerveau en ondes alpha. Le blabla suave, apaisant et bien rodé de l'hypnotiseur suivit :

« Vous avez décidé d'arrêter de fumer et vous avez tout à fait raison…

Ben ouais, Du Genou, on serait pas là et on ne t'aurait pas filé presque trois cents euros sans ça, commenta pour elle-même une Hélène que l'aigreur gagnait.

« … comme vous avez raison… Vous êtes dans une barque, le temps est doux… vous vous détendez. L'eau est paisible, vous vous sentez bien…

Mais avec quel parfum elle s'est inondée, cette nana ? C'est irrespirable !

« … Aucun souci, aucune préoccupation… Vous vous laissez dériver calmement…

C'est comme ça qu'on perd les rames et ensuite, tintin pour rejoindre l'appontement !

« … Vous soupirez, heureux, enfin débarrassé de ce terrible esclavage de la cigarette… car vous ne refumerez plus jamais…

Deux cent quatre-ving quinze par six… cinq fois six trente, zéro et je retiens trois, six fois neuf, cinquante-six plus trois cinquante-neuf… non, je suis en train de me planter…

« … Un tendre rayon de soleil joue entre les branches, accueillant. L'odeur de l'herbe coupée et des fleurs champêtres vous parvient…

Pas du tout, mon vieux ! Entre la fille qui s'est renversé le flacon de parfum dessus et le type qui aurait dû changer de chaussettes avant de venir, pas du tout !

« … Vous avez envie de dormir, laissez-vous aller…

Dans une barque ? Il est timbré ? Si on chavire, avec le choc thermique, c'est la noyade assurée !

Soudain, alors même qu'Hélène commençait à bouillir en songeant :

1) à ce que ce type allait empocher,

2) que, très probablement, faire plonger en hypnose six sujets tassés les uns sur les autres ne devait pas être de la tarte à moins de s'appeler Houdini,

… un ronflement puissant s'éleva, envahissant la pièce de taille modeste. Un des patients s'était endormi. Pas du tout le répertoire des mignonnes ondes alpha bien civilisées, plutôt un bon vieux sommeil profond et très bruyant qui donnait envie de plaindre sa compagne, à moins qu'elle ait eu la judicieuse idée de faire chambre à part.

Hélène passa le reste de la séance à serrer les mâchoires pour ne pas se lever d'un bond et engueuler le médecin. Grave, l'engueulade. Lorsque enfin il tapa dans ses mains, ravi, en concluant : « Vous ne refumerez plus jamais. Je suis si heureux pour vous », elle songea qu'elle s'en grillerait bien une pour se calmer les nerfs et éviter de se livrer à un acte violent sur un médecin. Sans un mot – seules d'horribles injures encombrant son esprit – elle fonça récupérer Charlotte qui l'attendait, un sourire plein d'espoir aux lèvres. Sourire qui mourut vite lorsque la psychiatre découvrit le visage crispé de fureur de la chercheuse. Hélène la poussa dans le couloir, sans douceur. Elle dévala l'escalier, suivie d'une Charlotte qui s'interrogeait sur la conduite à tenir en cas de tempête de *supra*-magnitude, car elle pressentait qu'un ouragan dévastateur allait fondre sur elle. Soudain, la biochimiste pila sur une marche et se tourna vers son amie (enfin, son amie, vite dit !). Pointant un index féroce vers elle, le regard gris meurtrier, elle articula :

— Je ne dis rien maintenant, parce qu'on va se fâcher à mort. Tu m'invites à boire un whisky dans un TABAC – tu sais, là où on achète des cigarettes – je me calme un peu et je te raconte.

Ahurie, Charlotte n'avait pas pipé mot de toute la narration d'Hélène, qui s'était interrompue à deux reprises pour sortir du café et griller une cigarette. Réinstallée, elle éructa :

— Mais c'est quoi cette daube ! Où tu as vu qu'on hypnotise quelqu'un alors que le voisin ronfle, que l'autre pue des pieds et que la gentille petite dame, genou contre genou avec toi, empeste tellement le parfum que ça te file la migraine ? En plus, un des autres types gloussait comme une bécasse, je l'ai entendu. J'ai passé mon temps à calculer combien cet hypnotiseur venait de se mettre dans la poche, pas fastoche avec les retenues : pas loin de 1 800 euros. Pour une demi-heure de baratin, je change de boulot tout de suite !

— J'avoue que je suis un peu stupéfaite. Ce n'est pas du tout de cette façon que j'imaginais une séance d'hypnose, admit la psychiatre.

— En plus, ça ne m'étonnerait pas qu'il refourgue les cigarettes au black ! commenta Hélène, fielleuse.

Très gênée, Charlotte tenta de se justifier :

— Écoute, j'ai deux patients chez qui ça a vraiment bien marché et qui connaissent d'autres fumeurs qui ont arrêté grâce à ce type… c'est de cette façon que j'ai eu son adresse, d'ailleurs…

— Évidemment ! Quand tu raques l'équivalent de presque soixante paquets de cigarettes, tu veux rentrer dans ta mise. Mais je te parie qu'ils vont reprendre au soixante et unième.

— Ben, pourquoi ça ne fonctionne pas avec toi ? Ça ferait quand même soixante paquets de cigarettes en moins, argumenta la psychiatre.

Une grave erreur stratégique.

Le regard gris l'épingla et Hélène déclara d'un ton glacial :

— Mais parce que ne j'ai jamais déboursé 295 euros. Parce que tu vas me rembourser ! Comme convenu. Donc, tu me dois 295 euros et de plates excuses. Ah, tu ajoutes le prix du paquet de clopes presque neuf que ce rigolo m'a extorqué : 5,50 euros ! Le chèque ! Tout de suite !

Sentant que l'exécrable humeur de son amie n'était pas feinte – du tout –, Charlotte s'exécuta sur-le-champ, tout en tentant l'apaisement :

— Hélène, je pensais juste t'aider. Ça fait cinq ans que tu essaies d'arrêter.

— Juste. J'en ai marre de la clope. En plus, j'ai les jetons. En revanche, payer la petite aiguille des heures – à mon avis, y'avait pas assez pour le remontoir – de la sublime montre de ce gars qui ne sait même pas ce qu'est une barque, parce que lui ça serait plutôt le yacht, jamais !

JOUR 3.

Et avec la nouvelle venue,
on en rajoute une petite couche !

Emma, trente-trois ans, avait invité ses amis dans un restaurant japonais pour célébrer l'achat d'une splendide Mercedes qui rejoignait sa belle écurie de limousines. Heureuse de les voir tous, elle les détailla tour à tour d'un air attendri. Hélène et Charlotte, assises côte à côte, s'étaient rabibochées après la désastreuse séance d'hypnotisme. Et il y avait Arnaud, trente-sept ans, galeriste, l'ami de toujours avec qui elle partageait tout, même un loft, à l'exclusion toutefois de ses charmes, lesquels laissaient Arnaud de marbre. Pourtant, Emma était ce qu'il est convenu de nommer une magnifique créature. Grande, mince, les cheveux blond clair et les yeux bleus de mer froide, cette championne de boxe française faisait pâmer le mâle, toutes catégories confondues. À l'exclusion de la catégorie gay, bien sûr. Cette pâmoison généralisée était devenue le drame d'Emma. Dès qu'un homme jetait un regard sur elle, le gros neurone de la libido s'allumait dans son cerveau, éteignant tous les autres, ou presque. Le gars devenait monomaniaque, n'ayant plus qu'une envie :

allonger la belle. Or, Emma aimait la romance, les câlins, les mots doux, bref le prince charmant. De plus, elle était obsédée par son projet fondamental : un bébé avant trente-cinq ans. Mince, plus que deux ans, voire moins si on comptait la gestation ! Elle voulait le bébé d'un homme aimé et aimant, pas seulement celui d'un super-spermatozoïde plus résistant que les autres. En face d'elle, Nathalie, petite et ronde juste ce qu'il fallait, quarante-cinq ans, aux doux yeux noisette, aux beaux cheveux châtains, la grande sœur-sage-raisonnable-zen du groupe, était en cours de remariage avec Vincent Castelnin, le patron de Juliette. Vincent, quatre divorces et un lourd, très lourd catalogue de maîtresses, avait été littéralement charmé, chamboulé par la joyeuse Nathalie. Ce séducteur, fin, intelligent, drôle et profondément amoureux de l'essence de la femme qu'il connaissait à merveille, avait décidé que les mannequins squelettiques qui ne pensaient qu'à leur poids et à leurs chirurgies esthétiques ne l'amusaient plus du tout. Nathalie et ses mignonnes inventions le faisaient rire. Dernière du tour de table, Juliette, trente-huit ans, longue liane aux cheveux blond vénitien, aux yeux bleu pâle, esthéticienne de luxe, gérait pour Vincent un institut où se pressaient les plus beaux spécimens de mâles de la capitale. Juliette boudait un peu. Sa fille Bénédicte – huitième merveille du monde et classable au patrimoine mondial, de l'avis de sa mère – était partie pour deux mois en Angleterre. En dépit de leurs appels quasi quotidiens et de la multitude de mails qu'elles échangeaient, Juliette s'ennuyait de sa fille. L'inverse était vrai aussi.

— Qu'est-ce que je suis contente de tous vous voir, répéta Emma pour la dixième fois, pendant qu'ils étudiaient la carte.

Une moue de déplaisir sur le visage, Hélène marmonna :

— Vous êtes sûrs que je ne peux pas demander qu'ils me fassent sauter les sushis ?

Elle aurait largement préféré une bonne côte de bœuf avec des frites.

— Tu veux me faire honte ? s'offusqua Emma. Je suis une habituée.

— Bon, bon, bougonna la chercheuse. J'aime bien les sushis… mais cuits.

— Ce ne sont plus des sushis dans ce cas, mais des yakitoris ou des tempuras, raisonna Juliette.

Une brune assez grande, élégante, au port altier, venait de pénétrer. Emma, en connaisseuse, remarqua immédiatement son grand sac à main luxueux. Un serveur stylé se précipita à ses devants. Un sourire aux lèvres, cherchant du regard quelqu'un dans la salle, elle s'immobilisa entre leur table et une autre, où trois cadres étaient en train de confondre saké et thé vert. Une bévue puisque le degré d'alcool des deux boissons est très différent, ainsi que le prouvaient leurs pouffements de plus en plus crétins.

La femme s'annonça :

— Marie-Hortense-Dominique de La Theullade. Une amie m'attend, je crois.

Certains hommes peuvent manquer d'à-propos. À un point qu'ils ne soupçonnent pas. Un des trois gars bien imbibés chantonna, assez fort toutefois, accompagné par les rires niais de ses copains :

— Dominique-que-nique-nique…

La femme poussa un long soupir et ferma les paupières en murmurant :

— Le compteur était resté bloqué à 999 999.

Elle écarta d'un geste doux le serveur et balança son beau sac à main dans la figure du type. Avec violence. Si violemment que la chaise du gars bascula vers l'arrière et qu'il s'affala sur la moquette.

D'une voix suave, un peu précieuse, la femme déclara :

— Bravo, vous êtes l'heureux vainqueur ! Je m'étais promis de célébrer le millionième beauf !

Hélène la contempla, une admiration non feinte sur le visage. Beau lancé de sac, vraiment ! Elle n'aurait pas fait mieux avec son sac à dos qui pesait une demi-tonne. À ses côtés, Charlotte éclata de rire. L'hilarité se communiqua aux autres qui applaudirent Marie-Hortense-Dominique de La Theullade. Celle-ci salua d'une légère inclinaison de tête et s'avança dans la salle pendant que le serveur tentait de relever sa victime qui battait des jambes et des bras comme un gros hanneton infesté de puces.

À nouveau en position assise – plus pratique pour déjeuner que sur le dos –, les trois cadres terminèrent leur repas à la hâte, en silence – une bénédiction pour la tablée d'Emma –, payèrent et sortirent vite fait du restaurant.

Quelques minutes plus tard, la savoureuse Marie-Hortense-Dominique de La Theullade réapparut, l'air déçu. Sans même réfléchir, Nathalie la héla :

— Madame, un souci ?

— Non, non, je viens de trouver un message sur mon portable. Mon amie a eu un empêchement de dernière minute.

— Pourquoi ne pas vous joindre à nous ? proposa Emma, qui avait apprécié en esthète le coup de sac à main.

Marie-Hortense-Dominique de La Theullade, environ trente-cinq ans, se présenta à nouveau.

Pratique, Hélène s'enquit :

— On peut vous appeler Marie, ou Hortense, ou Dominique ?

— Je n'y tiens pas, je n'ai pas une passion pour les diminutifs. Mon prénom est Marie-Hortense-Dominique. Ma mère aimait les trois prénoms et n'a jamais pu se décider.

— Oh, ça demandera juste un peu d'élan, commenta la chercheuse. Heureusement qu'elle ne s'était pas emballée pour Cunégonde, Pâquerette et Pétronille, votre mère.

C'est ainsi que Marie-Hortense-Dominique de La Theullade rejoignit le groupe. Il s'avéra vite, pour le plus grand plaisir d'Hélène, que cette descendante d'une longue et prestigieuse lignée était encore plus mal embouchée qu'elle. Un record. Marie-Hortense-Dominique pouvait sortir des injures très novatrices, pleines d'éclat, de nature à faire rougir un corps de garde, le tout sur un petit ton très église de la Madeleine un jour de grand mariage. On apprit également qu'elle possédait et dirigeait une petite chaîne de fleuristes de luxe. Tous se félicitèrent d'avoir acheté un jour l'une de ses compositions réputées dans toute la capitale. Agréable de savoir que votre argent va à des gens sympathiques. Belle joueuse, plusieurs verres de saint-émilion plus tard, car la dame avait également une descente digne de ce nom, elle finit par concéder qu'on la nommât MHD, au vif soulagement de tous.

JOUR 4.

Certains jours sont quand même plus éprouvants que d'autres.

Hélène s'était fait réveiller par téléphone à 4 heures du matin, puisqu'elle n'avait toujours pas mis la main sur le mode d'emploi du réveil, qui sonnerait donc à 6 h 15, quand elle serait partie depuis longtemps.

Hagarde, elle passa sous la douche et expédia son petit déjeuner. Il fallait qu'elle lance une digestion enzymatique avant 5 h 30.

D'un index mou, elle tapa le code sur le pavé numérique qui défendait la porte du labo. Dès qu'elle aurait lancé sa manip, elle irait rendre une petite visite à Mimi pour lui offrir un bout de pomme. Mimi était une rate Irish, rousse avec une tache blanche sur le ventre. Hélène s'était trouvé quelque ressemblance avec elle (non qu'elle ait eu une tache sur le ventre…). Mimi l'avait séduite par son intelligence, son goût des tendresses, et Hélène l'avait adoptée. Contrairement à ce que pensent la plupart des gens, les rats sont des animaux assez timides, peu agressifs et capables de véritables rapports d'affection avec les humains. Du moins lorsqu'on ne les menace pas. En situation de danger, un rat choisit toujours la fuite. S'il est coincé, affolé, il attaque, ou plutôt se défend, et ses incisives sont redoutables. Mimi et elle étaient donc devenues bonnes copines, et la petite rate faisait office d'animal de compagnie et de mascotte. De plus, Mimi ne risquait pas de cafter, même lorsque Hélène lui confiait des horreurs sur certains de ses collègues.

Fonctionnant en pilotage automatique, elle pénétra dans son bureau, se débarrassa de son imperméable et passa sa blouse, une charlotte, des gants de nitrile d'un mauve pénible et des lunettes de protection UV. Elle longea le long couloir, escortée par le frottement de ses protège-chaussures qui lui évoquait toujours les chuintements produits par un dérangement intestinal. Elle passa le sas de protection et de décontamination de la chambre de culture cellulaire et s'avança vers la vaste hotte à flux laminaire. Un détail la troubla, mais son cerveau encore embrumé par les vestiges du sommeil mit quelques instants à établir le lien entre « image » et « signification de ladite image ». Gros, le détail. Très gros. Précisément de la grosseur d'une tête humaine. Bouche bée, elle avança d'un autre pas. La tête aux cheveux très bruns appartenait indiscutablement à Stéphane Lambin, la pire des bêtes noires d'Hélène. Une espèce de sale pou manipulateur et sournois qui tentait depuis des années de mettre la main sur l'équipe d'Hélène et son matériel. Heureusement, l'effroyable caractère de la chercheuse et ses éclats de voix le terrorisaient, d'autant qu'elle l'avait un jour coincé dans les toilettes messieurs avec la ferme intention de lui balancer une grosse tarte.

Réfléchir, se conduire en scientifique, déduire : si la tête de Stéphane était séparée de son corps, on pouvait, en toute logique, considérer qu'il s'agissait d'une décapitation. En d'autres termes, il était mort. Une sueur glacée lui ruissela dans le dos. Elle se rua à l'extérieur et se précipita vers son bureau, ses protège-chaussures lâchant des chuink-chuink répugnants. Plusieurs idées de succédèrent dans l'esprit d'Hélène :

1) Ah non, ça n'allait pas recommencer, ces histoires de cadavres. Elle avait eu son content de macchabées quelques mois auparavant[1] !

2) Il faudrait sans doute qu'elle prévienne quelqu'un.

3) Sa digestion enzymatique était foutue pour la journée. Il était hors de question qu'elle soulève la tête par les cheveux, telle une Salomé son saint Jean-Baptiste, pour la poser au sol. D'autant qu'il resterait du sang et que la hotte serait contaminée.

Décidément, il faisait tout pour lui pourrir la vie, ce gars. Même mort, il fallait qu'il lui casse les pieds. Elle s'en voulut quand même de son raisonnement si peu charitable. Il était mort. Très définitivement. Aussitôt, un regain d'optimisme tempéra cette pensée magnanime. D'accord, paix à son âme, mais au moins, il allait cesser de lui savonner la planche à chaque opportunité. Toujours voir le bon côté des choses.

Bon, elle ne pouvait pas appeler ses amies afin de leur demander conseil. Il était trop tôt pour leur coller une nouvelle histoire sanguinolente sur les bras. Elle finit par se résoudre à contacter la police. Elle tomba sur un flic de garde, à peu près aussi gazouillant des neurones qu'elle. Elle dut insister à trois reprises pour lui faire comprendre que non, ce n'était pas elle qui avait posé la tête de feu son

1. Voir *Cinq Filles, 3 cadavres, mais plus de volant*, Marabout, 2009.

collègue dans la hotte, tout en lui expliquant ce qu'était une hotte. Une sorte de très grosse boîte en Plexiglas, avec aspiration et filtration d'air, et un flux qui permet d'éviter que ce qui se trouve dedans et/ou l'expérimentateur soient contaminés. Rien à voir, donc, avec ce que porte le Père Noël sur le dos, le machin bourré de cadeaux pour les petits enfants ni avec la chose vrombissante installée au-dessus d'une cuisinière.

Elle se laissa choir sur son fauteuil de bureau et alluma une cigarette en récupérant le cendrier planqué dans son tiroir. Interdit, mais rien à faire. Le labo était désert et ses nerfs menaçaient de partir en vrille.

La tonitruante sonnerie de la porte sécurisée du labo la fit bondir de son siège. Elle se précipita pour ouvrir. Une grande lassitude lui tomba dessus lorsqu'elle reconnut le policier : l'inénarrable inspecteur divisionnaire Benoît Levasseur, baptisé « pas cool » par Charlotte. Ça, on ne pouvait pas lui enlever qu'il était beau mec, dans le genre carré des mâchoires. Grand, baraqué, ses cheveux bruns coupés très court, il la scruta de son intense regard peu amène et pénétra en lâchant :

— Dr Audibert ! Je ne pensais pas vous revoir aussi vite ! Vous êtes de vrais fléaux avec vos copines. Les cadavres poussent à la manière de champignons sous vos pas ! On devrait vous classer parmi les catastrophes naturelles.

Glaciale, le regard gris mauvais, Hélène rétorqua :

— Vous avez raté votre vocation de comique troupier ! Je vous avoue que mon sens de l'humour m'a un peu lâchée.

— Le docteur Claudanel se porte bien ?

Cette question confirmait bien que Charlotte lui avait tapé dans l'œil lors de leurs récents démêlés avec des cadavres vadrouilleurs. Pauvre Charlotte ! De son aveu même, elle s'était amourachée de tous les fêlés qui passaient à sa portée, ou dans son cabinet de psychanalyste, et ça faisait du monde. Tous les gratinés du néocortex étaient pour elle, une sorte d'attirance systématique qui aurait dû l'interpeller. Mais non ! En femme courageuse – et, disons-le sans médisance, peu farouche –, elle avait accumulé un nombre ahurissant de liaisons, sélectionnant avec soin, quoique inconsciemment, tous les lézardés de la carafe, les narcissiques, les menteurs pathologiques, les infantiles, les égotistes, les irresponsables, et tant d'autres. Un lourd catalogue. Hélène se demanda de façon fugace dans quelle catégorie entrait le viril Benoît Levasseur. Pas le moment.

— Bien, répondit-elle d'un ton vague.

— Et le commandant Charles Druguières ?

Gros malin ! S'il croyait qu'elle allait jouer les entremetteuses aux dépens de Charlotte, il se collait le doigt dans l'œil jusqu'au duodénum ! Lapidaire, elle répondit :

— Bien aussi.

Elle le conduisit vers la salle de culture cellulaire et y pénétra. Il parut hésiter à la suivre et demanda :

— Ça risque rien ?

— Oh, même sans être spécialiste, on peut affirmer qu'il est très mort, vous savez, dit-elle.

— Mais non, je parle de toutes vos saloperies de laboratoire.

— Il ne s'agit pas de « saloperies » mais de molécules ou de micro-organismes. Et non, vous ne choperez ni la peste, ni le choléra, ni même le béribéri.

P'tite chose, va !

Il se colla à la vitre de protection et inclina la tête, détaillant celle de Stéphane, en déclarant d'une voix monocorde :

— Bon, l'identité judiciaire va rappliquer d'une minute à l'autre. Ils vont photographier, relever indices et traces, mais…

Grrr ! Sa digestion enzymatique était vraiment foutue et, en plus, elle aurait parié sa prochaine clope – celle qui commençait à lui manquer terriblement – que l'identité judiciaire en question devait être du genre pachydermes ludiques lâchés dans un magasin de porcelaine. Peu intéressée par le discours du policier, elle demanda par pure courtoisie, laquelle prouvait assez qu'elle n'était pas dans son état normal :

— Mais ?

— Jolie coupure, très nette.

— Qu'est-ce que vous croyez ? On se sert de scalpels dans un labo, pas de scies sauteuses ! Quoique…

— Quoique quoi ?

— Il faudrait voir derrière, comment on a sectionné la vertèbre. Parce que là, avec un scalpel, tintin !

— L'autopsie nous le dira. Nous devons retrouver le reste du corps.

— Non, VOUS devez retrouvez le reste de Stéphane. J'ai beau être une fonctionnaire – sous-payée –, je ne fais pas chercheuse de cadavres ! Je suis chercheuse en biologie moléculaire, moi, monsieur. MOLÉCULAIRE. L'infiniment petit !

Un air de franc déplaisir sur le visage, l'inspecteur considéra la grande rousse aux yeux gris. D'abord, il n'avait jamais aimé les chercheurs. Des gens très désagréables et qui, de façon incompréhensible, n'avaient pas peur de lui ! Certes, il généralisait un peu, Hélène Audibert étant la première qu'il rencontrait dans un cadre professionnel. Cependant, il était certain que ses petits camarades allaient lui pomper l'air. Comme elle.

— Et donc, ce monsieur…

— Lambin, Stéphane Lambin.

— … était un de vos collègues ?

— Hum, malheureusement.

— Vous ne l'appréciiez pas ?

— Du tout. J'éprouve une sorte d'aversion pour les ordures qui essaient de me tondre la laine sur le dos en tentant de me convaincre que c'est pour mon bien et que je devrais dégouliner de reconnaissance.

— On ne dit pas de mal d'un mort, contra l'inspecteur divisionnaire.

Hélène en resta stupéfaite. Il avait l'air sincère.

— Le fait qu'il est mort sous-entend-il qu'il a changé de personnalité ? C'était un sale type, sournois, menteur, calculateur et faux cul.

— Vous pourriez faire une suspecte convaincante, releva Levasseur.

— Pourquoi ? Vous ne me soupçonniez pas dès votre arrivée ? Vous êtes du genre à soupçonner un poisson rouge d'être sorti de son bocal pour vous piquer votre quatre-heures !

— Je me demande si vous ne virez pas à l'insolence, suggéra Levasseur en fronçant les sourcils de façon menaçante.

— Ça fait très longtemps que le virage est pris.

— À quelle heure êtes-vous arrivée ce matin ?

— Cinq heures dix, environ.

— C'est tôt.

— Mon dévouement ne connaît pas de limite, le rembarra-t-elle. En fait, j'avais une très longue expérience devant moi. Ou j'arrivais tôt, ou je partais à minuit, or je suis du matin.

— Vous ne savez pas qui pouvait lui en vouloir ?

— Tous les gens à peu près normaux et honnêtes. Heureux homme : ça restreint considérablement le nombre de vos suspects.

— Bien. Vous pouvez vaquer à vos occupations. J'attends l'IJ. Nous nous reverrons.

— Mon cœur en saute d'allégresse, ironisa la chercheuse d'un ton peste.

Hélène s'en grilla deux coup sur coup en attendant l'arrivée du gros des troupes. Elle ouvrit la fenêtre de son bureau et battit des bras, telle une oie irascible, pour faciliter le renouvellement d'air et l'atténuation de l'odeur de tabac. Elle s'occupa ensuite comme elle pouvait. Pas trop la pêche pour se plonger dans la lecture d'articles scientifiques. Dans le but de se distraire, en attendant une heure décente pour téléphoner aux filles, elle tenta d'imaginer la tête de ses petits camarades. Elle commença par Édouard Delarue, leur big boss, qui avait pris quelques jours. Un type très brillant, pas un mauvais bougre. Néanmoins, surtout pas le genre d'homme à qui il fallait tendre la main lorsque vous tombiez d'un toit. Dépassé par les événements, il était capable de vous faire un « coucou » pendant que vous plongiez cinquante mètres plus bas. Nadine Lasalle, son assistante-secrétaire. Compétente, mais que les cancans affriolaient. Une bimbo qui y allait de « oh ! » et de « ah ! » à la moindre banalité un peu croustillante, ouvrant grand ses yeux très maquillés, secouant ses bouclettes faux cuivre en tous sens parce que les gigantesques créoles qu'elle portait se coinçaient sur ses épaules. De mauvaises langues avaient prétendu qu'elle destinait un regard rayon laser aux braguettes des messieurs de la catégorie fonction publique dite A, c'est-à-dire les chercheurs. Hélène n'avait jamais approfondi la question. Bien que « A », ses braguettes ne présentaient pas le moindre intérêt pour Nadine. Soulagement. Grosse qualité : si Nadine frémissait de convoitise dès que s'annonçait un ragot, elle restait muette comme une tombe, expliquant qu'on se confiât volontiers à elle. L'autre secrétaire, Sylvie Boulanger, jolie cinquantaine blonde, était un peu le portrait inverse de Nadine. Une femme bienveillante, qui fuyait les histoires et se préoccupait surtout de ses enfants et récents petits-enfants. Caroline Morin, chercheur, deuxième bête noire d'Hélène Audibert. Sous ses airs de petite chose fragile et décharnée, Caroline était l'étalon-mètre en matière de manipulatrice faux cul, au point qu'Hélène soupçonnait Stéphane Lambin d'avoir pris des cours avec elle. Caroline ne savait pas marcher. Elle courait, à petits pas peu efficaces, sur la pointe des pieds, pour montrer à quel point elle était débordée et ne ménageait pas sa peine. La moindre contrariété crispait son visage de musaraigne. Elle était soudain au bord des larmes, dévastée par tant d'injustice et de cruauté à son égard, même et surtout lorsqu'elle était en tort. Très fréquemment le cas. Toutefois, Caroline Morin ne négligeait aucun effort pour séduire, sa meilleure arme. Elle apportait une brioche le matin, un gâteau pour l'après-midi. Elle ne manquait jamais d'appeler un collègue malade ou une secrétaire qui venait d'accoucher, alors qu'elle s'en fichait comme de son premier protège-slip. Au demeurant, Hélène avait mis des mois avant de comprendre à quelle vipère elle avait affaire. Elle la surveillait depuis avec assiduité, mettant un point d'honneur à la contrer par tous les moyens possibles. Résultat : Caroline la détestait cordialement, mais avec un luxe de sourires. Hélène aurait bien vu Caroline en tueuse sanguinaire, bien qu'admettant qu'elle n'était pas complètement objective à son sujet. De surcroît, imaginer cette petite chose malingre décapitant un homme musclé et sportif tel que Stéphane relevait un peu/pas mal de la calomnie et de la mauvaise foi. Dans cet ordre d'idées, Géraldine Dumontet, chercheuse senior comme Hélène, faisait une suspecte plus crédible. Aussi haute que large, il lui suffisait de tomber de tout son poids sur quelqu'un pour le tuer. Cela étant, Géraldine ne s'intéressait à rien ni à personne en dehors de ses recherches et des gens qui y participaient. Une seule case existait dans son cerveau : « Je. À moi. » En d'autres termes, pas du tout le profil à se mettre en rogne contre Stéphane Lambin, qui ne traversait pas sa case, surtout au point de le décapiter. Éric Sylvestre, la belle quarantaine en dépit d'une calvitie galopante, bon chercheur. Une seule personne trouvait grâce à ses yeux, « sa femme ». Éric ne pouvait sortir une phrase sans l'assortir de « Comme le dit ma femme… », « Oh, c'est grâce à ma femme… », « Ma femme pense que… ». Quoi que les autres fassent, disent ou expliquent, Éric adoptait un air suffisant et consterné devant tant de médiocrité intellectuelle. Pour couronner le tout, il détestait Hélène. Massivement. Une réaction très abusive aux yeux de la chercheuse, d'autant que les faits remontaient à plus de cinq ans. C'est pas beau, la rancune ! Surtout celle que les autres manifestent à votre égard, Hélène s'accommodant très bien de sa propre revanchardise. En toute mauvaise foi, elle jugeait la réaction de son confrère très disproportionnée. D'accord, dans un moment de fureur, elle l'avait soulevé par le col de la blouse et l'avait propulsé contre un mur. D'accord, elle lui avait hurlé au nez : « Pauvre naze ! Culot de portée. Tu vaux pas le PQ avec lequel tu te torches ! » Un langage un brin abusif avec le recul, mais justifié aux yeux de la chercheuse cinq ans plus tôt. En effet, Éric venait de lui souffler la seule bourse de thèse attribuée à leur labo cette année-là. Hélène avait un étudiant en DEA brillant, qu'elle n'avait pu garder. Elle l'avait très mal pris, se convaincant qu'Éric lui avait cassé les reins en coulisses. Quoi qu'il en fût, Éric Sylvestre ne lui avait jamais pardonné cet écart de conduite et de langage et ne lui adressait plus la parole. Un rancunier, on vous dit !

Les autres se débrouillaient du mieux qu'ils le pouvaient avec les moyens dont ils disposaient, portés par une réelle passion pour la science et le besoin d'être reconnus par leurs pairs, enchaînant les heures sup' qui ne leur seraient jamais payées, se démenant pour publier des articles dans des revues professionnelles internationales, puisque la notation des chercheurs dépend surtout de la célébrité du périodique dans lequel ils parviennent à sortir un article.

Mince, mince. Elle se méfiait de ou n'aimait pas l'écrasante majorité de ses collègues. Pas au point, toutefois, de les imaginer en guillotine à pattes. Peut-être s'agissait-il d'un extérieur. Le genre lourd psychopathe qui avait vu de la lumière et était monté ?

Le remue-ménage au bout du couloir la tira de ses pensées moroses. Elle resta de marbre. Inutile de se précipiter au-devant de policiers pour hurler : mais arrêtez, là ! Vous cochonnez tout ! D'abord, ils n'avaient aucune idée de la stérilité requise dans une salle de culture cellulaire. Ensuite, elle l'admettait, il y avait quand même une tête humaine sous la hotte. De quoi affrioler n'importe quel technicien de scène de crime digne de ce nom.

JOUR 4.

Quand y'en a plus, y'en a encore, du moins dans le cas des emmerdements.

Au même moment, plantée au beau milieu du magnifique bureau directorial de sa compagnie de limousines, Emma avalait un cinquième expresso serré dans l'espoir de se calmer les nerfs. Elle avait été réveillée aux aurores par l'un de ses chauffeurs, pas mal secoué. Il venait d'emboutir une magnifique Mercedes en causant d'autres dégâts puisque la voiture avait foncé dans le muret brique et ciment d'une grande jardinière municipale. Les Mercedes sont des véhicules très robustes. Moins, toutefois, que les murs en béton. Bilan, la voiture était assez abîmée, l'assurance n'allait pas être contente, et la mairie de Paris exigerait des dommages pour cette idiote de jardinière qui aurait pu être placée ailleurs que sur la trajectoire de la susnommée Mercedes ! À la décharge du chauffeur, il avait braqué lorsqu'un poivrot avait soudain traversé devant ses roues. Non qu'Emma eût préféré qu'il écrasât le poivrot en question, mais il aurait pu se débrouiller pour atterrir ailleurs que dans une jardinière, une devanture de magasin, par exemple. Bref, la poisse, et elle avait les nerfs en pelote.

Elle jeta un coup d'œil à sa montre. Mince, en plus, elle était en retard ! Francesco, son génial coiffeur, lui faisait l'amitié de la recevoir avant l'ouverture du salon afin de lui éviter l'attente. Elle descendit au garage et sauta dans une Mercedes (en bon état). Elle fonça dans Paris, absorbée dans ses sombres pensées. Aussi ne vit-elle pas qu'elle grillait un feu, manquait de percuter un conducteur venant de la gauche, qui lui balança un coup de klaxon rageur. Ne comprenant pas du tout ce que cet abruti lui voulait, elle leva le majeur d'une façon très explicite, quoique peu élégante pour une dame. Outre le feu grillé, elle n'avait pas aperçu la voiture de police garée de l'autre côté du carrefour. Si ce n'est pas bien de commettre une infraction au code de la route, ça devient carrément crétin en présence des forces de l'ordre. Quelques secondes plus tard un bras autoritaire, passé par une vitre de portière, lui signalait de se garer sur le bas-côté. Toujours inconsciente de sa faute, elle se demanda ce que ces types lui voulaient. Pas le moment de lui prendre la tête avec un contrôle de routine !

Deux policiers du genre pas rigolo (ils le sont rarement en service) la firent descendre, lui demandèrent ses papiers et sortirent leur carnet afin de la verbaliser. L'un lui assena qu'elle venait de griller un feu. Il avait une haleine effroyable, à assommer un escadron de mouches. Il lui annonça une énorme amende et un retrait de points. Ça va pas la tête ! Jamais. Maintenant d'exécrable humeur (encore un abus policier !), Emma débita d'un ton ulcéré qu'elle avait été chauffeuse de taxi durant de nombreuses années et qu'elle dirigeait maintenant une compagnie de limousines, sur le mode : « Je suis une professionnelle, moi, môssieur ! » Des incartades avec le stationnement interdit, peut-être, mais certainement pas avec les feux ou les stops.

Celui qui semblait doté de la parole – l'autre restant muet – lui répéta d'un air las et méprisant :

— Vous avez grillé le feu, ma p'tite dame.

Ah, cette haleine, quelle puanteur ! Ça devrait être interdit par la loi et même par le code de la route. Les cinq expresso d'Emma lui remontaient dans l'œsophage. Elle commit la giga bourde qu'aucun automobiliste, aussi fou soit-il, ne devrait jamais commettre, même les nerfs noués en macramé, surtout s'il est en tort. Conseil avisé : même lorsqu'un noble représentant des forces de l'ordre pue des pieds, du bec, la vieille transpiration, l'ail et la naphtaline, extasions-nous sur la subtilité de son after-shave.

Une moue de répulsion sur le visage, Emma explosa :

— Vous ne pouvez-pas vous brosser les dents ou mâcher un chewing-gum ? C'est intenable. Et y'a une femme qui vous embrasse ? Ben, elle n'est pas difficile ! La brossette, il faut utiliser une brossette interdentaire !

Le collègue mutique pouffa, ce qui n'arrangea pas les affaires de la belle Emma. De fait, il avait opté pour le programme « grand silence » afin d'éviter que son collègue l'ouvre trop souvent et lui fasse remonter son crème-croissant dans la gorge.

L'autre, celui qui malheureusement parlait, devint blême de rage. Les maxillaires raides de fureur, il déclara, s'interdisant la bordée d'injures :

— Insultes graves à agent. Au poste. Montez, intima-t-il en désignant la voiture de police.

Peut-être Emma aurait-elle pu encore rattraper le coup, en jouant les charmantes (un de ses grands talents), en s'excusant platement, en expliquant qu'elle venait de perdre sa grand-mère adorée (morte deux ans auparavant et, de fait, elle avait eu un chagrin fou), d'où son état de nerfs.

Cependant, elle avait pété un plomb du genre non remplaçable. Du moins, pas immédiatement. Inondée d'adrénaline (une hormone cruciale mais perfide), elle glapit :

— Je vois ! Harcèlement policier, garde à vue abusive, on n'entend parler que de cela. Il vous faut votre quota pour avoir une prime et offrir un bouquet de fleurs à votre meuf ? Ben, avec votre haleine, ajoutez un solitaire. Elle le mérite !

Ce n'est que lorsque Emma fut propulsée dans une cellule collective qu'elle entrevit l'ampleur des dégâts. À la dérobée, elle détailla ses compagnons d'infortune. Trois clodos, qui puaient tant que l'haleine du flic prenait des allures de jardin de roses et de jasmin, se grattaient les puces et les morpions avec enthousiasme. Un type qui avait l'air très mal en point, genre schizophrène lourd, se prenait pour Hannibal Lecter. Il regarda Emma, et déclara dans des claquements de langue gourmands :

— J'ai mangé son foie avec des fèves[1]. Miam-miam-miam !

Deux putes à l'air las, attendant qu'on les libère, comptaient les mouches absentes. L'une d'elles, une walkyrie sculpturale, demanda à Emma :

— T'as une clope ?

— Je ne fume pas, madame.

— Pauv'fille !

Une adorable petite mamie à la permanente bleutée, aussi frêle qu'une fillette, mignonnement assise, mains jointes sur ses cuisses, expliqua d'une voix gazouillante à Emma :

---

1. *Le Silence des agneaux*, Thomas Harris.

— Comprenez, madame, je l'avais prévenu. Ça, personne ne pourra affirmer que je l'ai pris en traître. Oh, le vilain gardien de mon immeuble ! Je lui avais dit que s'il balançait à nouveau une cuvette d'eau sur Pitou, je ne serais pas contente. Pitou, c'est mon vieux matou, un amour. Bon, d'accord, il fait pipi dans l'escalier, pas de quoi fouetter un chat… non que le gardien l'ait jamais battu, je l'admets. Mais les chats n'aiment pas l'eau. C'est cruel de les arroser. Secouant ses mimines, elle poursuivit : Eh bien, il ne m'a pas prise au sérieux. Le gardien. Pitou est à nouveau rentré trempé. J'avoue que je me suis un peu énervée. Je suis descendue avec le couteau à découper. Il est mort. Le gardien. Heureusement, j'ai eu le temps de confier mon adorable Pitou à une voisine avant qu'on m'arrête. Un tel soulagement !

Elle poussa un long soupir satisfait.

Emma se sentait de plus en plus mal. Elle avait la nausée, la tête lui tournait et elle se détestait de son mouvement d'humeur. Elle voulait sortir de ce trou malsain, VITE ! En plus, sûr qu'elle allait choper les morpions et les puces des clodos. Sa peau avait toujours attiré les moustiques. Pourquoi pas les autres monstruosités rampantes ou sautantes ?

Enfin, on l'autorisa à passer un coup de téléphone. Elle appela Arnaud, l'ami d'éternité, et lui narra son aventure, un brin hystérique. Comme il fallait s'y attendre, Arnaud ne la rata pas :

— Mais t'es complètement cruche ou quoi ? Insulter un flic ? Tu veux pas pisser sur *La Joconde* ou la tombe de Molière pendant que tu y es ? Ah non, « cela » est un cauchemar, « cela » n'est pas vrai ! geignit son ami.

Elle l'imagina arpentant le grand salon du loft, une main sur le front, s'éventant de grands gestes de l'autre…

peut-être pas puisqu'il fallait bien qu'il tienne le téléphone.

— Fais quelque chose, Arnaud, je t'en prie ! Je la sens très mal, là ! Je suis au bord de la dépression nerveuse. D'accord, j'ai eu tort, affreusement tort. Je suis rongée de remords, de culpabilité. Et puis, sans doute qu'ils ont raison : j'ai grillé ce fichu feu ! Arnaud… je vais mourir…

Arnaud aimait Emma. Amour improbable mais si puissant qu'il se serait fait découper en rondelles pour la sauver même si, pour rien au monde, il n'aurait couché avec elle. Certes, despote et caractériel, il la bousculait, la traitait parfois en fillette insupportable, mais l'intelligence, la profonde bienveillance d'Arnaud reprenait toujours le dessus. Il serait allé à pied au bout de la Terre, pour la tirer d'embarras. Néanmoins, il n'allait pas passer à côté de l'occasion de marquer le coup :

— Je devrais te laisser mariner dans ce cul-de-basse-fosse ! Juste pour te mettre un peu de plomb dans la tête ! Et si tu chopais la gale, en plus de toutes les bestioles immondes de la Terre, ce serait bien fait ! Je suis trop faible avec toi. Bon… j'appelle aussitôt ce bon client. Un des ténors du barreau de Paris. Un fou d'art japonais, connaisseur éclairé. Il m'a acheté pas mal de toiles. Un goût très sûr. Pour le café, aussi. Obstinément hétérosexuel, nul n'est parfait !

Lorsque enfin on ouvrit sa cage pour la faire sortir, Emma frisait la dépression grave. On lui annonça que son avocat l'attendait dans la petite salle d'interrogatoire, en compagnie du commissaire. Quand elle y entra, un spectacle ahurissant l'attendait, alors qu'elle s'était crue bonne pour la potence. Le commissaire s'esclaffait en compagnie d'un homme brun, assis, qu'elle ne voyait que de dos :

— C'est vrai qu'il pue de la gueule. On essaie de lui faire comprendre, mais c'est gênant. Ah, voilà votre cliente, cher maître.

L'avocat se retourna en se levant. Sourire dévastateur. Ah ouais ! Ah ouais ! À peine quarante ans, un grand brun baraqué, à la mèche rebelle et au regard de braise. Ce qu'il était convenu d'appeler un très, très beau mec. Il tendit la main en s'inclinant légèrement.

— Jean-Manuel Lerrac. Arnaud m'a prévenu que vous étiez en état de choc après le décès de votre chère mamie. Une femme remarquable qui vous a élevée, déclara-t-il en lui envoyant un regard subliminal signifiant : « Tu la fermes, tu me laisses parler. Tu les as assez accumulées pour aujourd'hui ! » Un deuil terrible. Toutefois, ce que vous avez fait n'était vraiment pas malin. Heureusement, le commissaire Biaggi est un homme fin, sensible, et il a des problèmes largement plus importants sur les bras… Même s'il me fout la pâtée sur les cours de golf et que je le déteste. Mais je me vengerai un jour !

Pouffements des deux messieurs qui semblaient beaucoup s'apprécier.

Après qu'elle eut présenté les excuses exigées par le commissaire au policier qu'elle avait humilié, maître Jean-Manuel Lerrac remorqua à l'extérieur une Emma un peu déboussolée. Tout ce qu'elle trouva d'intelligent à dire fut :

— Euh… merci, vraiment. Il est bon golfeur ?

— Nul. Il n'arriverait pas à placer une balle dans un cratère de météorite, pas même à trois mètres. Les flics, c'est comme les magistrats : toujours les laisser gagner, que ce soit au golf, au poker ou à la bataille navale. Tout, sauf dans le prétoire. Cela étant, Biaggi est effectivement un type intelligent et cultivé. Bon, il voudrait rivaliser avec Tiger Woods… à chacun ses fantasmes. Lointains fantasmes.

Il la mena jusqu'à sa voiture, un 4×4 Lexus, belle bagnole, et lui ouvrit la portière.

Leur voyage fut assez silencieux. Si Jean-Manuel Lerrac mit le mutisme d'Emma au compte de sa désastreuse expérience, il se trompait. Lourdement. Elle procédait à une tout autre synthèse. Résumons : ce type était vraiment canon, drôle, intelligent, subtil, et en plus avocat. C'est comme les plombiers ou les garagistes, ça sert toujours. Lorsqu'ils parvinrent devant l'immeuble d'Emma, elle s'extirpa de ses spéculations pour proposer :

— Euh… un café, un thé, un jus de fruits ?

— Désolé, chère Emma, j'ai une audience. Une autre fois, peut-être. Sûrement.

Regard enveloppant, chaloupant. Sourire à écarter les doigts de pieds en éventail. Ah, il était vraiment craquant, l'animal !

Arnaud, aux cent coups, l'attendait, bras croisés, lèvres en cul de poule, regard mauvais, planté au milieu de l'entrée de leur loft. Elle se fit copieusement remonter les bretelles. Elle n'en attendait pas moins. Passant du coq à l'âne, comme à son habitude, Arnaud demanda soudain :

— Alors, qu'est-ce que tu en penses, du beau Jean-Manuel ?

— Beuuuuuuhhhhh ! meugla-t-elle avec une rare pertinence.

— Oui, plus que canon, à tous points de vue. Posant les mains sur ses hanches, à la manière d'un joli sucrier victorien, preuve d'une vive exaspération chez lui, il assena : Alors là, tu m'écoutes, parce que je suis au bout de ma résistance nerveuse en ce qui te concerne ! Si tu n'es pas capable de séduire un mec, même du genre imprenable, avec tous les tuyaux que je t'ai donnés, en plus du fait que tu es la plus jolie et la plus intelligente femme que je connaisse, c'est que tu es vraiment irrécupérable ! À ce rythme, on va finir tous les deux en pauvres vieilles filles, alors remue-toi !

— Oui, Arnaud. Bien, Arnaud, approuva-t-elle. Qu'est-ce que je dois faire, Arnaud ? Imprenable dans quel genre ?

— Dans le genre, toutes les femmes sont à ses pieds, il n'y a donc pas de raison qu'il se restreigne !

— Ah… lâcha Emma, dépitée.

Ce qui lui valut une autre salve peu charitable de la part du galeriste :

— Écoute, si tu cherches la simplicité, trouve-toi un nabot cacochyme doté d'un QI de moustique dont aucune femme sensée ne voudrait ! Là, tu tapes dans la catégorie archi-supérieure, donc, forcément, y'a de la compétition.

Il ne résista pas longtemps au ravissant visage défait de ce qui était sans doute son âme sœur. Il s'adoucit, déclarant d'un petit ton futé :

— En revanche… Jean-Manuel veut absolument un bébé. Comme toi. Une fille, ça a l'air impératif. Il ne te restera plus qu'à le convaincre que la mère qui va avec est chouchou au possible, elle aussi.

Le sourire revint à Emma. Un large sourire.

— Une fille, une fille… moi, le sexe du bébé, je m'en fiche. D'accord, une fille. J'ai fait toute la bibliographie. Il faut manger des crevettes quatre mois avant la conception et un mois après. J'adore les crevettes. Même au petit-déjeuner.

Soudain méfiant, Arnaud exigea :

— Non mais, attends… il te plaît vraiment ? C'est pas juste pour le bébé ?

— Ben… Il m'a tout de suite beaucoup, beaucoup plu… ça me rend un peu méfiante.

— Encore votre fameuse double cohérence féminine, je suppose. Il me plaît trop = prudence. Il ne me plaît pas du tout = ça doit être l'homme de ma vie. Ah, les femmes ! Il tapa du pied et répéta pour la cent millième fois en la plantant là : Seriner les mêmes choses encore et toujours : quelle fatigue ! Mon Dieu, quelle fatigue !

JOUR 4.

Y'en a toujours qui se la coulent douce...
Les lâcheuses... Pas pour longtemps !

Au même moment, épuisée par sa nuit d'amour, Nathalie, qui venait de découvrir ce qu'était le sexe après vingt-cinq ans de mariage et deux enfants, ne parvenait pas à s'extirper de sous la couette. Une expérience décoiffante, au propre comme au figuré. Inutile d'espérer garder son impeccable carré dans les draps de Vincent. Elle ressortait comme un paillasson hirsute version comblée, extatique. Il n'y a que dans les films où les femmes restent admirablement coiffées-bouclées et maquillées après une nuit torride. Les autres, le commun des mortelles, ont du rimmel jusqu'au milieu des joues et les cheveux pleins de nœuds (sauf si elles se font des couettes avant... pas top-sexy). Les périodes d'absolue satisfaction charnelle (nombreuses, les périodes) étant suivies de moments « totale-récupération », elle n'avait pas écrit trois pages de son futur grand roman féminin. À ce rythme-là, il allait lui falloir une cure de multivitamines et de magnésium. Parce qu'elle avait vraiment envie de l'écrire ce roman, et que ses amies trépignaient dans l'attente de ce qui serait, à n'en point douter, un best-seller. Décevoir ses amies : exclu, même pas la peine d'y penser. Non mais, des fois ! D'autant que Vincent l'encourageait aussi. Ben oui, ben oui ! Cependant, le four, le moulin et la boutique, pas fastoche à gérer !

Elle laissa échapper un immense soupir de bien-être et allongea les jambes, seul effort physique qu'elle était encore capable de fournir. Vincent… Vincent, le genre de miracle qui n'existe que dans les romans. Parfait de partout, le Vincent. La belle soixantaine, drôle, brave, intelligent, charmant et séduisant au-delà du raisonnable, et même qu'il savait changer un joint de robinet et accrocher un cadre droit !

Nathalie ouvrit un œil et détailla la vaste chambre de l'appartement en duplex du Marais… une pure merveille. Tout y était d'un goût exquis, jusqu'aux bibliothèques lourdes de livres lus, aux toiles suspendues aux murs taupe, aux jolis objets rapportés du monde entier. Un appartement où chaque chose avait été choisie avec amour. Rien à voir avec le cinq-pièces bourge-convenu de Versailles où elle avait vécu avec Laurent, son ex-mari. Plus daube-crasse que lui, impossible ! P'tit pet mou, va ! Profitant de son opération du sein, il l'avait plaquée, sans doute pour une préadolescente, ainsi que l'avait diagnostiqué Charlotte. Eh bien, un grand merci au vilain pet. Sans son départ, elle n'aurait jamais rencontré Vincent. Et là, elle aurait vraiment raté le meilleur. C'que la vie était chouette !

Vincent fit son apparition avec un large plateau chargé d'un petit déjeuner destiné à remplacer toutes les calories perdues au cours de la nuit. Beaucoup. Une petite rose était plantée dans un soliflore. Trop mignon, trop craquant ! Nathalie battit des mains de délice. Il rit et plaça le plateau entre eux avant de s'allonger à nouveau. Elle aimait tout, le moindre atome de lui, jusqu'à son odeur de peau mêlée aux vestiges de son eau de toilette à base de vétiver. Et elle le trouvait tellement beau, grand, baraqué, avec ses cheveux mi-longs poivre et sel, ce magnifique regard châtaigne pétillant de vitalité et d'intelligence. D'accord, beaucoup avant elle avaient eu le même jugement puisqu'elle allait devenir sa cinquième femme, après avoir été sa… bof, allez, à la louche et au pif, 1317e maîtresse, un palmarès très probable, selon Juliette qui le connaissait bien. Cependant, Vincent restait très discret sur ses succès féminins. Un argument de plus. Moins les hommes séduisent, plus ils ont tendance à se faire passer pour des Casanova.

La sonnerie de son portable retentit à cet instant. Elle le récupéra sur la table de chevet et découvrit le numéro de l'appelant, celui d'Hélène

— Ah ! mince… Je suis désolée. Il faut que je réponde.

— Pas grave, ma chérie.

Nathalie écouta durant quelques instants le monologue heurté et flou, assez incompréhensible, de sa meilleure amie, et s'enquit, apaisante :

— Donc, tu as trouvé une tête dans ton labo ? Une tête de quoi ? D'épingle, de loup, d'ail… ?

Un peu intrigué, Vincent suivait la conversation. Il sursauta lorsque Nathalie cria :

— Quoi ? Comment ça, une tête humaine ? Une vraie ? Comme celles qu'on trouve sur les épaules des gens ?

Maintenant inquiet, Vincent s'était redressé dans le lit, reposant sa tasse de thé fumant sur le plateau. Ah non, les filles n'allaient pas refaire le « plan cadavres » !

Un peu à court de repartie, Nathalie bredouilla :

— Ça ne doit pas être si fréquent que cela, des têtes humaines décapitées dans un labo ? Non que je le déplore... Oui... Attends, Stéphane Lambin, l'horreur qui n'arrêtait pas de t'embêter... Oh, alors c'est moins grave, conclut Nathalie un peu rassérénée. Écoute, chérie... tu veux qu'on déjeune ensemble, histoire de papoter et de se remonter le moral ? J'appelle les autres. De toute façon, Vincent part pour Toulouse en déplacement. Oh, le vilain... Oui, une interminable journée sans lui... affreux, affreux... Je vais être malheureuse comme tout.

Vincent ronronna tel un matou satisfait. Il la trouvait tout simplement parfaite. Mais comment avait-elle pu lui échapper jusque-là ? Pourtant, en matière de femmes, il n'avait jamais chômé.

JOUR 4.

Il y a toujours une goutte d'eau pour faire déborder le vase.

Un peu plus tard. Nathalie, un peu choquée mais comme toujours maîtresse de ses nerfs, avait relayé l'information aux quatre autres, y compris MHD, pendant que Vincent prenait sa douche. Les appels se succédèrent dans le bureau du docteur Hélène Audibert.

À Charlotte, qui téléphonait entre deux rendez-vous :

— Pourquoi on a ressenti l'impérieuse envie de coller la tête de Stéphane sous la hotte ? J'en sais rien, chérie ! Ou alors un sinistre individu savait que je devais l'utiliser ce matin très tôt et voulait bousiller ma manip par pure vacherie… Ah ? Tu crois que je fais un peu de parano ?

À Emma, qui jugea le moment peu opportun pour relater sa mini-garde à vue, d'autant que sans ce pauvre officier de police qu'elle avait stupidement offensé (il avait quand même une haleine de morgue), elle n'aurait pas rencontré maître Jean-Manuel Lerrac :

— Mais t'es marrante… je ne sais pas où est passé le reste du corps !… (Indignée :) Emma, t'es folle, ou quoi ! D'accord, j'ai souvent résisté à l'envie de lui écraser le pif au-delà du réparable, cependant, le décapiter… Ça non, et puis, c'est dégueu !

À Marie-Hortense-Dominique de La Theullade, qu'Hélène n'aurait jamais imaginée en hors-la-loi calculatrice :

— Enfin MHD, réfléchis : je ne pouvais pas cacher la tête et ne rien dire à la police. D'abord, qu'est-ce que j'en aurais fait, de cette fichue tête ? C'est volumineux. Pas le genre de truc que tu fourres en douce dans la poche d'une blouse de labo pour ensuite le balancer, discret, dans la première bouche d'égout. Quant à la planquer dans un petit coin, ça pue vite… (Énervée :) Comment veux-tu que je sache si ça fait mal, une décapitation ? Je n'ai jamais testé et je préfère m'en tenir là, si personne n'y voit d'inconvénient !

À Juliette, que l'absence de sa fille rendait un peu bougonne le matin et qui trouvait que certaines personnes chargeaient vraiment trop la mule :

— Oui, oui chérie, c'est d'une rare grossièreté un truc pareil… (Perplexe :) Euh… ce n'est pas ce que je voulais dire… D'accord, d'accord, c'est un manque de respect envers un mort, du moins sa tête. (Folle de rage :) Mais c'est surtout d'une scandaleuse discourtoise vis-à-vis de la personne qui est censée utiliser la hotte après ! Moi, donc. Ça se nettoie après usage, une hotte !

Elle ne s'attendait pas à l'appel de son cinquième correspondant. Elle s'en voulut un peu du plaisir que lui occasionnait cette voix. Celle de Frédéric, son ex-mari. Un peu paniqué, il attaqua :

— Je viens d'avoir Nathalie. C'est quoi cette embrouille ?

— Une tête décapitée, placée dans la hotte à flux laminaire, répondit-elle d'un ton dont elle força la sèche ironie.

Et non, je n'ai rien à y voir, même si j'aurais parfois volontiers noyé Stéphane Lambin dans le bain-marie.

— Bon, alors ça, c'est ce que tu ne dis sous aucun prétexte aux flics. Ils sont génétiquement méfiants. Je saute dans mes vêtements et j'arrive !

Oh là ! Si Frédéric s'en mêlait, entre son insolence, sa confusion mentale, ses neurones qui ne s'allumaient jamais comme ceux des autres, et le manque total d'humour de l'inspecteur divisionnaire Benoît Levasseur, elle était certaine de finir en taule. Pourtant, un petit sourire lui vint : qu'il était chouchou le lunaire dessinateur de BD, qui se perdait entre les toilettes et la salle de bains, à moins d'avoir au préalable balisé son chemin de petits cailloux ! Vite mort, le sourire. Désagréable, elle lui intima :

— Hors de question. Pas besoin que tu mettes les pieds dans le plat au risque de créer un tsunami ! C'est déjà assez le sac de nœuds !

Un silence, puis :

— Je veux bien, mais tu me tiens au courant. Je ne rigole pas, Hélène. Tu évites de jouer les Tarzan. Je te rappelle que tu n'as jamais pu décoller du nœud de la corde lisse le jour du bac. Et si ça sent mauvais, j'interviens.

C'est ça, bonhomme ! Quant à la corde lisse, faut vraiment avoir un gros compte à régler avec l'humanité pour inventer des épreuves de ce genre ! Ça sert à quoi dans la vie de tous les jours de savoir grimper à une corde ? Hein ?

— Ça marche, mentit-elle.

Elle venait de raccrocher lorsque la haute masse de Levasseur s'encadra dans le chambranle de la porte de son bureau. Menaçante, la masse. Bras croisés sur son torse, il la fixait avec une déplaisante intensité, sans mot dire.

Hélène soutint le regard. Rigolo ! Un grand classique des flics pour impressionner leur vis-à-vis. Pas à elle ! Elle se trompait et allait le découvrir très vite. Levasseur avança de deux pas et demanda d'une voix plate et peu amène :

— Dr Audibert, selon Nadine Lassalle, la secrétaire, il n'existe que trois clés de la petite réserve où sont stockés les substances radioactives ou les toxiques particulièrement dangereux.

— Hum… L'une est en possession d'Édouard Delarue, notre directeur, l'autre est détenue par Benjamin Laumonier, un chercheur senior, et la troisième par moi.

— Le docteur Laumonier est en congrès au Japon, n'est-ce pas ?

— Hum-hum…

— Pourriez-vous m'expliquer ce que fait le corps sans tête de Stéphane Lambin dans cette réserve ?

Mauvaise limonade ! Toutefois, il commençait à lui casser les pieds, aussi répondit-elle, mauvaise.

— Non.

— Vraiment ? Mélanie Devernois, la thésarde de Stéphane Lambin, vient de se rendre compte que tous les CD et DVD sur lesquels étaient copiés leurs recherches, leurs articles et propositions de contrats avaient disparu. Ça ne vous ennuie pas que nous jetions un petit coup d'œil dans votre bureau ?

— Si, beaucoup, mais je doute de pouvoir m'y opposer. Faites. Vous êtes priés de ne rien déranger.

Elle lui tendit une clé pendue à un cordon de cuir qu'elle récupéra dans son sac à dos. Aussitôt deux policiers fondirent sur ses placards, dont celui bouclé, dans lequel elle conservait tous les documents et enregistrements sensibles.

Ils fouillèrent et refouillèrent sous l'œil hargneux d'Hélène qui commentait parfois :

— Police ou pas police, sont rangés dix ans de travail acharné dans ce placard ! Un peu de délicatesse, je vous prie.

Ou :

— Ceci n'est pas un atelier de métallurgie ni une casse auto. Ceci est un bureau de chercheur !

À leur totale absence de réactions, elle comprit qu'elle ne les impressionnait pas le moins du monde et se tut.

Un des policiers tendit une dizaine de boîtiers de DVD à Benoît Levasseur en précisant :

— C'est inscrit « Stéphane Lambin » ou « Stéphane Lambin – Mélanie Devernois » dessus.

Hélène se redressa d'un bond en éructant :

— QUOI !

L'inspecteur se pencha et examina la serrure du placard, déclarant :

— Pas de trace de forçage.

Telle la statue du Commandeur, il se tourna vers la chercheuse en la foudroyant du regard.

— Et là, vous avez peut-être une explication ?

Hélène n'aurait su dire ce qui dominait en elle, de la stupeur, de la colère ou, avouons-le, de la panique. Vingt possibilités de réactions se télescopèrent dans son esprit : se mettre à bramer ou à hululer, se tapir sous son bureau en donnant des coups de pied si un des flics tentait de l'en extirper, arracher les DVD des mains de Levasseur et se sauver comme une folle dans le couloir en couinant, faire une syncope… On se calme ! On se calme tout de suite. On est une scientifique. Une GRANDE scientifique ! On réfléchit et on arrête de réagir comme une gourde et demie à soi toute seule.

Elle inspira et alluma une cigarette. La bouffée de fumée l'apaisa un peu. Benoît Levasseur, qui semblait doté d'une psychologie d'hippopotame adulte, remarqua :

— C'est pas interdit de fumer dans les labos ?

Avec une suavité annonciatrice d'une tempête majeure, elle rétorqua :

— Si ! Cependant, il est également interdit de décapiter les gens. Vous vouliez une explication ? Inspecteur divisionnaire… je possède un QI de 157, j'ai bac plus onze, deux maîtrises, un doctorat de chimie-biochimie. Je suis diplômée d'une grande école d'ingénieurs et j'ai un PhD[1] de Harvard, j'en passe, en plus du fait que je dirige une équipe de recherches depuis presque dix ans…

Elle écrasa sa cigarette. Ses mains tremblaient, l'adrénaline re-re-dévalait dans ses veines. Le gros problème avec l'adrénaline, c'est qu'on sait où (dans les glandes surrénales) et quand ça commence (quand on vous pompe l'air grave, par exemple), mais on ne sait jamais quand ça se termine, ni surtout comment.

Hurlant soudain, au point qu'un policier, surpris par l'éclat, s'affala dans le placard, elle poursuivit :

— Et vous croyez que je serais assez daube pour tuer un type, lui piquer ses DVD de travail et les cacher dans MON placard ? Vous avez du mou de veau à la place de la cervelle, ou quoi ?

Levasseur voulut protester : là on frisait l'insulte grave. Elle pointa un index meurtrier vers lui et rugit :

— Taisez-vous ! Si j'avais tué Lambin – et j'aurais eu de grosses circonstances atténuantes –, je ne l'aurais pas

1. Équivalent du doctorat aux États-Unis.

décapité, c'est vraiment trop beurk, et en plus, je n'aurais pas collé sa tête pleine de sang dans MA hotte que JE comptais utiliser, parce que ça a foutu MA journée de manip' en l'air…

Levasseur, quand même un peu secoué par la furie dressée derrière son bureau, ouvrit à nouveau la bouche.

— Taisez-vous, je vous dis ! Si j'avais piqué ses DVD de boulot, j'avais tout le temps de les planquer intelligemment avant de vous prévenir, plutôt que de les coller dans MON placard pour être certaine que VOUS alliez ME soupçonner. Enfin et surtout, Lambin était un chercheur médiocre, et la question à cent mille euros c'est : qu'est-ce que j'aurais pu espérer trouver d'intéressant dans ses petites expérimentouilles mal fichues ? Servez-vous de votre tête pour autre chose que porter une casquette de baseball, ça me fera des vacances !!!

Ou il la bouclait pour insultes à officier de police dans l'exercice de ses fonctions, ou, de fait, il reconnaissait qu'elle marquait un point. Sauf qu'elle poussait pas mal le bouchon en comparant son cerveau avec du mou de veau. Cependant, Benoît Levasseur avait oublié d'être crétin, même si, en vérité, il soupçonnait tout le monde du pire. À sa décharge, il avait eu souvent raison dans sa carrière. Il opta pour le dialogue :

— Il était vraiment nul ?

— Au-delà de ce que vous pouvez imaginer. Il a voulu étudier chez le rat le métabolisme dans la vésicule biliaire d'un médicament destiné aux humains.

— Et ?

— Les rats n'ont pas de vésicule biliaire. Il ne s'en est rendu compte que lorsqu'il les a euthanasiés, après un mois d'expérimentation. Parce que, en plus, Stéphane était si persuadé de son excellence qu'il planquait tout, de peur qu'on lui pique ses génialissimes idées.

— Pas de vésicule biliaire ? s'étonna Levasseur en songeant que c'était dingue le nombre de choses qu'on ignorait. Une pensée d'une rare originalité !

— Non ! Tout comme l'amanite phalloïde est sans danger pour les lapins et la strychnine pour les cochons d'Inde. Et si ce fabuleux médicament qu'est l'aspirine avait été testé chez certaines espèces animales, dont le chat chez qui il est toxique à faibles doses, on n'aurait jamais pu en bénéficier.

Un peu interloqué, Levasseur argumenta :

— Mais je croyais que les chercheurs étaient triés sur le volet… enfin, des grosses têtes.

— Juste, mais y'a quand même quelques petites têtes qui se faufilent entre les mailles du filet. Lambin a eu très chaud aux fesses à plusieurs reprises, notamment lors des commissions d'évaluation. Mais il savait geindre et cirer les pompes comme personne, et tout coller sur le dos de ses méchants collègues, dont moi. Il s'en est sorti à chaque fois, de justesse, mais il s'en est sorti.

— Bon, vous ne l'aimiez vraiment pas ?

— Non, mais ça ne fait pas pour autant de moi une meurtrière à la tronçonneuse. Elle plissa les paupières et ajouta dans un sourire ravageur : Inspecteur divisionnaire, je connais les molécules comme ma poche, surtout celles qui sont très toxiques et indécelables. Si j'avais voulu buter Stéphane Lambin, j'y serais parvenue sans que vous ne puissiez jamais me soupçonner.

L'argument porta. De plus, il ne la voyait pas trancher la tête d'un type. L'aplatir à coups de masse dans un moment de fureur oui, mais pas ça. Elle ajouta :

— Et puis, excusez-moi, mais je suis quand même une femme bien élevée. Je trouve ce… machin… d'une vulgarité…

Ce fut au tour de Levasseur de sourire.

— Non, pas vulgaire. C'est un meurtre de haine. Un truc personnel. On ne décapite pas quelqu'un et on n'expose pas sa tête en trophée de chasse sans une raison très personnelle. Sauf psychopathe, mais je doute qu'il en traîne en ce lieu.

— Ça prouve une grosse méconnaissance du monde de la recherche, plaisanta-t-elle.

— Donc, on tue Lambin et on tente de vous faire porter le chapeau. Vous connaissez des gens qui vous détestent ?

— Plein. Je suis bonne et je gagne de l'argent pour faire vivre mon équipe et poursuivre nos recherches. Normal. Je veux dire l'acrimonie, la jalousie. Demandez-moi plutôt la liste des gens qui m'aiment bien, ça sera vite expédié.

Benoît Levasseur parut réfléchir, puis lâcha :

— Franchement, je vous trouve odieuse. Toutefois, vous me plaisez assez. Pas comme femme, surtout pas comme femme, ajouta-t-il, inquiet qu'elle puisse prendre son commentaire à la manière d'une avance. (Ah non, se retrouver avec une nana comme elle sur les bras, il n'avait pas les nerfs !) Alors un conseil : faites gaffe où vous mettez les pieds.

— Euh… pourquoi ?

— On place les DVD incriminants dans votre placard. On entrepose le corps dans la réserve dont vous avez la clé. Or il n'y a pas trace de sang dans la pièce, donc, il a été tué ailleurs. En d'autres termes, quelqu'un a vraiment une dent contre vous. On peut même y voir un véritable acharnement. On ne sait jamais jusqu'où peut déraper l'acharnement.

Hélène sentit le sang se retirer de son visage.

Il la salua d'un petit mouvement de tête et ajouta avant de sortir en compagnie de ses hommes :

— Ne croyez pas que votre caractère de cochon vous protège. En tout cas, pas d'un tueur, d'autant que celui-ci est un tordu gratiné. Ajoutez à cela que je parierais qu'il s'agit d'un homme. Or, *a priori*, sauf femme bien entraînée, un homme est plus fort et moins inhibé physiquement.

Son but, c'était quoi ? La pousser vers la dépression sévère ? Mince, Frédéric lui avait déjà dit la même chose.

Ah, mon Dieu.... Vite, les filles.

Après une série de coups de téléphone un brin anxieux (épais, le brin), il s'avéra, malheureusement, que ni Charlotte, ni Juliette, ni MHD ne pouvaient se libérer pour le déjeuner. Juliette affolée suggéra :

— Bon, là, faut réagir ! On dîne ensemble, réunion de crise et on fait le point. Si tu craques, viens. Je te fais un massage détente et un petit masque entre deux clients.

Re-série d'appels : rendez-vous fut pris pour le soir, chez Charlotte.

Le moral en berne, loin, très loin, le moral, Hélène se dirigea à pas lourds vers l'animalerie. Le labo et le bureau de Stéphane Lambin étaient éclairés. Elle poussa la porte. Mélanie Devernois, la thésarde de Stéphane, était avachie sur une chaise, hagarde, les coudes plantés sur le bureau, la tête enfouie entre ses mains.

— Mélanie ? Vous tenez le coup ? Vous devriez peut-être rentrer chez vous, voir des amis.

La jeune femme, une brune assez menue aux longs cheveux bouclés, leva les yeux vers elle. Un regard immense, perdu, la fixa.

— Je… C'est gentil, Madame. Je… je n'arrive pas à penser… Tout est brouillé. Stéphane… Enfin… il est mort… horrible… C'est… je… ne réalise pas… Je n'arrive pas à… y croire…

— Rentrez chez vous, Mélanie, ordonna Hélène d'un ton amical. Ça ne sert à rien de rester ici. Prenez quelques jours.

La jeune femme acquiesça d'un signe de tête, mais la chercheuse se demanda si elle avait compris.

Encore plus déprimée, Hélène rejoignit l'animalerie. Dès qu'elle entra, elle vit deux mains minuscules, rosées, si semblables à des mains humaines, s'accrocher aux barreaux de la grande cage de luxe qu'elle avait récupérée afin d'installer Mimi dans un quatre-étoiles à rats. Une petite truffe apparut. Remue-ménage dans la cage, Mimi humait son approche et lui faisait la fête. Elle sortit la petite bête et la posa sur son épaule en lui gratouillant le ventre. Mimi la renifla avec délices, chatouillant son oreille de ses moustaches.

— Tu sais, Mimi, j'suis pas sûre d'aimer les humains tant que ça, déclara Hélène d'un ton piteux. Bon, certains sont chouettes, super-chouettes, géniaux, mes amies, Frédéric, par exemple, mais la majorité d'entre eux, ça craint pas mal.

Hélène allait un peu mieux lorsqu'elle ressortit.

JOUR 4.

**Les crises de nerf collectives sont beaucoup plus rares que les individuelles.
C'est un des gros intérêts des dîners entre filles.**

Nathalie avait déboulé vers 19 heures, chargée de deux gros sacs en plastique recyclable rose bonbon, une couleur gaie mais peu discrète selon Charlotte. Elle en extirpa trois quiches – saumon-épinard, lorraine d'un beau classicisme, tomate-chèvre-origan. Nathalie faisait beaucoup dans la quiche depuis quelque temps. C'est bon, la quiche. Ça se mange chaud ou froid, ça se conserve une semaine au réfrigérateur, c'est sain. Néanmoins, ça peut devenir un peu lassant après un certain nombre de répétitions. D'un autre côté, Charlotte n'allait pas la ramener. Elle venait tout juste de découvrir que si on veut éviter le plat de colle, il convient de jeter le riz dans l'eau bouillante et non pas froide. Une avancée remarquable pour une femme qui avait eu, un jour, l'idée de faire durcir des œufs au four micro-ondes (sans pratiquer un mini-trou dans la coquille) et qui avait failli se faire plaquer par sa femme de ménage devant l'ampleur des dégâts. En dépit du fait qu'elle détestait sa femme de ménage, une mollasse geignarde et paresseuse, elle la surpayait pour ne pas se la faire piquer car elle savait qu'à Paris trouver « la femme de ménage idéale » relevait du parcours du combattant.

Nathalie et Charlotte se servirent un généreux verre de vin en attendant leurs amies. Après un long silence, Nathalie demanda d'une voix incertaine :

— Ça ne te paraît pas étrange ? Enfin, je veux dire, tous ces cadavres qui croisent notre chemin depuis quelques mois ?

— En effet, statistiquement, on est un peu dans l'exception.

— Un peu ?

— Euh… carrément.

— Tu crois que c'est une question de karma, comme dirait Juliette ?

— Non. Je pense que certaines personnes sont de gros enquiquineurs, les tueurs, je veux dire, et il faudrait qu'ils nous lâchent, parce que, là, on en a plein les poulaines !

Les filles arrivèrent dans l'ordre attendu : Hélène, d'une ponctualité maladive ; Emma, toujours un peu en retard, un peu en avance, rien de grave, suivie de peu par Marie-Hortense-Dominique. Ne manquait plus que Juliette qui n'avait jamais été fichue d'être à l'heure. Juliette pouvait se préparer quatre heures à l'avance, survenait toujours au dernier moment un incident qui la retardait. Lorsque Charlotte répondit à son coup de sonnette, une bonne demi-heure plus tard, Juliette, échevelée, semblait sortir d'un combat rapproché, et déclara d'une voix d'outre-tombe :

— J'ai pris un taxi. J'suis désolée. La tuile horrible.

— Quoi ? s'inquiéta aussitôt la psychanalyste, se demandant quelle monstruosité allait encore fondre sur elles.

En état de choc, l'esthéticienne bredouilla :

— Le stérilisateur à ultrasons dans lequel on nettoie les pinces à épiler, les pinces à ongles et tout le reste… Je ne sais pas, un court-circuit… il a pris feu.

Charlotte glapit en tapant du pied :

— Mais tu te fous de qui, là ? Hélène retrouve une tête décapitée dans son labo et toi, tu me prends la mienne, de tête, avec un fichu sonicateur à tire-comédons ?

— Bon, bon, marmonna Juliette, penaude.

Hélène leur narra à nouveau, par le menu, sa macabre découverte. Lorsqu'elle en arriva aux insinuations (limpides, les insinuations) de l'inspecteur divisionnaire Benoît Levasseur concernant sa propre sécurité, un petit « gloups » pénible lui échappa.

D'une voix blanche, Emma mit les pieds dans le plat :

— Euh… ce flic, « pas cool », il suggérait vraiment que le tueur pourrait s'en prendre à toi ?

L'exaspération gagna Hélène qui pesta :

— J'ai pas eu l'impression qu'il le soupçonnait de vouloir m'offrir une brassée d'orchidées ou un voyage aux Seychelles !

Nathalie, pour qui Hélène était l'amie, la petite sœur, parfois même la fille, cria :

— Alors là, je dis : exclu ! Même pas la peine. Tu ne remets pas un pied dans ce labo. Charlotte est médecin, elle peut te faire un arrêt longue maladie pour dépression sévère. Y'a de quoi, d'ailleurs.

Charlotte approuva d'une série de hochements de tête.

— Non, je ne lâcherai pas le morceau, rétorqua Hélène, butée, à son habitude. Ce tordu veut en découdre avec moi ? On y va. Castagne à outrance.

— Attends, attends, chérie, tenta de la raisonner Juliette. On parle de quelqu'un qui n'est pas franc du collier. Je veux dire, Stéphane ne se serait pas laissé décapiter sans protester. Donc le tueur l'a eu par surprise. Un sournois. Un sournois dangereux.

MHD était restée silencieuse depuis un moment, songeant, un peu égoïstement, que le hasard des rencontres faisait bien les choses. En vérité, elle s'ennuyait comme un rat mort avant de rencontrer ce groupe de femmes. Le boulot, encore le boulot, toujours le boulot, en plus d'un homme qui n'était pas vraiment la quintessence du superbe amant passionnant. Mais elle l'adorait. Non, elle ne l'adorait pas, elle le maternait et le « musait ». Elle était son inspiratrice. Tous les grands créatifs ont besoin d'une muse aimante. Tomber sur cinq adorables nanas, intelligentes, distrayantes, et qui semblaient avoir un génie tout particulier pour se coller dans les embrouilles, cela relevait du miracle. On lui avait raconté l'affaire récente dites des « trois cadavres », mâtinée d'un gros zeste de services secrets, et elle s'en voulait d'avoir raté un tel fun.

Tendant son verre pour un nouveau remplissage, car elle avait du coffre, elle déclara :

— Bon, que fait-on ? Enfin, moi je suis novice, mais, vous, vous avez un certain nombre de kilomètres au compteur « cadavres et tueurs », non ?

Emma s'emporta :

— Mais t'es marrante ! Avec le lot d'anciens cadavres, on s'est juste contentées de gérer l'urgence. Enfin, on n'avait pas un « plan macchabées », on a improvisé.

— Oui, ben alors qu'est-ce qu'on improvise sur ce coup ? insista MHD.

Sa question plongea l'assistance dans un silence de spéculations, juste troublé par le murmure de Juliette :

— Oh, ce que j'aimerais que ma fille soit présente ! Non, c'est vrai, elle a toujours des idées géantes, Bénédicte.

Nathalie se leva d'un bond et déclara, péremptoire :

— Je sais. On fait du chercheur-sitting. Chaque jour, l'une d'entre nous accompagne Hélène dans ses moindres déplacements, reste avec elle au labo. On est cinq, y'a cinq jours ouvrés. On se relaie.

« Ouais, cool », « super », « génial », approuvèrent-elles en chœur. Hélène les regarda tour à tour comme si elle avait affaire à un troupeau de toquées de compétition. Elle hurla :

— Ça va pas la tête ? Vous voulez me ridiculiser, foutre ma réputation en l'air ? Et pourquoi vous ne loueriez-pas trois pit-bulls dressés au carnage tant qu'on y est ? Se calmant, elle ajouta : Je sais que vous faites ça pour mon bien, mais là, faut se calmer.

— Chérie, on essaie de te protéger, argumenta Nathalie.

— Je sais, je sais... mais vous ne voulez pas non plus entrer avec moi dans les toilettes quand je fais pipi ?

— Toujours se méfier des cabines de W-C, repaire des pervers. Moi, j'ouvre la porte d'un coup de tatane pour être sûre qu'il n'y a personne embusqué derrière, précisa Emma.

Le pauvre gars qui aurait la stupidité de s'attaquer à elle s'en mordrait les doigts toute sa vie. Emma était de taille à l'expédier un mois à l'hôpital d'un coup d'escarpin propulsé à 150 km/h ou à lui casser toutes les dents, plus le nez, d'un coup de poing. Ce fut la première fois de sa vie qu'Hélène Audibert regretta d'éprouver une aversion qui confinait à l'allergie pour le sport. En dépit de ses fanfaronnades, elle se sentait pas mal angoissée et aurait adoré être championne de boxe française comme Emma.

— Bon, alors qu'est-ce qu'on fait ? reprit MHD en reposant son assiette sur la table basse, son regard balayant les deux bouteilles et demi d'excellent Bordeaux qu'elles venaient de descendre.

En comptant qu'Emma, Juliette et Nathalie étaient de petites buveuses et Hélène trop choquée pour se poivrer le nez, ne restaient qu'elle et Charlotte comme pochtronnes avérées.

À court d'idées percutantes, la psychanalyste proposa l'habituelle panacée :

— Un bon whisky en digestif et je sors le chocolat ?

Toutes optèrent pour cette recette éprouvée.

Un excellent blend et deux plaquettes de chocolat plus loin, il fut décidé qu'Hélène mettrait en branle le programme « extrême vigilance ». MHD, qui ne semblait pas être du genre à se laisser volontiers souffler dans les bronches, proposa :

— Je te file ma bombe lacrymogène. À la première menace, tu asperges.

Juliette s'y opposa :

— Non, non, j'ai fait, je ferai plus ! Un loubard qui tentait de m'arracher mon sac à main. Au moment où j'ai appuyé sur le pchhttt, y'a eu un coup de vent qui a rabattu le gaz vers moi. J'ai toussé, pleuré durant deux heures, l'impression que mes yeux allaient sauter de leurs orbites. Et le gars est parti tranquillement avec mon sac. Maintenant, j'ai toujours une lime à ongles dans la poche. Métallique, bien sûr. Parce qu'en carton, c'est plus mou, bien sûr.

Nathalie, toujours pratique, suggéra :

— J'ai un autre truc efficace, je le tiens de ma grand-mère. Tu prends une chaussette et tu la bourres de pièces de deux euros. Ça fait matraque. Radical et pas de déclaration obligatoire en préfecture.

— Euh, les limes à ongles, non plus, se défendit Juliette. Du moins, pas à ma connaissance.

Emma était bien embêtée de ne pouvoir fournir aucune astuce sur le mode : « Le premier type qui me frôle, je l'assomme, je le poignarde, je l'asphyxie. » Elle se servait de ses pieds et de ses poings. Or, elle était quand même la pro du combat rapproché. Pédagogue, elle expliqua :

— Si tu n'as rien sous la main, voici quelques tuyaux. Pour une novice : le coup de genou dans les… parties reste une valeur sûre, du moins si l'agresseur est un homme. Ça marche beaucoup moins bien avec les femmes. Pour les deux sexes, le coup de pied dans la rotule, très efficace aussi, si tu ne te casses pas la figure en même temps. Le coup de poing, n'hésitons pas à y avoir recours en cas de besoin. Le mieux, c'est dans le plexus solaire, ça couche, et comme c'est plus mou qu'une mâchoire, on se fait moins mal…

Emma ferma son joli petit poing redoutable pour y aller d'une démonstration. Toutes se penchèrent pour suivre, songeant que ça pouvait toujours servir.

— Contrairement à ce que font la plupart des femmes, le pouce doit être sorti, plaqué sur les phalanges, pas dans la paume de la main. On cogne à plat, avec les premières phalanges pour ne pas se péter une articulation. En bonus, tu peux porter au majeur une grosse bague, bien lourde, genre tarabiscotée avec surface hérissée, façon poing américain. Attention toutefois, si tu ne tapes pas parfaitement à plat, tu peux aussi te fêler un os. Car ne nous leurrons pas, contrairement à ce que l'on voudrait nous faire gober dans les films d'action, où le héros envoie dix loubards dans les pommes, les coups de poing, ça fait mal. L'idée est que l'autre déguste beaucoup plus que toi. Passons maintenant à la rapidité. Les femmes étant moins fortes et moins musclées que les hommes, elles doivent compenser par la vitesse.

Emma se leva et leur montra comment déporter son coude vers l'arrière pour frapper avec le maximum de puissance et le minimum de dégâts. Du moins pour soi. Toutes étaient bouche bée d'admiration. Elles s'entraînèrent un peu, imitant les gestes de leur amie. Surtout Hélène, qui y mettait une rage inquiétante, au point qu'Emma – connaissant le caractère belliqueux de la chercheuse – jugea utile de préciser :

— Bien sûr, le comble des arts martiaux, c'est la maîtrise de soi et de la situation. Hors rencontres organisées, on ne cogne que lorsque, vraiment, il n'existe plus aucune autre possibilité. Hélène ? Tu as compris la subtilité ?

— Hum-hum.

Charlotte s'exclama, ravie :

— Moi, je trouve ça beaucoup plus intéressant qu'un cours de cuisine ou de macramé.

— Pourquoi, t'en as déjà pris ? s'étonna Nathalie sans aucune perfidie.

— Ben non, puisque je ne trouve pas ça intéressant !

Après s'être ébrouées dans le salon de leur amie, toutes se réinstallèrent. Ayant recouvré un peu de son calme, Hélène déclara d'un ton ferme :

— D'abord, un grand merci à Emma. Ça me soulage de savoir que si un tueur, du genre mal intentionné à mon égard, me casse vraiment les pieds, je peux lui planter les dents dans le mur. Ensuite, le mieux, selon moi, est d'attendre les résultats de l'enquête.

À son habitude suintante d'admiration pour Hélène, Nathalie applaudit en commentant :

— Quelle concision ! quelle organisation mentale !

Les autres approuvèrent et Hélène feignit, avec efforts, l'humilité face à ce déluge de compliments. Elle s'était toujours moqué que l'on vante ses yeux, ses cheveux ou même sa silhouette. En revanche, que l'on trouve ses neurones particulièrement bien gaulés la remplissait d'aise.

L'atmosphère se détendit tout à fait lorsqu'elles en vinrent à la vraie discussion de nanas. Chacune y alla d'anecdotes et on en arriva enfin aux jules, aux amants, aux mecs, bref, aux hommes. Nathalie comprit vite que, baignant dans la félicité complète, ses histoires avec Vincent manquaient un peu de piquant. Même, elles agaçaient un tantinet, bien que toutes fussent aux anges qu'elle ait enfin trouvé l'homme de sa vie. Dont elle était la femme de la vie, ce qui ne gâchait rien. Mais bon, soyons honnêtes : le gars archi-sublime, parfait de partout et amant exceptionnel, on est en droit de se demander pourquoi six ne sont pas sortis du même moule pour combler les six copines. C'est humain.

Les scoops sentimentaux furent rares. Nathalie, qui n'avait jamais perdu espoir de voir Hélène à nouveau en couple avec son ex-mari, commit une erreur de tact en flûtant :

— Et Frédéric… il t'a appelée….

— Ouais ! Sur le mode « youh-hou, j'suis la cavalerie à moi tout seul et je vais venir sauver la pauvre princesse en détresse ».

— Euh… ben… plutôt chevaleresque, insista son amie.

— Non. Parce que, d'une part, je refuse le rôle de la pauvre princesse, et que d'autre part, si Frédéric charge l'inspecteur « pas cool », et en admettant qu'il ne se trompe pas de cible, je suis certaine de prendre perpet' avec peine de sûreté maximum.

À son ton cassant, Nathalie comprit qu'il valait mieux lâcher prise.

Se maudissant parce qu'elle se sentait rougir telle une première communiante, Emma avoua :

— Ne sautez surtout pas aux conclusions, les filles, mais je crois que je viens de rencontrer quelqu'un qui me plaît beaucoup et… il veut un BÉBÉ !!!

Une cacophonie répondit à cette déclaration : « quoi-quoi ? », « qui, mais qui ? », « il est comment ? », « mais vas-y, accouche ! Enfin, ça prend un peu de temps quand même », « où ça ? », etc.

Elle leur narra l'algarade avec le policier, sa mini-garde à vue et l'intervention du beau, du génial, du parfait maître Jean-Manuel Lerrac. Zorro + Tarzan + Einstein (en beaucoup plus séduisant) réunis. Beau palmarès.

— Tu as balancé à ce pauvre policier qu'il puait du bec ? C'est pas bien, protesta Nathalie. Ils sont mal payés, ils prennent des risques et tout. En plus, les femmes sont forcées de porter des bottines peu seyantes sur un pied féminin, je trouve… Et tous les trucs lourds suspendus à leur ceinturon, je ne suis pas sûre que ce soit top pour les lombaires… D'accord, certains peuvent devenir casse-pied, mais…

— On s'en fout de ça ! Ce qui compte, c'est après, l'avocat, la coupa Juliette dont la vie sentimentale était assez désertique. Continue, Emma.

— À ce que j'ai cru comprendre, le problème c'est qu'il est un peu-beaucoup couvert de femmes.

— Vincent l'était aussi, remarqua Nathalie. Or, je ne suis pas un top-model. Je n'ai pas des seins en obus, ni le popotin qui retient à lui seul le jean, ni les lèvres gonflées comme si elles s'étaient fait prendre dans le tuyau de l'aspirateur à pleine puissance. J'ai des rides et l'air d'une femme de mon âge. Ben, Vincent, qui a quand même ratissé large, m'a préférée à des femmes qui ont durant soixante ans l'air de sortir de l'adolescence ! D'accord, elles sont tellement tirées qu'elles ne peuvent plus cligner des paupières ou sourire sans que ça fasse craquer leurs genoux, mais quand elles ne bougent pas ou qu'elles dorment, elles ont une super-allure. En plus, toi, Emma, tu es quand même sublime. Alors vas-y !

— Et si je prends une veste ? gémit l'intéressée.

— Eh bien, on se saoulera et on te consolera, et on dira tellement de méchancetés, même inventées, sur cet avocat, qu'il ne s'en remettra jamais ! intervint Juliette.

— Et puis, si Christophe Colomb avait craint de se ramasser une méga-gamelle, on n'aurait jamais découvert l'Amérique, renchérit MHB. Un exemple parmi mille autres.

— Juste, approuva Hélène que la comparaison, bien carrée, séduisait.

Elle enchaîna :

— Et toi, Marie-Hortense-Dominique ? Homme ou pas homme ?

— Homme. Enfin… globalement.

— Euh… je ne suis pas sûre d'avoir compris la réserve, remarqua Juliette en mettant les pieds dans le plat avec une belle inconscience.

MHD versa la fin de la troisième bouteille de bordeaux dans son verre et en avala une longue gorgée avant d'admettre :

— Bon, je ne suis pas certaine d'être aussi performante en matière d'hommes qu'en affaires. Alors voilà, je vis avec Serge. Un fabuleux écrivain, trop marginal, trop génial au fond, pour être publié. Serge affirme que l'édition est un monde sans pitié pour les atypiques novateurs.

— Donc, il n'a jamais rien publié… mais tu as lu certains de ses textes, s'enquit Nathalie, pleine d'espoir.

— Euh… pas vraiment… Mais c'est un peu comme Van Gogh, des génies solitaires.

Des regards, disons-le, dubitatifs, s'échangèrent entre les anciennes de la tribu, chacune ayant expérimenté une version ou une autre du loser-narcissique-grand-génie-méconnu.

Sentant qu'elle n'avait pas totalement convaincu, MHD reprit :

— D'accord ! Quand on le voit, il fait un peu petit mulot rabougri. En plus, question sexe, c'est pas ça, loin s'en faut. Mais bon, c'est un créatif, les nerfs à vif, qui ressent tout à fleur de peau…

— Ah ouais ? interrogea Hélène sur le ton de la dame qui ne croit pas un crayon de ce qu'on vient de lui dire.

— Moi, le côté « mulot rabougri », je peux aider, affirma Juliette. Je ne fais pas de miracle, mais s'il a une vilaine peau, des comédons, ce genre de trucs, je possède des solutions.

— Et tu voudrais bien le… le… comment on dit… ?

— À ce stade ? On dit « techniquer », précisa l'esthéticienne de luxe.

JOURS 5 et 6

On n'a pas nécessairement les week-ends qu'on mérite.

Jour 5

Préssentant que ces deux interminables journées seraient calamiteuses, Hélène s'était concocté un week-end chargé. Elle avait commencé dès le samedi matin par vider tout ses placards et penderies, flanquant leur contenu au milieu des pièces. Vers neuf heures du soir, chaque chose avait réintégré sa place initiale, au millimètre près, l'appartement d'Hélène étant rangé selon un ordre maniaque et immuable. Elle était en nage, hirsute mais satisfaite. Restait le problème du lendemain. Que faire ? Recommencer à tout re-re-ranger ? Elle risquait de virer au cas psychiatrique rissolé. Heureusement, Nathalie, l'admirable, l'adorable Nathalie, la tira de l'embarras et de la déconfiture une demi-heure plus tard lorsqu'elle lui téléphona.

— Et si on se faisait un super-pique-nique-balade au bois de Vincennes, avec Vincent ? La journée devrait être magnifique.

— Ouiiii ! cria de soulagement Hélène. Je peux préparer une salade piémontaise. J'ai tout ce qu'il faut.

— Top ! J'ai prévu des quiches et un clafoutis.

Encore des quiches ! Peut-être allaient-elles se cotiser pour lui offrir un livre de recettes de tajines, de cakes salés ou de papillotes ? Pourtant, Hélène raccrocha, soulagée. Une journée de moins à remplir très artificiellement. Quelle chance d'avoir Nathalie ! La meilleure meilleure amie du monde. Elle se précipita dans la cuisine afin de préparer une mayonnaise légère et de faire bouillir les pommes de terre.

Le syndrome « rangements obsessionnels à défaut d'une activité plus palpitante » avait également atteint Charlotte. Vêtue d'une salopette – achetée dans un magasin spécialisé dans les vêtements et instruments de jardinage smartissimes – elle releva les manches de son chemisier en soie beige, prête à en découdre. En effet, Charlotte rêvait parfois de s'adonner à la passion du jardin. Attention, pas n'importe quel jardinage, restons raisonnable ! Ses envies d'indécrottable citadine seraient comblées par une petite taille de rosiers (pas trop hauts, ni bardés d'épines, les rosiers) et la plantation de mini-pots d'herbes aromatiques, et pourquoi pas, visons grand, de trois pieds de tomates cerises. Certes, cela sous-entendait qu'une entreprise spécialisée ait retourné et amendé la terre auparavant. Bref, Charlotte avait du jardinage une idée artistique et surtout peu courbaturante.

Gonflée à bloc, elle pénétra dans son dressing. D'abord, prendre la mesure du problème. Et il était de taille. Jouissant de moyens très substantiels, et possédant un goût certain pour les fanfreluches, elle avait accumulé un nombre de vêtements et d'accessoires qui aurait pu satisfaire la frénésie consumériste de trois shoppeuses patentées. Manque de chance, les virées dans les magasins, les achats compulsifs lui faisaient de moins en moins plaisir. Pire, ils ne l'amusaient plus. Encore « plus pire » (pas français, mais très évocateur), ils commençaient même à l'agacer. Oooohhhh, peut-être couvait-elle un truc pas sain ? Une maladie sournoise, aux symptômes presqu'indécelables. Une dépression rampante ? une carence en vitamines ou en oméga-3 ?

Durant les heures qui suivirent, elle tria tout, réessaya des robes, des pantalons, tentant de répondre à LA question fondamentale mais insoluble : en ai-je vraiment besoin ? Insoluble, en effet, puisque si nous n'achetions que ce dont nous avons besoin, un pan entier de l'économie s'effondrerait.

Satisfaite de sa fermeté – elle avait décidé de se séparer de deux paires de chaussures, d'un tailleur pantalon et d'une robe de cocktail qu'elle comptait offrir à Emma, de la même corpulence –, elle décida de savourer un généreux whisky.

Nathalie ronronnait telle une chatte bienheureuse, à qui ses maîtres auraient eu le bon goût d'épargner le moindre tracas hormis un seul : le choix de ses menus. Viande rouge, poisson, poulet, agneau ? Vincent la couvrait de petits baisers.

Affamés par les efforts de la nuit, n'ayant que peu dormi, ils s'étaient levés vers dix heures pour se préparer un petit déjeuner pantagruélique. Ils l'avaient dégusté en riant, en se racontant de menus riens, comblés l'un par l'autre. Ils s'étaient ensuite recouchés, à l'excellente raison qu'il faut dépenser les calories excédentaires avant qu'elles s'installent sur le ventre ou les hanches.

À regret, ils décidèrent de se lever. Vraiment, cette fois-ci. Profitant du passage à Paris de sa fille aînée, Loraine,

Vincent l'avait invitée. Il entretenait d'excellentes relations avec cette fille née d'un deuxième mariage. Selon lui, il était grand temps que Nathalie la rencontre. Sur le coup, celle-ci avait été enthousiasmée. Cependant, ce samedi, plus l'heure approchait, plus son appréhension montait. Et si Loraine lui battait froid ?

Nathalie avait passé deux heures dans la salle de bains, se torturant les méninges : maquillée ? Un peu, ou un peu plus ? Allure cool ou plutôt dame ? Tout sourire ou un peu réservée ? Bref un premier rendez-vous galant ne l'aurait pas autant faite transpirer d'angoisse. Loraine débarqua à quinze heures. Une femme de vingt-sept ans, grande, d'une beauté naturelle, pleine de santé, qui n'avait besoin d'aucun artifice. Il irradiait d'elle ce charme irrésistible des êtres lumineux. Elle plaqua deux baisers sonores sur les joues de Nathalie en déclarant :

— Je suis si heureuse de vous rencontrer ! Papa ne parle que de vous.

Le reste fut un enchantement. Une demi-heure plus tard, elles se tutoyaient sans même avoir perçu le changement. Père et fille bavardaient à perdre haleine, s'interrompant, riant, et leur magnifique complicité réjouissait Nathalie. Elle avait l'impression d'être admise par la grande porte dans une famille qui l'accueillait à bras ouverts.

Loraine s'écria soudain :

— Mon Dieu ! Je vais rater mon train !

Nathalie se rendit compte avec effarement que trois heures venaient de s'écouler sans qu'elle les voie filer. Des bisous, au revoir, promesses de rapide retour furent échangés dans l'entrée du duplex de Vincent, et Loraine dévala l'escalier.

Une fois la porte refermée, il s'enquit d'un ton amusé :

— Elle te plaît, hein ? Elle est géniale. Normal, c'est ma fille !

— Un véritable amour. Elle est parfaite.

En femme digne de ce nom, parce qu'elle avait passé un fabuleux moment, une constante avec Vincent, elle se sentit soudain coupable. Il perçut aussitôt son changement d'humeur.

— Quelque chose ne va pas, chérie ?

— Euh… Hélène… qui est toute seule avec cet affreux meurtre, alors que je m'amuse comme une folle, que je suis heureuse au-delà de l'imaginable.

Un grand rire, ponctué d'un :

— Ah, les femmes ! Si vous n'existiez pas, il faudrait vous inventer d'urgence. On s'ennuierait terriblement sans vous. Invite-la, chérie. J'aime beaucoup Hélène. Sous ses dehors de dogue mal embouché, c'est une tendre.

Quand on vous dit que Vincent était la qualité archi-haut de gamme !

— Je suis un peu crevée, ce soir. Demain midi ?

— Pique-nique au bois de Vincennes ?

— Génial. Bon, mais alors, on est sage cette nuit, précisa Nathalie.

— On peut partir sur cette base. On avisera ensuite.

Jour 6.

Ce dimanche devait rester l'un des plus barbants dans le catalogue personnel de Juliette. Bénédicte, sa fille de dix-neuf ans qui séjournait pour quelque temps en Angleterre, lui manquait, surtout le dimanche, puisque l'esthéticienne travaillait le samedi ce qui lui évitait de s'appesantir sur le vide de sa vie sans Bénédicte.

Étrange. Lorsque Bénédicte était née et qu'il était vite devenu évident que son père n'en avait pas grand-chose à faire, de Juliette non plus d'ailleurs, elle avait eu très peur. Juliette avait toujours douté de ses forces. Elle n'était pas assez intelligente, pas assez pugnace, pas assez décidée, pas assez drôle, pas assez ambitieuse, pas assez tout. De plus, la magnifique liane blonde aux yeux bleus se trouvait assez quelconque et finissait par voir une certaine logique dans les blagues débiles qui se colportent sur les blondes. Déroutant, puisque la blondeur de la plupart des bimbos idiotes – même de celles dont la crucherie forcée est le fonds de commerce – tient surtout de l'eau oxygénée et de l'ammoniac, beaucoup moins de la génétique. Qu'allait-elle faire avec une fillette ? Serait-elle capable de l'élever seule ? Elle n'y parviendrait jamais. Bénédicte deviendrait la plus malheureuse des enfants, par la faute de sa mère. Étrangement, au fil des ans, les choses s'étaient mises en place, sans heurt, sans drame. Bénédicte avait été une fillette, puis une adolescente, puis une jeune fille brillante, raisonnable, pleine de vitalité, malgré un caractère marqué. On aurait dit qu'une transfusion avait eu lieu entre elles. Juliette s'était découverte apte, intelligente, capable de faire face à tout lorsque sa fille était concernée. Bénédicte, le plus beau cadeau que lui ait réservé le hasard ou le destin.

Bon, arrêter de penser à cela. Elle allait fondre en larmes comme à chaque fois qu'elle pensait à sa fille en Angleterre, le bout du monde, comme chacun sait. Tant qu'à pleurer, au moins que ce ne soit pas pour de vrai. Cette décision la requinqua tout à fait. Elle récupéra un DVD dans la bibliothèque du salon, fonça chercher une grosse boîte de mouchoirs en papier dans la salle de bains, se prépara une théière d'Earl Grey et enfourna le DVD avant de s'échouer sur le canapé. Dès que la musique du générique débuta, Juliette sentit les larmes lui monter aux yeux. *Autant en emporte le vent*. Bon, elle allait sangloter durant presque trois heures, elle serait défigurée, bouffie des paupières. Lorsque Bénédicte téléphonerait ce soir, entendant la voix nasillarde de sa mère, elle commenterait :

— C'était quoi : *Jane Eyre* ou *Autant en emporte le vent* ?

Emma n'était pas dupe des dérobades d'Arnaud sur le mode « Je t'assure, je suis en pleine forme », « Je me suis rarement senti mieux », « Ça va admirablement bien ». Elle le connaissait aussi bien qu'elle-même. Lorsque Arnaud ne se plaignait pas, ne pestait pas au sujet d'un cheveu blanc fantasmatique qui aurait poussé de cinq centimètres (dans la nuit), d'un épi tout aussi inventé au milieu d'un sourcil (qui le défigurait), ou d'une sourde douleur au flanc (indiscutable symptôme d'une maladie gravissime et fulgurante), ou encore d'une baisse subite de trois dioptries de sa vision (à tous les coups un glaucome instantané), c'est que quelque chose ne tournait pas rond du tout. Autre indice inquiétant : tout ce qu'elle avait fait depuis le lever était parfait. Qu'Arnaud ne trouve rien à redire, ne s'emporte sur aucun détail, aussi insignifiant fût-il, angoissait Emma. Arnaud, l'ami de toute éternité, son roc, celui qui, au fond, lui avait permis de grandir de la façon qu'elle espérait.

Elle pénétra dans le vaste salon alors qu'il était planté devant la grande baie vitrée de leur loft. Forçant la jovialité de sa voix, elle demanda :

— Que préfères-tu pour le déjeuner ? La chef propose : blanquette de veau à l'ancienne, daube aux carottes et pâtes fraîches, hachis Parmentier, tout cela surgelé mais préparé de mes blanches mimines. Ou alors, au rayon frais, une énorme salade composée aux bouquets et noix de pétoncles ? À moins que tu sortes ?

Arnaud se tourna vers elle et son beau visage défait la bouleversa. Arnaud, qui s'était toujours appliqué à rire de tout parce qu'il s'agissait de la meilleure façon de ne pas pleurer. Arnaud, qui toisait le monde pour qu'il ne le blesse pas. Arnaud, qui professait que tout avait une fin parce qu'il avait tant envie de croire le contraire.

Elle s'approcha et le serra dans ses bras, posant la tête sur son épaule en murmurant :

— Tu dis à la fille ?

— La fille est une merveille.

— La fille est une merveille parce que tu ne cesses de le lui répéter et qu'elle a fini par te croire. Dis-moi.

— Je me suis fait plaquer. Choc. Ça ne m'était pas arrivé depuis l'âge de dix-huit ans. J'étais une vraie nunuche sentimentale à l'époque.

— Julien ?

— Hum. Il a fait cela avec beaucoup d'élégance, beaucoup de gentillesse. J'aurais préféré qu'il me traite de vieille tante défraîchie. J'aurais pu lui coller mon poing sur la figure.

— Tu l'aimais ?

— J'évitais. J'ai vieilli, ma belle. J'ai presque quarante ans.

— Trente-sept !

— Quarante ans pour un pédé célibataire, c'est comme soixante chez les hétéros.

— Oh, tu te goures ! Demande à n'importe quel hétéro des deux sexes s'il ou elle préfère avoir trente-sept ans ou soixante. Des femmes commencent la chirurgie esthétique à trente ans.

Elle recula d'un pas, posa les mains sur les hanches pour l'imiter dans ses grands moments et attaqua d'une voix pincée et péremptoire, en claquant des doigts ainsi qu'il le faisait :

— Bon, à mon tour ! Allez, allez, hop. Assez d'auto-apitoiement. On est un prince, et plus vite que ça !

Un lent sourire. Il la serra contre lui à l'étouffer et déposa un baiser sur son front, déclarant d'une voix douce :

— Je t'aime.

— Moi aussi. Encore et toujours.

— Bon, salade composée. Pas envie de devenir gras en plus d'être vieux.

Ils rirent beaucoup durant le déjeuner, se racontant pour la millième fois leurs histoires, qu'ils connaissaient aussi bien l'un que l'autre, puisqu'ils ne s'étaient pas quittés depuis les quinze ans d'Emma.

Ils s'échouèrent ensuite sur un des larges canapés du salon, lovés l'un contre l'autre, avec la ferme intention de visionner tout Douglas Sirk, un monument du cinéma qu'ils adoraient.

Escortée de son labrador chocolat, Tutu, Marie-Hortense-Dominique de La Theullade traversa le salon sur la pointe des pieds. Serge ronflait sur le canapé. Sonores, très sonores cascades de raclements de gorge, de crachouillis, de bruits à réveiller l'immeuble, qui duraient depuis près de deux heures. Ainsi qu'il le répétait, la sieste d'après déjeuner correspond à un sommeil particulier qui favorise la créativité. À la vérité, les quantités appréciables de whisky bas de gamme qu'il ingérait dès dix heures du matin contribuaient largement audit sommeil. Les artistes ont les nerfs à vif, tout le monde le sait. On ne peut pas attendre d'eux des comportements modérés. Glenn Gould, un des plus grands pianistes de tous les temps, s'arsouillait toute la journée au café. D'accord, c'est moins alcoolisé et ça favorise davantage la concentration. À chacun son truc ! On ne peut pas juger le génie, se répétait MHD. On doit se contenter de l'aider et de l'admirer. Et elle s'y employait.

N'empêche qu'elle luttait parfois contre des petites pointes d'agacement, notamment lorsqu'elle rentrait crevée de l'un de ses magasins et qu'il lui faisait des reproches, d'un ton boudeur et meurtri :

— Ah… t'as oublié mon journal, mes cigarettes, mon whisky. Pas grave.

Aussitôt, elle redescendait, en compagnie du chien qu'il avait oublié de sortir et qui avait pissé dans l'entrée. D'ailleurs, elle avait maintenant pris l'habitude d'emmener l'animal partout avec elle, pour sa plus grande joie. À Tutu, pas à elle, car, avouons-le, en dépit d'innombrables qualités, Tutu était du genre physique, très labrador. Pris d'une bourrasque d'énergie joyeuse, il était capable de vandaliser un magasin de fleurs à lui tout seul en l'espace de deux minutes. On peut difficilement espérer d'un chien qui, à l'origine, aidait les pêcheurs à attraper les morues dans des eaux glaciales, qu'il redresse des iris et des lis dans un vase.

Serge bâilla bruyamment, bouche grande ouverte, exposant ses molaires à la vue de tous (difficile à supporter, mais les artistes sont les artistes !) et s'étira.

— Ça va mon chéri, détendu ?

— Hum… Tu peux me faire un café ? Faut que je crée, j'sens que ça vient.

MHD fonça dans la cuisine.

JOUR 7.

Le port d'arme est strictement interdit aux chercheuses rousses… on ne peut que s'en féliciter !

Hélène Audibert avait pas mal traîné ce lundi matin-là. Elle avait vérifié la perfection de ses rangements du samedi, à nouveau inventorié le contenu des placards et du réfrigérateur, dans lesquels il ne manquait rien et où tout était nettement rangé par date limite de consommation. De l'ordre, de la méthode, de l'organisation, le mantra de la chercheuse.

Avouons-le : son envie de rejoindre le labo oscillait entre « très modérée » et « quasi inexistante ». Au-delà de la menace qui pesait sur elle, menace soulignée d'un trait épais par « pas cool », elle ne pouvait se départir d'un mauvais *feeling*. Très. Pourtant, en bonne scientifique carrée des neurones, elle se méfiait des prétendues intuitions ou pressentiments en tous genres, certaine qu'il s'agissait d'un travail inconscient du cerveau, n'ayant rien à voir avec des facultés extrasensorielles. Quoi qu'il en fût, une idée bien sinistre lui trottait dans la tête : les flics auraient un mal de chien à découvrir le coupable, et ce coupable risquait de récidiver. Aaargh !

Lorsque enfin elle trouva assez d'énergie pour débarquer au labo, la suite lui donna raison.

Le big boss, Édouard Delarue, un petit blond poupin, qui faisait dix ans de moins que ses quarante-cinq ans, toujours aussi incapable de faire face à une situation non répertoriée dans son fichier mental, s'agitait en tous sens. Il fondit sur Hélène dès qu'il l'aperçut.

— Tu te rends compte, c'est dingue, mais c'est dingue !

— Ouais.

— Un truc pareil, dans MON labo. Je suis rentré vendredi soir. Nadine m'a prévenu.

— Ouais.

— Tu étais déjà partie quand je suis arrivé.

— Ouais.

Le regard d'Hélène suivait les allées et venues des policiers et des techniciens de scène de crime. En revanche, aucun membre du personnel dans les couloirs pour échanger quelques mots. Glaçant.

— Tu peux répondre par autre chose que « ouais » ?

— Qu'est-ce que tu veux que je te dise, Édouard ? pesta-t-elle en fusillant du regard le petit blondinet qui crispait les mains de nervosité. Ne t'ayant pas vu, je me doute que tu es arrivé après mon départ. Nadine t'a prévenu ? Ça tombe sous le sens. Et oui, c'est dingue. Donc, si on pouvait s'épargner les banalités, ce serait un « plus ».

Penaud, Édouard tourna les talons. S'il avait cru que le macabre de la situation atténuerait le caractère de cochon de sa chercheuse, il en était pour ses frais.

Éric Sylvestre sortit de son labo et se dirigea vers le distributeur à café d'un pas vif. Dès qu'il aperçut Hélène, ses mâchoires se crispèrent et son regard s'assombrit. Sur une impulsion, la chercheuse proposa :

— Écoute, Éric, on pourrait voter la trêve… enfin, les circonstances… on se re-fâchera après.

Il la détailla de la tête aux pieds, pinçant les narines, comme s'il venait de découvrir une grosse immondice malodorante plantée au milieu du couloir, et cracha :

— Lâche-moi !

Vraiment un rancunier, ce type ! D'accord, elle l'avait pas mal secoué et injurié, mais s'obstiner ainsi dans l'hostilité c'était… gamin.

Hélène rejoignit son bureau d'un pas lourd. Elle n'était pas assise que l'inspecteur divisionnaire Benoît Levasseur faisait son apparition. Il hésita, puis :

— J'ai bien réfléchi. Vos arguments d'hier sont assez convaincants.

— Eh bien, c'est toujours ça de réglé, ironisa la chercheuse.

Levasseur se laissa choir sur la chaise placée devant le bureau.

— Euh…

À sa soudaine hésitation, peu compatible avec son tempérament autoritaire et « je contrôle la situation, n'importe laquelle », elle sut qu'il allait évoquer Charlotte. Elle se paria une cigarette sur son quota quotidien. Une clope en plus si elle avait vu juste (chouette !), une en moins dans le cas contraire (ah, dur !).

— … Euh… comment a réagi le docteur Claudanel ?

Chouette ! Elle déclara pourtant d'un ton plat :

— Mal. Je vous rappelle qu'il s'agit d'une de mes meilleures amies.

— Ah oui, la fine équipe !

Tu sais ce qu'elle te dit « la fine équipe », bonhomme ? Elle lui jeta un regard glacial et grinça :

— Vous allez être content. Il y en a une sixième, dans le genre pas piquée des hannetons non plus.

— Ça mériterait l'activation du dispositif ORSEC !

De plus en plus glaciale, elle lâcha :

— Gondolant ! Vous devez faire un tabac lors de la kermesse annuelle de la police !

De façon inattendue, Levasseur pouffa.

— Un point partout. Écoutez… Je crois que le plus efficace serait que nous collaborions. Vous connaissez le labo, les gens…

— Je ne cafterai pas, l'interrompit-elle. Même pas ceux à qui j'ai envie de coller mon doigt dans l'œil !

Redevenu sérieux, il la considéra un instant avant de rétorquer :

— Dr Audibert, nous ne sommes pas à la maternelle. Un tueur est en liberté dans les parages et il risque de récidiver.

— Ça marche… pour la collaboration, soupira-t-elle d'autant qu'elle mourait de curiosité.

— Les gens du labo, en résumé, vous en pensez quoi ?

Hélène faillit débiter ses aigreurs. Pourtant, une fois n'étant pas coutume, elle songea qu'un peu d'objectivité ne nuirait pas.

— Si la question est : l'un d'eux pourrait-il être un tueur sadique, la réponse est : j'en tomberais de ma chaise. Si on exclut les guéguerres professionnelles, les rancœurs, les jalousies, les fiels, bref, rien que de très classique dans un milieu professionnel, je ne vois personne capable d'un tel acte de barbarie.

— Hum. On a souvent de grosses surprises. Quoi qu'il en soit, on a un problème. Les techniciens de scène de crime ont tout passé au luminol. Pas de sang, sauf un peu sous la hotte.

— On l'a tué ailleurs ? suggéra Hélène.

— Lambin pesait 92 kilos et mesurait un peu plus de 1,80 mètre. Même sans la tête, c'est lourd et encombrant dans un sac de sport !

Elle s'étonna qu'il soit capable d'humour, mais ravala son commentaire acerbe. Pas le moment de se le mettre à dos puisqu'il semblait décidé à fournir des informations.

— Vous êtes certain qu'il ne s'agit pas d'une personne extérieure au labo, genre dingue gratiné ?

— Qui aurait eu en sa possession le code du pavé numérique de la porte ?

— Pourquoi pas ?

— Parce que d'après l'enregistrement de sécurité, le code n'a pas été tapé entre 18 h 17 et 5 h 11 le lendemain, lorsque vous êtes arrivée.

— Quelqu'un a pu sonner et Stéphane a ouvert pour se retrouver face à un fou furieux.

— Possible, mais j'en doute.

— Ah bon ?

— Hum. Vous êtes seule au labo un soir et on sonne. Vous faites quoi ?

— Je décroche l'interphone et je demande à la personne de se présenter, résuma Hélène.

— Ben voilà. On en revient donc à un membre du personnel ou à quelqu'un que Lambin connaissait.

— Comment savez-vous qu'il était seul au labo ?

— C'est mon métier. On a interrogé tout le monde, croisé les infos. Mélanie Devernois, la thésarde de Lambin, est partie en compagnie d'Élodie N'Guyen, votre DEA, vers 19 h 45, juste après Géraldine Dumontet qu'elles ont aperçue au parking, alors qu'elle démarrait. Tous les autres avaient déjà quitté les lieux. Sauf Lambin.

— Donc, une personne du labo est revenue, ou alors il s'agit d'une relation privée de Stéphane.

— Vous connaissiez un peu sa vie ?

— Non ! M'en foutais ! Une seule chose à son sujet me captivait : quel coup foireux allait-il encore inventer pour me pourrir la vie. Il était divorcé, ça on le savait tous. M'étonne pas, d'ailleurs. Aucune femme sensée n'aurait pu le supporter.

Levasseur ne releva pas. Il s'était fait la même réflexion au sujet de la chercheuse, mais avec un homme dans le rôle du supplicié. Après un bref silence, il admit :

— On frise la grosse prise de tête, sur ce coup.

— Ah ?

— Hum… Pas de sang ou presque. La décapitation est d'une netteté chirurgicale.

— Et ?

— Et vous vous doutez bien qu'on ne se laisse pas décapiter sans réagir. Or, contrairement à ce que je pensais, le cadavre ne porte aucune marque dite de prise, c'est-à-dire consécutive à une lutte. Aucun traumatisme au niveau du crâne, donc il n'a pas été assommé avant. L'analyse toxicologique n'est pas encore terminée, mais, *a priori*, le tueur ne l'a pas non plus endormi, anesthésié, ou autre. Soit nous sommes confrontés à un individu d'une force herculéenne, or aucun des hommes du labo ne correspond à cette description, soit… je sais pas. Vous avez une idée de génie ?

— Faudrait que je réfléchisse parce que, pour ne rien vous cacher, le meurtre n'est pas vraiment une de mes spécialités, souligna très sérieusement Hélène.

Futé, mais pas assez, puisque les femmes sont en général plus balèzes que les messieurs en matière d'approche sentimentale, il suggéra d'un ton trop détaché pour être honnête :

— Je crois que… dans les situations… disons de crise, vous avez l'habitude de vous réunir entre filles pour un petit *brainstorming* ?

Et tu passes en fin de soirée pour recueillir nos conclusions : super-occas' pour un plan drague avec Charlotte.

— Hum-hum.

— Il pourrait en sortir quelque chose d'intéressant.

— Sans doute. Eh bien, je vous tiendrai au courant de nos cogitations.

Raté, mon gars !

Dès qu'il fut parti, Hélène téléphona à toutes ses amies pour leur relater les derniers événements.

Nathalie : « Ça sent pas bon du tout cette histoire, chérie. »

Emma : « N'oublie pas, le coup de genou ! Et tu ne fais pas semblant. »

Juliette : « T'as pensé à la lime ? »

MHD : « Quel méga-pied ! Oh, c'que je suis contente de vous avoir rencontrées ! »

Elle réserva Charlotte pour la fin.

— Ça, on peut dire que tu lui as fait de l'effet, à « pas cool ».

— Non, non, non. Je suis off-jules pour un temps. En plus, en termes de série, je me méfie.

— Qu'est-ce que tu veux dire ?

— Un commandant de la DST[1], puis un inspecteur divisionnaire, ça commence à faire lourd pour la même

1. Voir *Cinq Filles, 3 cadavres, mais plus de volant*, Marabout, 2009.

femme. Tu te demandes ce qui te reste ensuite, à part un grand inquisiteur.

La journée se traîna en longueur. Hélène éprouvait de grosses difficultés à se concentrer. Elle tapait une demi-phrase de son article et son esprit vagabondait, ressassant les événements. Un étrange silence pesait sur le labo. Le genre de silence dont on sent qu'il précède un cyclone ravageur. Pour tromper le temps et la nervosité, elle alla se chercher trois cafés successifs au distributeur. Preuve d'une jolie résistance et de son état psychologique délabré, le jus marronnasse, insipide et pourtant très amer qui dégoulinait dans les gobelets étant de nature à filer des aigreurs d'estomac aux plus endurcis.

Dix-huit heures, enfin. Elle songea qu'elle pouvait légitimement quitter les lieux. L'abondance de café aidant, elle décida qu'un passage aux toilettes s'imposait. En dépit de son énorme pipi cascadant, un son très vague l'alerta. Quelqu'un venait de pénétrer, en s'efforçant d'être discret. Oooohhhh, mauvaise limonade ! En effet, lorsqu'on pénètre dans des toilettes publiques, et sans pour autant entonner *La Marseillaise*, on fait du bruit. La porte claque, on se lave éventuellement (très) les mains. Surtout, alors même que le petit témoin rouge est en position, signalant un occupant, on pousse la porte, on bascule la poignée, histoire de montrer à celui qui est installé qu'on est pressé, et qu'il se magne ! Rien de tout cela. Vingt scenarios, tous plus hémoglobineux les uns que les autres, se succédèrent dans l'esprit d'Hélène, qui sentit la sueur lui ruisseler dans le dos. Le type poussait violemment la porte dès qu'elle sortait et l'étranglait, ou alors il la noyait dans l'eau de la cuvette, ou il lui fracassait le crâne sur le rebord de la susnommée cuvette, ou, ou, ou… Les toilettes étant situées en bout de couloir, coincées entre deux réserves et l'animalerie, elle pourrait hurler tant qu'elle voudrait, personne ne l'entendrait. Y'a quand même des architectes qui sont à baffer et qui devraient prendre en considération ce type de situation : dame coincée dans les W-C par un tueur psychopathe ! Manque de bol, la porte se tirait vers elle et l'exiguïté de l'endroit – il fallait se mettre de profil pour s'en extirper – lui interdisait de remonter le genou pour le balancer contre l'entrejambe son agresseur. Que faire, mais que faire ? Elle aurait dû écouter Juliette et Nathalie avec leurs astuces de lime à ongles-poignard ou de chaussette-matraque. Réfléchir, vite ! Improviser, encore plus vite ! Afin de gagner du temps et de faire croire qu'elle n'était pas du tout sur ses gardes, elle chantonna : tilalilalèreuh-tilalilalèreuh-tilalilalèreuh. Ruse d'une rare crucherie. En effet, en l'entendant chanter, quiconque connaissait Hélène conclurait aussitôt qu'elle était saoule comme un boudin, qu'elle avait définitivement pété un plomb, ou que, peut-être, elle venait d'obtenir le prix Nobel. Enfin, l'idée de génie surgit. Pas complètement de génie, mais à défaut d'une autre… Nul ne remettra en doute la nocivité du tabagisme, n'empêche que ça peut servir ! Hélène tira une cigarette du paquet glissé dans sa poche de blouse et l'alluma. Après trois longues bouffées, elle obtenait un respectable bout incandescent. Saisissant son mini-chalumeau-clope entre le pouce et l'index à la manière d'un tournevis, elle ouvrit la porte avec brutalité, prête à écraser la cigarette sur le mufle du tueur. Le bout incandescent s'arrêta à trois millimètres du mignon visage terrorisé d'Adélaïde Lefrançois, une des techniciennes d'Édouard Delarue, qui couina :

— Mais t'es malade !

— Euh… euh, pardon… je ne voulais pas… enfin si, mais je pensais que c'était…

Aussitôt, la mauvaise foi d'Hélène reprit le dessus. Elle tempêta, hargneuse :

— Et d'abord, qu'est-ce que tu foutais à te faufiler dans les toilettes sans un bruit ?

— Ah oui, t'es malade ! Non que ça m'étonne. Je venais faire pipi, figure-toi, glapit l'autre, pas contente du tout.

— Eh ben… euh… quand un individu qui n'a rien à se reprocher veut faire pipi… eh ben, il fait du bruit en pénétrant dans les toilettes. D'abord !

Interloquée, la technicienne déclara :

— Tu étais limite depuis des années, mais là, je crois que tu devrais consulter. D'urgence. La réunion avec Édouard et les industriels japonais n'en finit pas. Or je suis sûre que c'est horriblement mal élevé chez eux d'annoncer que tu t'absentes pour faire ton pipi. J'ai donc prétexté un appel urgent et je voulais être discrète.

Rongée de honte, Hélène regrettait amèrement de ne pas être le génie de la lampe et de ne pouvoir se volatiliser. Ne sachant quoi répondre, elle marmonna la première banalité qui lui traversait l'esprit :

— C'est vrai que leur code de courtoisie est assez différent du nôtre.

Adélaïde la détailla avec un regard qui signifiait « pauvre folle », et demanda, cinglante :

— Je peux faire pipi, maintenant ?

JOUR 8.

**L'amitié n'a pas de prix…
en revanche, elle a parfois un coût.**

Un peu méfiante puisqu'elle avait déjà expérimenté à titre personnel le modèle « Je serais un grand homme, peut-être même un prix Nobel de poterie (dans le cas de l'ex de Juliette, potier de son état) si on me donnait les moyens de créer », l'esthéticienne de luxe attendait Serge Carpillet. Cela étant, il s'agissait de l'homme de leur nouvelle amie Marie-Hortense-Dominique de La Theullade, MHD, et elle était fin prête à le bichonner tel un mignon lapin. De plus, peut-être était-il véritablement un grand artiste en devenir.

Lorsqu'il pénétra avec dix minutes de retard dans la salle de massage d'un pas lent et exténué, elle retint le petit gémissement qui montait dans sa gorge. Mince, y'avait du boulot sur la bête ! Comment MHD, très jolie femme élégante, avait-elle pu s'amouracher de… Juliette cherchait un qualificatif approprié… d'un tel… pas d'autre terme : rat rabougri ? La quarantaine pas mal usée, petit, malingre, il se tenait bizarrement : voûté, ses frêles épaules rentrées, et de guingois au point qu'on aurait pu croire que sa prothèse de hanches avait été posée de travers. Le reste était dans la même ligne : une peau grisâtre, des cheveux longs, blond pipi, gras et rares, serrés en queue de cheval maigrelette, de petits yeux rapprochés d'un bleu délavé du plus mauvais effet, un nez en moignon de patate, bref pas vraiment un Adonis selon la définition de Juliette. Elle se morigéna : les goûts et les couleurs, ça ne se discute pas. De surcroît, c'est très vilain de faire des commentaires dévalorisants sur le physique des gens. On n'est pas responsable de ses gènes. Sans doute ce Serge possédait-il une grande richesse intellectuelle et une beauté d'âme. Et même de l'humour, quoique, à son petit visage crispé de sinistrose chronique, elle n'en aurait pas juré.

Dès qu'il ouvrit la bouche, elle sentit que, de fait, le bébé Serge avait été oublié le jour de la distribution d'humour. Une voix molle s'écoula :

— … lut…. Euh, moi, c'est Serge… Euh… C'est l'idée de Dom'…

Oh là ! Ou Marie-Hortense-Dominique était raide amoureuse du gars, ou alors il évitait ce surnom en sa présence.

— Moi… j'suis un intellectuel… alors, ces trucs d'esthétique, franchement, ça m'dépasse. Enfin, surtout pour les mecs, j'veux dire.

Et ça se voit, songea Juliette en se programmant un sourire chaleureux et rassurant.

Si Juliette avait craint de devoir alimenter la conversation, elle fut vite rassurée. Serge ne s'arrêtait de parler que pour respirer. Elle put se contenter de sortir son magnifique répertoire d'onomatopées et bruits de gorge en tous genres, acquis au fil d'une longue carrière dans l'esthétique. En effet, Serge ne parlait que de lui (de manière très appréciatrice, quoique geignarde), avec parfois quelques remarques (perfides et amères) sur les autres.

— J'suis un poète dans une société fricarde qui ne sait plus épeler le mot. « Poète », j'veux dire. Je suis l'œil, la voix qui dérange et qu'on voudrait assassiner.

— Oooohhhh !

Alors qu'il s'allongeait en slip sur la table de massage, Juliette songea que, sans sentir le carrément cradingue, il ne fleurait pas non plus le récuré de frais. Garder à l'esprit que « cela » n'était pas un client, mais l'homme d'une amie.

— C'est pour ça qu'ils veulent pas publier mes textes, tous. Ça leur fout les boules. Mais j'me tairai pas !

— Ah, ben...

Elle commença à le tartiner d'argile aux huiles essentielles, au miel et à la gelée royale, un peu embêtée que ces pauvres petites abeilles se soient tant démenées alors qu'elle n'était vraiment pas certaine d'obtenir une amélioration, aussi minime fût-elle.

— Et donc, vous écrivez de la poésie ? parvint-elle à placer, juste histoire de montrer qu'elle s'intéressait à sa logorrhée égocentrique.

Il lui jeta un regard bleu lavasse bizarre, dans le genre pas franc, avec en plus une petite lueur qu'elle n'aima pas, sans parvenir à la définir.

— Non... Moi, c'est les nerfs à vif, la chair exposée, les tripes répandues. Mon style, c'est un scalpel. Mes mots, c'est du vitriol.

Beurk !

Juliette se lava les mains et approcha la lampe chauffante du lit de massage.

— Dom' est pas complètement capable de comprendre, remarqua-t-il. Bof, mon éternel blème avec les femmes.

— Aaaahhhh ?

— Ouais… J'sais pas, j'exerce une sorte d'attraction mâle qui fait que les rapports sont faussés. Sans me vanter.

Non, non, pas du tout !

— Hummmm !

— Du coup, et alors que j'suis vraiment un intellectuel, c'est super-dur de dépasser les aspects sexuels. J'sens que ça plane toujours. Ça gêne ma créativité.

Ben, mon pote, ils seraient vite dépassés avec moi. Même qu'on les aurait jamais atteints.

— Hum-hum !

— C'est l'histoire de ma vie. Dom' a des excuses. La femelle en elle est sensible à mon aimant.

Où qu'il est, l'aimant ?

— Je vois, je vois. Bon, je vais vous laisser vous détendre un petit quart d'heure et ensuite nous passerons au palpé-roulé.

Juliette remonta dans son bureau et réfléchit. Elle connaissait très bien ce modèle. Une petite série limitée mais crampon. Le loser-glandu, certain d'être le plus grand artiste méconnu – les artistes connus et qui gagnent leur vie étant nécessairement suspects pour un spécimen de son gabarit –, convaincu en plus de dégouliner de sex-appeal, parce qu'il parvenait à se faire entretenir. Un raisonnement qui trahissait une méconnaissance affligeante des femmes. En effet, avouons-le, nous sommes presque toutes plombées par un instinct maternel qui devrait parfois se mettre en veilleuse. Nous piaffons d'impatience à la perspective d'étendre nos ailes protectrices pour que le pauvre petit poussin, malmené par un sort injuste, vienne s'y réfugier, et ce n'est pas du tout parce que nous le confondons avec Richard Gere ou George Clooney.

Arrivée à ce point de ses cogitations, Juliette, qui avait largement oublié d'être crétine même si elle jouait les gourdes à la perfection pour se tirer de situations qui l'ennuyaient, sentit une certaine rancœur l'envahir. Mince, quoi ! Ce type n'en fichait pas une rame, se la pétait grave, et en plus, il faisait passer MHD pour une déchainée de la partie de jambes en l'air. Pas correct. Surtout quand on prenait comme confidente de son calvaire d'objet sexuel une des copines de la femme qui vous entretenait. Une conclusion s'imposait donc : il servait son baratin de sex-icône exténuée à tout le monde. Du coup, MHD devenait la pauvre fille hystérique qui, en plus, le payait pour ses charmes et services horizontaux. Ah non ! Trop, là !

Sur une impulsion, elle composa le numéro de Marie-Hortense-Dominique.

— Serge est là ? Comment ça se passe ?

— Bien, super, répondit Juliette d'un ton contraint. Dis donc… je ne veux pas me mêler de ce qui ne me regarde pas… mais, tu as déjà lu ses œuvres ?

— Non… il n'y tient pas tant que ce n'est pas terminé « dans ses tripes ».

— Hum…

— Pourquoi ? s'enquit MHD.

— Ben, je crois que tu devrais. Paraît qu'il est « coincé dans sa créativité ». Tu pourrais peut-être l'aider ? mentit Juliette avec aplomb.

Rien à faire de raconter un mensonge gros comme elle : elle protégeait une amie.

— Je ne suis pas écrivain, mais je peux essayer.

JOUR 8.

On peut être policier, on n'en est pas moins homme !

Charlotte avait passé un magnifique kimono de soie rose pâle et chaussé ses mules à talons. Mignonnes comme tout, à ceci près qu'elles quittaient son pied tous les trois pas. Question fondamentale et sans doute insoluble : pourquoi des claquettes très échancrées, brodées de sequins, ne peuvent-elles pas être aussi confortables que des baskets ou des rangers ? La quadrature du cercle, quand on y songeait. En effet, porter des rangers avec un kimono d'une rare élégance et son obi délicatement brodé ne rendait pas le même effet.

Charlotte était satisfaite que sa longue journée soit terminée. Hormis des patients plutôt gentils mais qui allaient mal au point qu'ils dysfonctionnaient à tous les étages de leur vie, elle s'était tapé un narcissique geignard et une histrionique lourde, sans parvenir à déterminer quelle catégorie elle détestait le plus. Comme à chaque fois en pareille situation, elle s'en voulait de les avoir écoutés avec attention. Elle aurait bien mieux fait de réfléchir à la couleur de peinture qu'elle voulait pour sa chambre : taupe (mais tout le monde optait pour le taupe en ce moment), vieux rose (difficile le rose, on peut se tromper), mauve (très tendance, mais se généralisant, donc). Elle aurait perdu moins de temps. Les deux patients avaient en commun d'avoir poussé au bord du suicide un nombre non négligeable de thérapeutes, d'être absolument convaincus d'avoir raison, et de ne chercher qu'une réponse : comment en convaincre les autres. Le narcissique voulait être adulé, envié de tous ; l'histrionique désirait attirer l'attention et persuader la terre entière qu'elle était une martyre. Dès demain, Charlotte allait se poser une autre question : comment les bouter hors de son cabinet, et plus vite que ça. Ce soir, elle était trop fatiguée et désireuse d'un peu de détente.

Elle s'était offert la série anglaise des Tudor. Ah, beau mec le jeune Henry qui allait virer tyran. Il avait un peu tendance à mélanger politique, religion et galipettes. Certes, si l'on se fiait à la version de la série, il s'était pas mal fait rouler dans la farine par papa Boleyn qui lui agitait sa fille Ann sous le nez sur le mode « l'auras, l'auras pas ». D'humeur ragaillardie, elle se prépara un superbe plateau-repas tout en sirotant un bon whisky. Magnifique assiette de saumon sauvage avec un zeste de citron, grosse salade de tomates et concombre bio (elle savait quand même peler et découper un concombre) parsemée de ciboulette (surgelée) et un généreux verre de mercurey. En dessert, une coupelle de myrtilles (surgelées aussi). Elle claqua la langue de satisfaction et s'apprêtait à rejoindre le salon lorsque la sonnette retentit.

Mince ! Quel enquiquineur encore ? Les Valières, ses voisins ? Enfin, plutôt monsieur, qui ne cessait de la coincer à chaque occasion depuis des semaines, pour lui parler de ses maux de tête, de ses suées nocturnes et de ses malaises en tous genres. Le gars virait hypocondriaque, ce que l'on pouvait comprendre après trente ans de vie commune avec madame. Charlotte avait beau lui répéter qu'elle n'exerçait pas la médecine générale, il s'obstinait, l'animal.

Sur le palier, l'inspecteur divisionnaire Benoît Levasseur se sentait un peu gêné aux entournures. Pas professionnel, ce qu'il faisait ! Il avait passé en revue tous les prétextes, du plus bidon au plus crétin en passant par le plus invraisemblable. Ne lui en était resté qu'un, pas vraiment brillant mais moins tarte que les autres. Le problème avec les femmes, c'est qu'elles ne ressemblent pas aux hommes, se répétait-il pour la centième fois. Un autre type, on passe, on boit une bière, pas de problème. En revanche, quand vous débarquez à l'improviste chez une dame quasi inconnue, elle pense aussitôt que vous avez quelque chose derrière la tête. Ce qui était nettement le cas, Levasseur l'admettait. Il avait suivi de loin la liaison quasi-conjugale de la psychanalyste et du commandant Charles Druguières[1], pas mal inquiet et carrément jaloux. Franchement, il n'était pas mal du tout, le Charles. Cependant, Levasseur avait poussé un gros soupir de soulagement lorsqu'il avait dégagé.

Elle ouvrit enfin la porte. Ah, ouais, super-craquante. Il crispa la bouche pour retenir de justesse le grand sourire niais qui lui chatouillait les lèvres.

— Euh…

— Oui, je me souviens de vous, inspecteur divisionnaire, lâcha-t-elle en croisant les bras sur son kimono rose. Que puis-je pour vous ? Ça va être long ? C'est urgent ? Parce que là, j'allais dîner.

---

1. Voir *Cinq Filles, 3 cadavres, mais plus de volant*, Marabout, 2009.

— Désolé de vous déranger, mais (bon, il le sortait le prétexte pas top ?)… enfin, je suis un peu inquiet et j'aurais aimé qu'on en discute.

Pas dupe une demi-seconde, luttant contre l'éclat de rire, Charlotte hocha la tête d'un ton pénétré et s'effaça pour le laisser entrer. Elle le suivit jusqu'au salon et proposa :

— Je vous offre un verre ou vous êtes en service ?

— Euh… non… non, non… enfin oui, un verre… c'est gentil. Enfin… je ne veux pas vous embêter…

Non, non, mais si je te proposais te partager mon dîner et plus si affinités, tu sauterais sur l'occasion à pieds joints, songea Charlotte.

— Whisky ou vin ?

— Vin, s'il vous plaît.

Lorsqu'elle revint de la cuisine avec la bouteille, il commenta, de plus en plus pataud :

— Ah, mercurey, un bon bourgogne.

— Hum, approuva-t-elle en le servant. Et donc, votre inquiétude ?

— Au sujet du docteur Audibert.

— Je suis au courant et nous sommes toutes très préoccupées. Y aurait-il eu un développement de l'enquête qui vous incite à venir m'alerter ?

— Euh… pas vraiment.

Charlotte adopta un air dense, histoire de lutter contre le franc amusement. Oh, qu'il se débrouillait mal, le Benoît ! D'accord, elle avait envie de se venger de la trouille qu'il lui avait inspirée lors de leurs récents démêlés avec des cadavres voyageurs. Néanmoins, il était touchant. Attention, Charlotte, attention ! Elle ne devait à aucun moment oublier l'interminable liste de ses engouements amoureux, tous plus catastrophiques les uns que les autres, sauf Charles. Qu'il patouille encore un peu, le Levasseur.

Ce qu'il fit, avec une maladresse de plus en plus massive, s'embourbant dans ses explications relatant ce qu'elle savait déjà. La peau de son cou avait viré au cramoisi et lorsqu'il tendit son verre sans oser la regarder, elle songea qu'elle n'allait pas pousser la revanche au sadisme mental de punaise.

— Bien. Je crois que nous avons fait le tour, inspecteur divisionnaire, et je vous remercie de votre intérêt pour mon amie.

— Euh… oui.

Levasseur se serait baffé. Plusieurs fois. Plan totale séduction : le grand flic godiche, aussi léger qu'un troupeau d'hippopotames en pleine crise de panique. De quoi donner envie de le revoir ! Pauv'type, même pas drôle. Il se détestait. Il n'avait plus qu'une envie : partir.

Il se leva :

— Euh… merci de votre accueil, docteur Claudanel. Désolé d'avoir retardé votre dîner.

Sans trop réfléchir (mince, elle allait encore s'en mordre les doigts), la psychanalyste déclara :

— On va peut-être s'épargner les prétextes bidons, non ? Je vous plais ? Il ne vous reste plus qu'à me convaincre que c'est réciproque. Ah, un détail crucial : si vous cherchez des noises à mes amies, vous pouvez disparaître de ma vue. Tant que j'y suis, vous pouvez m'appeler Charlotte, cher Benoît. Je vous raccompagne.

— Euh… super… cool…

— Au fait, tant que j'y pense… Êtes-vous adepte de la randonnée ?

En la matière, Charles lui avait amplement suffi. Même qu'elle s'était un jour collé des ampoules au talon. Certes, mauvaise idée d'entreprendre une randonnée avec des santiags au prétexte que ça protège les chevilles des morsures de serpent. En effet, les cobras ou les crotales ne sont pas légion dans la forêt de Fontainebleau. Pourtant, les santiags, c'est hype avec un jean taille basse un peu ajusté, retenu sur les hanches par un large ceinturon. Certes, sa tenue n'avait pas favorisé la grimpette des fameux rochers. Question non résolue : pourquoi tout le monde tenait-il tant à escalader ces fichus rochers puisqu'il fallait les redescendre une fois parvenu au sommet ?

— Non… mais je peux m'y mettre, répondit Levasseur, prêt à tous les sacrifices.

— Oh, surtout pas ! Il s'agissait d'une question en l'air, du genre, de quel signe êtes-vous ?

— Euh… du Lion.

— Bien, bien, approuva Charlotte que l'astrologie laissait de marbre, contrairement à Emma.

— En revanche, je pratique le Kyûdô.

— Oh, quelle excellente chose ! s'enthousiasma Charlotte, bien qu'elle n'ait pas la moindre idée de ce que signifiait le terme, à l'évidence japonais.

Ces poteries noires, le plus souvent mates ? Non, ça c'était « raku », d'autant qu'elle imaginait mal l'inspecteur divisionnaire assis sagement devant un tour, faisant naître de ses grandes mains une forme tout à la fois gracile et ferme. Un jeu de société, genre échecs, ou alors ces petites tiges enchevêtrées qu'il fallait soulever sans faire frémir les autres ? Non, ça c'était le mikado.

— Je vous emmènerai un jour, si ça vous intéresse.

Il fallait qu'elle vérifie d'urgence la nature de ce Kyûdô avant de se retrouver chargée tel un baudet d'un sac à dos pesant une demi-tonne, contrainte de grimper aux arbres, ou de ramper le long de passerelles en corde. Les hommes ont parfois d'étranges distractions. Pire, quelques-uns ont le sentiment que ça devrait nécessairement exalter la dame qui sort avec eux. Elle se souvenait d'un Sébastien qui l'avait traînée à un match de boxe. Lorsqu'un des boxeurs s'était fait défoncer le portrait et que le sang avait jailli de son arcade sourcilière et de son nez, elle avait senti son déjeuner lui remonter dans la gorge. Gaffe !

— Je vous souhaite une bonne soirée, Benoît, conclut-elle.

Benoît Levasseur dévala l'escalier sur un petit nuage. C'que la vie était chouette, quand même ! Non, elle était géniale, pas d'autre qualificatif.

Dès qu'elle eut refermé la porte, Charlotte passa dans son bureau et se connecta à Internet.

Kyûdô : la voie de l'arc. Art des guerriers samouraïs. Méditation debout ou encore dite active dont l'essence est le rapport de l'être avec le monde. Parvenir à dominer l'*ego* en acquérant une technique parfaite de tir.

Ah oui, bien, très bien ! En d'autres termes, elle l'accompagnait, elle s'installait sur une sorte de tatami (prévoir un pantalon smart, un peu large), on lui offrait une mignonne tasse de thé vert (en raku, justement) et elle se contentait de contempler la scène en restant très sage pour ne pas déconcentrer les guerriers du XXIe siècle. Ça lui allait au petit poil !

JOUR 9.

Certaines personnes sont nées
sous une bonne étoile.
D'autres feraient mieux de rester sous la couette.

Deux jours s'étaient écoulés depuis la dernière rencontre d'Hélène avec l'inspecteur divisionnaire. La police ne semblait pas avoir progressé, en dépit du fait qu'ils avaient longuement interrogé le personnel. Une ambiance pesante régnait dans le labo. Les gens se parlaient à peine et plus personne ne s'engueulait, preuve qu'un truc ne tournait vraiment pas rond. Surtout, les horaires des uns et des autres avaient été chamboulés. Tous s'attachaient à arriver et à repartir ensemble, évoquant un troupeau de lapins terrorisés. Hélène avait également adopté cette stratégie de façon inconsciente, jusqu'à ce matin. Lorsque le réveil sonna à 6 h 15, elle ouvrit un œil et la colère la fit bondir hors du lit. Ah non ! Marre de se laisser impressionner ! D'autant que groupe ou pas, si le tueur lui tombait dessus, personne ou presque ne lèverait le petit doigt pour lui prêter main forte. Pas folles les guêpes, pas la peine de prendre un mauvais coup ! Au contraire, certains étaient capables de sortir leur portable pour immortaliser la scène et le départ pour un monde meilleur de la rouquine qui leur avait tant cassé les pieds.

C'est donc d'une humeur de dogue, mais résolue, qu'elle débarqua ce matin-là, tôt, au labo. Elle fonça à l'animalerie pour s'assurer que tout y était en ordre. Loïc Leguen, vingt-six ans, l'animalier recruté deux ans et demi plus tôt s'activait déjà, son bonnet des Andes enfoncé sur la tête, son MP3 vissé aux oreilles, chantonnant « Bababouh-bababeuh » à son habitude. Planant en permanence dans un monde parallèle, qu'il devait sans doute aux pétards, il lui fallut quelques secondes pour se rendre compte de la présence de sa responsable directe, Hélène ayant revendiqué la responsabilité de l'animalerie. Pas mal de prises de bec en perspective, lorsque, par exemple, des chercheurs avaient impérativement besoin de rongeurs qu'ils n'avaient pas commandés au préalable, leurs expériences étant, bien sûr, infiniment plus cruciales que celles des autres. Mais Hélène se fichait des conflits, au contraire, une bonne petite engueulade par-ci par-là la mettait en jambes. Le but premier d'Hélène avait été sentimental, même si elle refusait de le formuler de cette manière : s'assurer du respect des animaux, parfois négligé par flemme ou par indifférence. À son habitude, elle huma l'air de la salle. Non, ça sentait le soja et le tofu, Loïc, végétarien, prenant ses repas seul dans l'animalerie. Aucun autre végétal, notamment illicite. De ce ton lent et mou qui donnait à Hélène des envies de le secouer, Loïc murmura :

— Ça va m'dame ? Nous – moi et les animaux – ça baigne.

Le jeune homme s'acquittait admirablement de sa tâche, aussi atténua-t-elle l'aigreur de son ton lorsqu'elle répondit :

— Ça baigne super ! On a un cadavre sur les bras, je ne sais pas si tu t'en es aperçu.

— J'ai entendu, commenta-t-il, détaché. Tout est rien. Rien est tout.

D'accord ! Inutile de poursuivre si elle souhaitait digérer son petit déjeuner paisiblement. Elle quitta les lieux et rejoignit son bureau.

Elle sortit ses armes de fortune de son sac à dos et enfila sa blouse, lestant ses poches, à droite d'une chaussette bourrée de pièces de monnaie, à gauche d'une énorme lime à ongles métallique qu'elle avait retrouvée dans la boîte à chaussures étiquetée « trucs inutiles », rangée en bas du placard de l'entrée. Hélène faisait partie des gens incapables de jeter, sauf denrées frelatées, au prétexte « qu'on ne sait jamais, ça pourrait servir ». Elle avait abandonné les limes métalliques qui lui envoyaient de désagréables frissons dans la colonne vertébrale, au profit des limes en carton. Pourtant, celle-ci lui plaisait vraiment, avait-elle songé, vacharde, en la découvrant au fond de la boîte. Elle était rouillée, et l'une de ses surfaces portait de petits dépôts noirâtres assez répugnants ! Non seulement elle tuait le dingue sanguinaire en le poignardant, mais en plus il chopait une septicémie. Non mais, des fois !

Cette décision la rasséréna un peu et elle décida de la célébrer en allant s'offrir un jus marron au distributeur. Son regain d'énergie dura peu, précisément jusqu'à l'arrivée de l'inspecteur divisionnaire Benoît Levasseur auquel elle ouvrit la porte sécurisée. Il avait une sale tête « pas cool ». Il la dépassa en grommelant un :

— 'Jour… dans votre bureau.

Ils s'installèrent.

— Si j'en juge par votre surcroît d'amabilité, quelque chose d'assez désastreux vient de se produire, attaqua-t-elle.

— Hum.

Levasseur était très embêté. D'une part, il ne croyait pas une seconde à ce que le dernier résultat de leurs labos suggérait. D'autre part, il ne tenait vraiment pas à se mettre Charlotte à dos en cherchant des poux dans la tête de sa copine. Graves, les poux. Cela étant, il était flic. Il résuma d'une voix sèche :

— Nos techniciens ont retrouvé un scalpel dans une des poubelles du labo.

— Ouîîî… ? Une erreur, on ne doit pas jeter d'instruments dangereux dans ces poubelles. Eeeet ?

— Le manche est gravé de façon artisanale. Vos initiales.

— Je grave tout, même mon agrafeuse et mon escargot de scotch. Les gens sont tellement désordonnés qu'ils ne savent jamais où ils ont oublié leurs instruments, leur matériel, et ils vous piquent les vôtres. Ce qui est certain, c'est que je n'aurais jamais jeté un scalpel dans une poubelle. Donc, quelqu'un d'autre s'en est servi.

— Y'a qu'un jeu d'empreintes digitales sur le manche. Il va falloir vérifier s'il s'agit des vôtres.

— D'accord, déclara Hélène ne voyant pas où il voulait en venir.

— Ça vous sert à quoi, un scalpel ?

— À plein de choses. Les opérations, dissections, bien sûr, mais aussi découper des bandes nettes de gels d'électrophorèse ou même ouvrir une enveloppe.

— Hum-hum… Si jamais on confirme qu'il s'agit bien de vos empreintes, ce scalpel va devenir un emmerdement majeur…

— Chouette, on en manquait ! Pourquoi ?

— Parce que, d'après le profil ADN, le sang qui souille la lame est indiscutablement celui de Stéphane Lambin.

Hélène eut nettement l'impression de prendre en pleine tête une balle de tennis frappée par McEnroe, Borg ou Serena Williams. Or, ça doit secouer.

Perdue dans un maelstrom d'émotions et de pensées contradictoires, elle demanda d'une petite voix, stupéfiante venant d'elle :

— Ça vous ennuie si j'en grille une en douce ? Là, j'en ai vraiment besoin.

— Ça m'ennuie. Mais d'autres choses me gavent encore plus. Allez-y, sauf que c'est mauvais pour vous.

— Non, parce que être accusée de meurtre, c'est vachement plus sympa.

Il fallut à Hélène une moitié de cigarette pour reprendre un semblant de maîtrise. Levasseur attendait en silence, sans la lâcher du regard.

— Vous l'avez trouvé où ? Au fond ou en haut de la poubelle ?

— En surface. Bien en évidence.

— Bon, alors, il s'agit de mes empreintes. On vérifiera, mais j'en suis presque certaine.

— Moi aussi. Et en ce cas, on est mal, même s'il s'agit d'une preuve fabriquée pour vous incriminer.

Si Hélène avait été dans un état normal, elle s'en serait voulu. Comment avait-elle pu éprouver de l'animosité pour ce gars ? Il gagnait à être connu, le Levasseur. D'abord, il avait utilisé le pronom « on » et pas « vous êtes dans la panade jusqu'aux sourcils », ensuite il évoquait la preuve fabriquée. Elle se sentait un peu moins seule en pénétrant dans une arène grouillante de fauves affamés.

— Bon… Faudrait trouver une explication qui tienne. Convaincre qu'on tente de vous coller sur le dos un meurtre avec préméditation, particulièrement cradingue. Sans ça, je suis forcé de vous boucler.

Arghhhh !!!!

Le cerveau très performant d'Hélène, lassé par ses affolements, ses rages, ses incertitudes qui le fatiguaient inutilement, sans oublier le fait qu'elle l'inondait de caféine bas de gamme, prit le dessus et il eut bien raison. Elle s'entendit déclarer d'un ton anormalement posé dans ces circonstances :

— La lame. Y'a-t-il des empreintes digitales, les miennes par exemple, sur la lame ?

— Non, juste le sang de Lambin.

— CQFD ! Les lames de scalpel sont amovibles. Leur tranchant doit rester impeccable, or il s'émousse au fur et à mesure des utilisations. On change donc uniquement la lame. J'aurais positionné une lame neuve avec des gants, que j'aurais ensuite retirés pour saisir le manche et tuer Stéphane. Puis, j'aurais complaisamment jeté l'instrument en surface d'une poubelle pour être certaine d'être arrêtée. Futée, la fille !

Un large sourire éclaira le visage du flic, qui commenta :

— Voilà un argument comme je les aime.

Remontée, Hélène en rajouta une couche :

— De plus, autant on porte des gants pour saisir le manche, autant on change une lame à mains nues et en faisant gaffe, quitte à la stériliser derrière. C'est terriblement coupant. Il n'est jamais exclu que des doigts recouverts de latex glissent. Grosse, grosse-grosse entaille !

— De mieux en mieux. N'empêche, y'a vraiment quelqu'un qui vous exècre.

— Ouais, mais je l'emm… à pied, à cheval et en voiture, et on va voir ce qu'on va voir.

— J'aimerais partager votre optimisme, temporisa Levasseur. Quant au reste, l'enquête de routine et de voisinage sur Stéphane Lambin n'a pas donné grand-chose pour l'instant. Il faisait de la muscu et du jogging, rien de particulier dans son appartement, pas de problème avec ses voisins, pas vraiment d'amitiés, juste des relations assez distendues avec deux copains de fac. Il ramenait de temps en temps, rarement, une fille chez lui. Bref, on est dans la banalité jusqu'au cou.

— M'étonne pas. J'ai toujours pensé qu'il était inodore, incolore et sans saveur, hormis son talent pour la manipulation et le lèche-bottisme.

— Écoutez, si vous êtes un jour face à un juge d'instruction, évitez ce genre de commentaires, d'accord ? C'est un conseil amical et avisé.

— Je ne peux tout de même pas prétendre que je mourais d'envie de lui rouler une pelle, non ?

— Tentez le moyen terme. L'indifférence affable, par exemple. Hum… « affable » ne doit pas faire partie de votre dico personnel. Un petit truc intéressant, quand même. La gardienne de l'immeuble qu'habitait Lambin appartient à la vieille école. Le genre curiosité bien placée qu'elle justifie par, et je cite : « elle surveille pour protéger ses propriétaires et locataires »…

— La curiosité est toujours bien placée. C'est l'indiscrétion qui ne l'est pas, rectifia Hélène.

— Ah, cool ! Elle me plaît celle-là, je la ressortirai. J'ai montré des photos à cette dame. Elle a formellement reconnu Mélanie Devernois. Selon elle, cette jeune femme avait souvent rendu visite à Lambin, le soir, assez tard… pour repartir le lendemain matin.

— Y'a des directeurs de thèse, surtout des messieurs, qui ne reculent pas devant les sacrifices ni le travail nocturne, ironisa la chercheuse.

— Les visites se sont espacées puis ont cessé il y a quelques mois. C'est fréquent, ce genre de relations… disons fusionnelles entre chercheurs et thésards ? Enfin, plutôt thésardes.

— Fréquent ? Ça m'étonnerait beaucoup. Toutefois, ce genre de choses ne se clame pas non plus sur les toits. Bon, on a parfois des doutes. Sauf que là, ça me bluffe. Elle est mignonne, Mélanie, et intelligente. Elle aurait pu trouver beaucoup mieux.

— Ne vous laissez pas aveugler par votre aversion pour Lambin.

— Pas du tout, pas du tout, rétorqua Hélène avec une mauvaise foi exceptionnelle, même venant d'elle.

— J'ai interrogé la petite Élodie, votre DEA, en restant très vague. Les deux étudiantes sont un peu copines. *A priori*, elle n'est pas au courant de la liaison supposée. Je n'ai pas voulu pousser le bouchon tant que je n'avais pas de certitudes.

— Vous n'avez pas affolé Élodie ? s'alarma Hélène. Elle est adorable, brillante, et très jeune fille de bonne famille.

Il soupira d'agacement :

— Dr Audibert, je peux écraser la tronche d'un truand agressif. Cependant, je sais me conduire en vraie rosière avec une jeune fille timide. Ah, au fait, votre gentil camarade qui vous aime tant, Éric Sylvestre, a été condamné il y a trois ans pour coups et blessures : 4 000 euros de dommages et intérêts.

— Pardon ?

— Ouais, il a pas mal amoché un gars dans un restaurant.

— Vous plaisantez ? protesta Hélène en pleine incrédulité. Éric ? Le comble du « prout-ma-chère » ? C'est d'ailleurs pour cela qu'il me hait… nous nous sommes un peu pris de bec il y a quelques années. Un garçon très rancunier.

— Manquer défoncer le portrait d'un collègue en le traitant de PQ souillé et de gros nul, c'est votre définition de la légère prise de bec ?

— Ah, vous êtes au courant ! murmura-t-elle, un peu contrite. N'empêche, cette condamnation me souffle. Pas le genre physique, Éric. Il la joue hautain affligé qui toise et méprise.

— Ben, il a quand même une sacrée allonge. Selon son avocat, le type du restaurant avait fait des remarques obscènes à sa femme.

— Ah… je comprends mieux… « Mâ femme ceci, mâ femme cela. » Cela étant, sauf à imaginer que Stéphane Lambin ait traité madame Sylvestre de vieille maquerelle, de sale morue ou de radasse fatiguée – et j'en doute –, je ne vois toujours pas Éric le butant et le décapitant.

Dès qu'il fut parti, Hélène sentit sa colonne vertébrale ramollir à la façon d'un marshmallow. Avachie telle une limace, elle passa en revue toutes ses possibilités de réaction. Pas nombreuses, les possibilités. Rares, même. Pas vraiment convaincantes non plus. Au bout d'une demi-heure d'auto-*brainstorming*, il ne lui en restait qu'une : appeler Nathalie, foncer chez elle et s'écrouler sur son épaule amie et maternelle. Ouais, mature !

JOUR 9.

Si la colère est mauvaise conseillère, elle fait parfois un bien fou.

Un peu plus tard.

Prise au piège d'un volcan islandais au nom imprononçable, et en tout cas pas de la façon dont il s'épelait, Marie-Hortense-Dominique de La Theullade avait paré au plus pressé. Les magnifiques roses aux teintes pâles et délicates, typiquement anglaises, mais produites en Afrique, étaient restées coincées au sol en raison des fumées crachées par l'obstiné volcan qui aurait pu trouver une autre date pour se réveiller. Début août, par exemple, lorsque ses magasins étaient fermés pour quinze jours de vacances. Elle avait donc improvisé afin de satisfaire une clientèle très exigeante.

Durant deux jours, elle avait foncé à Rungis avant l'aube, fait la tournée des grossistes et raflé avant les autres les fleurs les plus magnifiques. Selon les cas et les profils, elle avait harcelé, menacé, charmé, supplié. Elle avait revu la composition de la plupart de ses arrangements floraux, du moins ceux incluant des roses anglaises, en plus de s'occuper de ses boutiques. Bref, elle était sur les genoux.

Bien que le volcan s'obstinât à enquiquiner la planète, ou du moins les bipèdes peuplant ladite planète, la gentille météo semblait tourner en sa faveur et les liaisons aériennes avaient repris.

Elle décida donc de rentrer tôt et de prendre un bon bain, pourquoi pas en compagnie de Serge si le pauvre chéri était tendu. Elle lui masserait les épaules. MHD, en femme d'une vive intelligence et d'une indéniable lucidité, comprenait très bien ce qui la liait au futur grand auteur. Le rôle de muse, attentive, aux petits soins, qui ferait germer un lotus éblouissant de la vase informe. Un rôle prisé par nombre de femmes (avec celui d'infirmière). Parce que, autant l'avouer, le sexe avec Serge était d'un rare ennui (le reste aussi, d'ailleurs). Pourtant, elle ne rechignait jamais à remettre son ouvrage sur le métier, si on peut dire : l'énergie sexuelle est également moteur de création. Toutes leurs discussions étant centrées sur lui, elles devenaient très répétitives et manquaient d'attrait. Mais bon, sans doute l'égotisme est-il la caractéristique de certains créatifs. Il y a une femme derrière chaque grand homme, et le fantasme de MHD était de rejoindre cette cohorte anonyme mais ô combien précieuse. MHD ignorait juste un paramètre fondamental : les fantasmes ne sont pas faits pour être vécus. Pourquoi ? Parce que leur réalisation est toujours très décevante. Elle allait l'apprendre sous peu.

Elle s'étonna de ne pas trouver Serge, avachi sur un canapé, fumant, buvant un whisky en lisant *Entrevue* ou le journal télé lorsqu'elle pénétra dans l'appartement. Peut-être était-il installé dans un café, écrivant ? Les vrais auteurs font cela. Chouette : elle prendrait son bain seule, elle aurait plus de place dans la baignoire. Son regard tomba sur l'ordinateur portable entrouvert sur la table basse. Mince, avec cette inattendue frénésie, elle avait oublié le conseil de Juliette. Elle devait aider Serge. Son bain attendrait. Dévotion et abnégation, quels jolis mots pour une muse !

Elle trouva une pléthore de fichiers nommés « début de roman » 1 ou 2 ou 3, jusqu'à 16. Elle cliqua sur son chiffre préféré : « 9 ». Le texte s'afficha, truffé de fautes d'orthographe, voire de français. Il paraît que certains grands auteurs sont réécrits. Ce qui compte, c'est l'essence, le génie. On ne va pas chipoter sur les fautes d'accords ou les erreurs de conjugaison. Ne soyons pas rats ! Elle entreprit une lecture soigneuse.

… Dom' écarte les cuisses. Son sexe est un gouffre déplaisant, insatiable. Elles sont toutes semblables, des animaux voraces de mon pénis. Je la sers, et la ressers. La fatigue, l'écœurement me gagne.

… Elle parle, elle parle. Dom' parle de moi, ce qui prouve qu'elle n'est pas aussi sotte que les autres. D'un autre côté, quelle part d'elle serait assez intéressante pour qu'on la mentionne ? Elle aspire mon énergie qui lui donne enfin une épaisseur et sans laquelle elle ne pourrait plus vivre.

MHD poursuivit sa lecture sur quelques pages, les lèvres serrées en cul de poule, son rythme cardiaque s'accélérant de dangereuse manière. Soudain, elle se leva et balança le portable au milieu du salon en hurlant :

— Mais quel abruti prétentieux ! Le dieu du sexe, alors que, avec lui, n'importe quelle poupée gonflable se taperait une neurasthénie carabinée ! Et dire que je me suis forcée la plupart du temps. Je ne peux pas le croire ! Plus crétine que moi, y'a pas, même en cherchant bien !

En plus, elle collait une baffe au premier qui l'appelait Dom' !

Lorsque Serge rentra, MHD souriait, plantée au centre d'un cercle de sacs poubelles. Traînant des pieds, il avança, son visage évoquant de plus en plus les fesses d'un pachyderme senior. Des remugles de vieux mégot trempé dans le whisky fouettèrent les narines délicates de MHD. Tutu, son adorable labrador chocolat, avait filé dans la chambre. Les labradors font partie des chiens à grand flair et les relents véhiculés par Serge devaient lui filer la migraine. Un point d'interrogation aussi grand et lourd que l'obélisque de la place de la Concorde se forma dans l'esprit de MHD. Mais comment avait-elle pu tolérer ce sous-nul ?

— Euh… y'a qu'ec chose qui va pas ?

Suave, elle déclara :

— Du tout. Tu te casses. Maintenant. Tu prends ce que tu peux de sacs poubelle : tes affaires. Le reste te rejoint par la fenêtre.

— Meuh… euh…

— Tu veux que je t'explose le pif pour te rendre carrément inconsommable, même en fermant les yeux et fin ronde ? J'ai eu cinq frères. Les castagnes, je connais !

Elle serra les mains comme Emma leur avait indiqué, menaçante, son lourd saphir cerclé de brillants faisant poing américain, écarta les jambes en position de combat, plissa les paupières, et il comprit qu'elle ne plaisantait pas.

JOUR 9.

Certains jours sont mauvais,
d'autres carrément exécrables.

Un peu plus tard.

Après avoir rendu une petite visite amie à Mimi la rate, lui avoir offert un bout de gâteau sec, avoir un peu papoté avec elle (génial, Mimi ne l'interrompait jamais), Hélène tenta, sans succès, de s'absorber dans la rédaction de son prochain article scientifique. Rien de plus barbant. En plus, ça prenait un temps fou. D'abord, il fallait l'écrire en anglais, le français et autres étant considérés comme des sous-langues. Ensuite, il ne fallait surtout pas défriser les référés, ceux qui acceptaient ou non l'article en question. Les Français ont oublié qu'ils ont été parmi les plus grands scientifiques : Pascal, Pasteur, Lavoisier, Coulomb, Ampère, Leclanché (la pile du même nom), Fresnel (l'optique vibratoire), tant d'autres. Dommage !

Bon, il fallait quand même qu'elle s'y colle. C'est fou ce qu'un cadavre peut vous faire perdre de temps, vous déconcentrer et vous pourrir la vie d'une façon générale. Enfin, elle parvint à s'immerger complètement dans son travail. Les heures filèrent. Lorsqu'elle leva le nez de son écran d'ordinateur, il était 21 h 15. Elle sauvegarda et éteignit, préoccupée. Elle avait écrit une phrase ambiguë qu'elle devrait changer demain. Ce n'est qu'en sortant de son bureau qu'elle se rendit compte que le labo était désert et que seules les petites veilleuses de sécurité qui ponctuaient le plafond du couloir étaient allumées. À l'autre bout du couloir, sur sa droite, un bruit sourd de glissement ou de frottement, accompagné d'un léger cliquetis pas naturel du tout. Une onde glaciale dévala dans son cerveau.

Hélène avait toujours traité l'instinct avec la plus grande défiance. Pourtant, ce qu'il lui souffla avec la force d'un ouragan ne manquait pas de logique. Elle lâcha son sac à dos, bondit dans son bureau et récupéra la chaussette et la lime dans les poches de sa blouse. Le plus sage eut sans doute été de foncer vers la porte sécurisée et de mettre le plus de distance possible entre elle et le bruit. Toutefois, Hélène commençait à en avoir soupé. « Commencer » s'avérait, d'ailleurs, un scandaleux euphémisme. Même qu'elle était fin prête à en découdre. La chaussette lestée dans la main droite, la lime brandie par la gauche, elle avança à pas de loup en direction du bruit. Lequel cessa. Une sueur de trouille ruisselait de son front et de sa nuque. Son cœur avait choisi l'option « douze battements pour le prix de deux ». Elle serra les dents. Elle était grande, baraquée et, surtout, elle en avait ras la frange. Adoptant la stratégie d'Emma, elle balança une de ses paraboots dans la porte d'un labo, celui de feu Lambin. Aux aguets, elle avança d'un pas dans la vaste pièce. Du coude, elle enfonça l'interrupteur. Un flot de lumière crue se déversa. Qu'on se le dise, rien n'est plus encombré qu'un laboratoire. Toutefois, puisqu'il comprend surtout des paillasses et des myriades d'étagères, y dissimuler un être humain, mort ou vif, n'est pas chose aisée. Le regard d'Hélène balaya l'espace. Rien. Elle ressortit avec méfiance et avança encore. Autre coup de tatane, autre porte de labo ouverte. Celui d'Édouard Delarue. Même scénario, même résultat. Rien. Re-belote dans celui de Géraldine Dumontet. Re-re-belote dans le labo d'Éric Sylvestre. Toujours rien. Hélène commençait à se demander si elle n'avait pas été victime d'une hallucination sonore ou de ses nerfs. C'est donc un peu plus détendue qu'elle envoya un coup de pied dans la porte du labo de Benjamin Laumonier, toujours en congrès au Japon et qui devait rentrer le lendemain. Allumage des néons du plafond par coude interposé. La stupeur la figea dans l'embrasure de la porte. Cramponnant toujours sa chaussette et sa lime, elle mit un moment à comprendre ce qu'elle voyait. Soudain, une violente poussée dans son dos. Hélène lâcha ses armes improvisées et partit vers l'avant pour s'affaler comme une masse sur le sol carrelé. Elle entendit le bruit d'une cavalcade qui s'éloignait dans le couloir. Elle s'efforça de se remettre debout. Son genou droit lui faisait affreusement mal, ainsi que les paumes de ses mains, grâce auxquelles elle avait un peu amorti la chute. Enfin relevée, elle se demanda si le mieux n'était pas de se trouver mal. Virginie Franchet, l'excellente ingénieur de Benjamin, était installée sur son haut tabouret pivotant de paillasse et la fixait. De ses yeux morts. Le manche d'un long poignard oriental dépassait de sa poitrine. Hélène le reconnut aussitôt. Le poignard décoratif qu'un ancien étudiant marocain avait offert à Nadine Lasalle, et dont elle se servait pour ouvrir le courrier.

Une pensée idiote, égoïste, nulle, mais un peu apaisante traversa l'esprit d'Hélène. Au moins, elle n'était plus la seule qu'on tentait d'incriminer.

Elle décida d'appeler l'inspecteur divisionnaire. Son agresseur, à l'évidence le meurtrier, ne reviendrait pas pour la dézinguer ce soir. Ça, il pouvait la bénir, le Benoît : avec elle, il ne risquait pas l'ennui !

JOUR 10.

À chaque jour ne suffit JAMAIS sa peine.

Marie-Hortense-Dominique de La Theullade, MHD pour ses nouvelles copines, avait insisté auprès d'Hélène lorsque celle-ci l'avait appelée hier soir du labo, en attendant l'arrivée de la police, pour lui narrer le deuxième meurtre et l'agression dont elle avait été victime. Elle pouvait rester à Paris, annuler son séjour, pour lui prêter main forte. Mais la chercheuse avait décliné avec fermeté.

MHD était un brin surprise. Un peu déçue aussi. Propulser Serge hors de chez elle, suivi de peu par ses affaires balancées du balcon, ne lui avait occasionné aucun chagrin. Or, puisqu'il ne lui resterait pas grand-chose de leur vie commune, si en plus leur rupture avait été incolore, inodore et sans saveur, qu'allait-elle pouvoir raconter à ses amies ? D'accord, elle avait dû aérer toute une journée afin de se débarrasser de la tenace odeur de vieux mégots qui imprégnait jusqu'aux doubles rideaux. Elle avait vidé tous les fonds de whisky bas de gamme qu'il préférait aux autres, un détail qui aurait dû lui mettre la puce à l'oreille. Elle avait entassé dans un sac poubelle tous les brouillons, gribouillis d'adolescent masturbateur, retrouvés dans une épaisse chemise que Serge couvait tel le saint Graal. Toutefois, la narration qu'elle pouvait en faire n'allait pas tenir en haleine très longtemps les cinq autres filles. Y'a vraiment des types qui vous pourrissent la vie pendant et après !

Afin de se requinquer tout à fait, bien que pas du tout « déquinquée », elle avait décidé de s'offrir un petit séjour dans un hôtel-spa de luxe de la côte normande. Ledit hôtel, avec les services qu'il proposait et son immense parc arboré, sans oublier son restaurant gastronomique, semblait plus que séduisant. De surcroît, les propriétaires avaient ajouté dans leur brochure : « Les amis-chiens de nos clients sont les très bienvenus, hormis les compagnons agressifs. Des menus sont prévus pour leur satisfaction. » Un gros plus. En effet, Tutu, son labrador chocolat de trois ans, avait souffert de la cohabitation avec Serge, qui n'aimait pas les animaux et lui imposait à lui aussi un tabagisme passif de grande ampleur. Il était donc normal qu'il soit un peu dédommagé, d'autant qu'elle avait commis une bévue, lourde de conséquences émotionnelles, dès l'arrivée du chiot chez elle. Heureusement, Tutu était très stable psychologiquement, sans quoi elle aurait pris dix ans de psychanalyse canine. Toute à ses références poétiques, possédant en revanche des notions de géographie un peu sommaires, elle avait mélangé le Labrador-Terre-Neuve et l'Islande. À sa décharge, les hivers sont rigoureux sous les deux latitudes. En fan de Gérard de Nerval, elle avait donc baptisé le chien Thulé. Tout s'était déroulé à merveille, jusqu'à ce que Thulé, âgé de six mois, remuant, joueur et surtout fort comme un bœuf, bondisse de joie en lui arrachant la laisse des mains afin de rejoindre un congénère qui passait sur l'autre trottoir. Affolée par la circulation, MHD avait hurlé « Thulé, Thulé ! ». Arrêt sur image, tous les passants s'étaient figés, regardant le labrador avec la même appréhension qu'une bombe atomique. Morte de honte et bourrelée de remords, MHD avait tenté de rattraper le coup en changeant le prénom du chien, en vain. Il répondait très bien à « Tu », ou à « Lé ». À rien d'autre, cependant. Lélé lui paraissant quand même top-cruche, elle avait donc opté, à regret, pour Tutu, pas vraiment beaucoup plus smart, mais plus facile à prononcer. Au fond, peu importait. Son chien était intelligent, fin, charmant, magnifique, doté de toutes les qualités du monde selon elle, et ce n'était pas un nom, si godiche soit-il, qui pouvait le rendre ridicule, d'abord !

Certes, Tutu possédait bien ces vertus. Toutefois, si l'on excluait l'aveuglement quasi maternel de Marie-Hortense-Dominique de La Theullade à son égard, force était d'admettre qu'il se montrait également « très » labrador : têtu comme une mule, vorace, physique pour ne pas dire « chien de ferme ». S'ajoutait le fameux fléau bien connu des maîtres des représentants de cette noble race : « la queue de Lab' ». Il serait vain d'espérer une cohabitation pacifique entre une queue de labrador et une table basse chargée de verres. Les flûtes graciles héritées d'une arrière-grand-mère et bichonnées depuis trois générations y passent toutes lors d'une manifestation de joie et/ou de gourmandise, la queue battant au rythme de l'arrivée des assiettes de petits fours ou de charcuterie.

Il était 11 heures passées lorsque Marie-Hortense-Dominique gara sa Jaguar dans la vaste grange transformée en garage, se demandant toujours si elle avait bien fait de quitter Paris, si elle ne risquait pas de rater son premier grand investissement « cadavre ». Ah, non, cela, elle ne se le pardonnerait pas ! Dès qu'elle serait installée, elle téléphonerait aux filles pour se tenir informée des derniers événements.

Séduit par les odeurs champêtres qui lui parvenaient depuis un moment, Tutu n'attendit pas qu'elle descende de voiture. Il sauta de la banquette arrière et la piétina allègrement pour sortir le premier. C'est lourd, un labrador ! Il fonça dans le parc, ses oreilles s'envolant rythmiquement à la manière d'un Dumbo. Il fallut dix minutes et une quinzaine de pipis (ceux du labrador) pour que MHD parvienne à le récupérer. Après une vive explication destinée à faire rentrer dans le crâne de Tutu qu'un peu de tenue ne serait pas superflu, le chien en laisse, elle avança d'un pas royal vers le perron de pierre qui menait à la réception.

Un coup d'œil au salon de lecture attenant conforta MHD sur son choix : élégance et charme cossu. Des fauteuils à assise profonde et des canapés en épaisse soie beige et rosée flanquaient un large guéridon en bois de rose. Le vase ventru placé en son centre soutenait un arrangement floral de vieilles roses faussement « fraîches coupées du jardin », dont MHD fut certaine, en professionnelle, qu'il était commandé tous les deux jours chez le meilleur fleuriste de la région. Des piles de magazines et de journaux étaient alignées sur de petites tables basses et deux murs de la pièce étaient tapissés de bibliothèques en hêtre.

En dépit de son adoration pour Tutu, la suite la dérouta un peu. Une petite dame entre deux âges, très élégante et souriante, se rua vers… le chien, s'agenouillant, gloussant de bonheur lorsqu'une langue large comme la main la débarbouilla.

— Oh… l'adorable compagnon-chien ! Et comment se nomme-t-on ???

Doutant que le labrador lui réponde, MHD se dévoua :

— Tutu.

— Adorable. Et qui va dormir sur un magnifique coussin, rembourré de plumes, dans une très jolie chambre ? Tutu, bien sûr ! S'adressant à MHD sur le ton de la confidence, elle précisa : Nous les faisons nettoyer après le passage de chaque compagnon-chien afin qu'ils ne soient pas perturbés par des signatures olfactives inconnues.

Marie-Hortense-Dominique de La Theullade se demandait si elle n'avait pas été expédiée sur une autre planète. À son insu. La dame se releva et se présenta enfin :

— Élisabeth Dalembert, votre hôtesse. Vous avez, à juste titre opté pour notre formule « pléni-zénitude ». Croyez-bien, chère madame, que mon époux et moi-même, ainsi que toute notre fabuleuse équipe, allons mettre un point d'honneur à combler vos attentes et celles de Tutu.

Bien que refusant catégoriquement d'offrir un massage aux pierres chaudes ou un masque aux huiles essentielles au labrador, MHD sourit. L'autre enchaîna en destinant un regard mouillé de tendresse au chien :

— Et comment allons-nous nous distraire lorsque maman se trouvera dès demain matin entre les mains expertes de Sûjingumisuto[1], que vous pouvez appeler Misuto[2] et de Hanabira no hik ari[3], mais Hanabira[4] suffira ? Eh bien, notre promeneuse – qui possède un diplôme d'assistante vétérinaire – viendra chercher le mignon Tutu. Longue balade suivie d'un jogging de musculation, puis

1. Brume apaisante.
2. Brume.
3. Pétale léger.
4. Pétale.

jeu de frisbee, et enfin une partie de balle aux prisonniers avec les autres compagnons-chiens.

De plus en plus hallucinée, MHD se laissa conduire dans sa chambre. Une merveille de luxe et de goût, dans le moindre détail. Cerise sur l'épaisse moquette gris pâle : un large coussin mousseux vers lequel Tutu fonça pour s'y rouler, s'y tortiller les quatre pattes en l'air, avec une rusticité un peu déplacée en ce lieu.

Dès qu'Élisabeth Dalembert eut refermé la porte derrière elle sur un sourire amical, MHD extirpa son portable de son sac et composa le numéro de Nathalie. Occupé. Un peu dépitée, elle raccrocha et sélectionna celui de Juliette dans son répertoire.

Jour 10.

On n'est pas tous les jours soi-même… heureusement.

À peu près au même moment.

— Oh non, tu sais, je crois que je me suis mis un truc débile en tête, répéta Emma de la même voix défaite. Il n'a pas téléphoné, ni rien.

Elle se répétait en boucle depuis un bon quart d'heure, pleurnichant parce que le beau maître Jean-Manuel Lerrac, qu'elle ne voyait plus qu'en magnifique amant, puis en mari génial, puis en père idéal, le tout si possible en accéléré, ne l'avait pas appelée. Néanmoins, Nathalie conservait un calme olympien. Elle aussi répéta :

— Écoute chérie, ne le prends pas mal, mais tu as toujours eu tendance à griller les étapes en matière amoureuse. Tu voudrais que tout soit plié, passer devant monsieur le maire et t'inscrire en cours de préparation à l'accouchement dans la semaine. Ça ne marche pas comme ça, surtout avec un monsieur qui possède un épais nuancier féminin dans lequel choisir. Tu vois, il y a la séduction, puis la passion, puis ensuite, éventuellement, on en vient au reste. De surcroît, il plaide dans toute la France, et si ça se trouve, il n'a pas une seconde à lui.

— On peut toujours passer un coup de téléphone, envoyer un SMS ou un mail, non ?

Nathalie, que seul un cataclysme pouvait ébranler, sentit pourtant sa proverbiale patience s'effilocher. Un brin plus sèche, elle rétorqua :

— Emma, ce n'est pas parce que tu as décidé que ton planning gestationnel devait être respecté avant l'âge de trente-cinq ans que tout le monde doit obtempérer. Arrête avec ces enfantillages. Tu sais comme je t'aime, mais ta tactique, c'est le meilleur moyen pour qu'un homme prenne ses jambes à son cou. De surcroît, je me permets de te rappeler qu'Hélène patouille au milieu des cadavres et des flics, sans oublier un psychopathe qui flirte avec l'envie de lui faire grignoter les pissenlits par la racine. En conclusion, on a quand même des urgences plus urgentes à gérer !

Un silence, puis un hululement désespéré :

— Oooohhhhh, je suis nulle ! J'ai honte ! Je ne pense qu'à moi ! Je suis une punaise et une gourde ! Oooohhh, je me hais… Pauvre Hélène. Ah, elle est bien lotie avec des amies aussi pathétiques, aussi grotesques et aussi égoïstes que moi, tiens ! Pauvre, pauvre Hélène !

— Euh… n'exagérons pas non plus, chérie.

— À ma décharge, j'ai rien à faire de la journée que jouer les jolies potiches dans mon bureau et servir un expresso à mes clients. Elle tourne au petit poil ma boîte, sans mon intervention, alors je m'ennuie et je ressasse. Ça vaut mieux que de m'empiffrer, remarque, mais là, je suis à un cheveu de la crise de boulimie. Si au moins je pouvais jouer les cerbères pour Hélène. Genre : « Garde haute, je suis prête.

Viens-y mon gars, je t'aplatis le mufle et je t'enfonce l'estomac dans les vertèbres. » Mais là, je tourne, je vire…

— Prenons les problèmes dans l'ordre. Tu te calmes, tu vas faire un petit tour, t'acheter une babiole. Peut-être une manucure…

— J'en sors.

— Bon, alors une pédicure…

— J'en sors aussi.

— Bon, ben un coiffeur…

— J'en sors toujours.

— Je suppose donc que pour l'esthéticienne, l'ostéopathe, l'acupuncteur, le masseur et le salon de thé, les cases sont aussi cochées. Un bon polar, peut-être ?

— Mouifff, j'aime bien les polars, surtout quand les méchants sont arrêtés à la fin.

Suave, Nathalie résuma :

— Bien, nous avançons. Concernant maître Lerrac, tu ne fais RIEN. Tu attends, et lorsqu'il se décide enfin… ma foi, tu n'es pas libre tout de suite. Qu'il poireaute un peu, juste un peu. Occupée mais pas décourageante. Non mais ! Il est peut-être canon, mais tu n'as rien non plus d'un tas moche.

— Mouifff. Oh, tu es un cœur, tu sais. Et je n'arrête pas de te casser les pieds…

Soudain ragaillardie, Emma, qui avait une passion pour la cuisine dans laquelle elle voyait, à juste raison, un geste d'amour, proposa :

— Et si vous veniez dîner ici, dès que MHD est rentrée ? Petit repas raffiné ? Je vire Arnaud pour la soirée. Il sera ravi, parce que je lui casse pas mal les pieds à lui aussi en ce moment, mais il s'obstine à jouer les nounous et les saint-bernard réunis.

— Génial.

— Bon, j'appelle les autres, ça va m'occuper.

Nathalie raccrocha. Allongé à côté d'elle, Vincent lui caressait le mollet, un sourire conquis aux lèvres :

— Tu as une patience d'ange, mon ange.

— Tu te trompes, chéri. Un jour, celui où mon ex-mari m'a annoncé, alors que je sortais du bloc opératoire, qu'il me lourdait pour une autre, et où je me suis rendue compte que ça laissait mes deux enfants totalement indifférents, ces femmes ont sauvé mon amour-propre et peut-être ma vie. Au fond, et même si j'ai toujours espéré, sans y croire, rencontrer un jour un homme tel que toi, je n'ai jamais été seule ni complètement abandonnée, grâce à mes amies.

— Alors, il faut que tu t'occupes d'elles et que tu les défendes, c'est normal. Mais je passe le premier ! ajouta-t-il avant de l'embrasser avec fougue.

À l'autre bout de Paris, alors qu'Emma quittait Juliette pour composer le numéro d'Hélène, la sonnerie de son portable résonna.

Une voix de brun, baryton velouté à faire fondre les doigts de pieds, s'écoula :

— Emma ? Jean-Manuel Lerrac. Amusant, la ressemblance de nos prénoms ! Je rentre à l'instant de Berlin. Une affaire qui vire au sac de nœuds. J'ai tenté à vingt reprises de vous appeler. À chaque fois un truc survenait…

Emma se mordit les lèvres au sang pour retenir le gémissement de soulagement et de joie qui lui montait dans la gorge. Très pauv'fille, le gémissement.

— Seriez-vous libre pour dîner ? Je ne sais pas, ce soir, demain soir ?

Au prix d'un gigantesque effort de volonté et forçant sa voix vers les graves (plus sensuel), ce qu'Hélène, avec sa coutumière délicatesse, nommait une « voix d'utérus », elle répondit :

— Je suis ravie de vous entendre (ça, elle n'avait pas pensé à le demander à Nathalie, mais elle devait pouvoir sortir ce genre de choses). Dîner ? Avec grand plaisir. Malheureusement, je ne suis libre ni ce soir, ni demain. Après-demain ?

— Génial. Je passe vous prendre au loft, ou vous préférez que nous nous rejoignions au restaurant ?

Ah non, pas au loft. À tous les coups, ils y prendraient un verre, et Arnaud était capable de la fusiller peu discrètement du regard ou même de lui envoyer un coup de pied si elle ne se conformait pas à la lettre à ses conseils en matière de séduction.

— Au restaurant, c'est parfait.

— OK, on dit vingt heures ? Je vous rappelle pour vous suggérer un endroit.

Lorsqu'elle raccrocha, elle faillit s'élever comme un joli ballon gonflé d'hélium vers le plafond. Bon, en y repensant, elle avait été très bien. Ah mince, trois jours à attendre, à s'impatienter ! Ah non, ça, les hommes compliquent la vie des femmes ! Il n'y a qu'eux pour penser le contraire.

JOUR 10.

Si la vie était juste, depuis le temps, ça se saurait.

Hélène Audibert était rentrée très tard, ou plutôt très tôt la nuit dernière, celle du deuxième meurtre. Benoît Levasseur avait déboulé une heure après son appel, suivi de peu par l'IJ. La valse des questions avait commencé et elle avait dû répéter cinq fois la même chose, s'énervant de plus en plus. Non, elle n'avait pas vu son agresseur, qui l'avait poussée avec violence dans le dos. Elle s'était affalée de tout son long par terre. Oui, on pouvait en effet déduire qu'elle connaissait Virginie Franchet puisqu'elles travaillaient dans le même labo depuis une douzaine d'années. Non, elle ne savait rien de sa vie en détail, sinon qu'elle était divorcée et sans enfant. Non, elle était incapable de préciser la nature exacte du bruit qui avait attiré son attention. Un frottement accompagné d'une sorte de cliquetis.

La fatigue et la tension aidant, elle avait fini par perdre le peu de sang-froid qui lui restait et avait hurlé à l'adresse du policier :

— Ça fait cinq fois que je me répète. Vous êtes sourd ou bouché ? Passons tout de suite au troisième degré, qu'on en finisse et que je puisse aller me coucher.

Étrangement, il ne s'était pas ulcéré mais avait expliqué :

— Ces répétitions ont deux buts : faire déraper un suspect, s'assurer qu'un témoin n'oublie rien.

Enfin, elle s'était hissée dans un taxi. Elle s'était traînée chez elle et avait bouclé l'abruti de réveil dans le réfrigérateur. Elle s'était déshabillée en semant ses vêtements un peu partout et avait basculé dans son lit, sans même se brosser les dents : manquements invraisemblables et inacceptables de la part d'Hélène.

Lorsqu'elle s'était réveillée le lendemain matin vers 10 heures, un magnifique hématome endeuillait son genou douloureux et une migraine XXL faisait exploser ses tempes. Pas juste. Avoir la migraine parce qu'on a un peu-pas mal abusé de la chopine, ou des excellents whiskies de Charlotte, passe encore. On a commis un excès, on le paie, bref une logique bien connue. Au contraire, sentir un marteau-piqueur déchaîné sous son crâne alors qu'on s'est coltiné un deuxième cadavre, qu'on a été agressée puis harcelée de questions par la police, là, y'a de l'abus. D'un autre côté, si la vie était juste, depuis le temps, ça se saurait !

Elle s'était donc levée, fourbue, hagarde, fermement décidée à sécher le labo ce jour-là et à filtrer tous les appels.

Aussi ne répondit-elle pas aux trois messages consécutifs et de plus en plus inquiets laissés par son ex-mari. Ah non, pas lui ! Là, tout son stock d'aspirine y passait. D'accord, il était mignon, bien intentionné et à l'évidence encore très amoureux d'elle après onze ans de divorce. Néanmoins, Frédéric était totalement dépourvu de sens pratique et de diplomatie. Dans un mouvement de révolte estudiantine (il avait peu évolué depuis), il était capable d'insulter Levasseur en le traitant de facho et de nazi. Ça ne plaît jamais. Or l'inspecteur divisionnaire semblait à peu près bien disposé à son égard. Elle ne répondit pas non plus aux deux coups de téléphone de Levasseur. Qu'il joue tranquillement avec ses cadavres et qu'il lui fiche la paix, elle avait besoin de se vider la tête.

Ardu pour une femme telle qu'Hélène, qui avait toujours prôné que le cerveau ressemblait à un muscle très précieux : plus on le stimulait, plus il devenait performant. Dans l'heure qui suivit, elle eu beau lui ordonner d'aller se coucher, de se mettre en veilleuse, bref de la lâcher, rien n'y fit. Son cerveau continuait à mouliner à plein régime, lui renvoyant des signaux électriques traduisibles par « cause toujours ma cocotte, tu m'intéresses ». Sentant qu'elle n'aurait pas le dessus mais qu'elle devait parvenir à ruser avec lui, elle fonça chez le loueur de DVD et revint au pas de charge avec son butin « nuage blanc-détente » : *Chicken run*, *Baby boom*, *Wonder boys*, des valeurs sûres, refuge. Son cerveau se détourna donc tout l'après-midi d'inextricables histoires de cadavres pour profiter des comédies préférées d'Hélène. Soulagement.

Cependant, vers 17 heures, Levasseur refit une percée téléphonique. La décision qu'elle avait prise de ne pas répondre céda devant la curiosité lorsqu'elle entendit le message :

— Dr Audibert, je sais que vous êtes chez vous, alors décrochez. J'ai des info intéressantes…

Hélène s'exécuta. Sans s'embarrasser de formules de courtoisie, le flic débita :

— Deux jeux d'empreintes sur le manche du poignard : les deux secrétaires, Nadine Lassalle et Sylvie Boulanger.

— Ben oui, elles s'en servent toutes les deux comme coupe-papier, expliqua la chercheuse.

— Ça paraît logique. Le hic vient du légiste. Il ne comprend pas pourquoi la victime a si peu saigné. On parle d'un coup de couteau fatal, assené avec grande violence. La lame a pénétré sur toute la longueur.

Cette sortie plongea Hélène dans la perplexité, d'autant que son cerveau en était toujours resté aux mignonnes poulettes rebelles de *Chicken run*, et à la façon dont lui se serait débrouillé pour sortir de cet infâme baraquement. Enfin, il (son cerveau) condescendit à revenir à la réalité, largement moins amusante.

— Vous êtes là ? s'impatienta Benoît Levasseur.

— Je réfléchis. Des coagulants, bref l'inverse de l'héparine.

— Ça fait quoi ?

— Coaguler le sang, comme l'indique leur nom. Il en existe pas mal, depuis la vitamine K que nos bactéries intestinales fabriquent, jusqu'aux facteurs plasmatiques de la coagulation qu'on donne aux hémophiles. On s'en sert aussi parfois en chirurgie pour limiter les saignements. Il est clair que chez un sujet ne présentant pas de risque particulier d'hémorragie, administrer des coagulants à hautes doses est hyper-dangereux.

— Ça peut s'ingérer ?

— Certains oui, comme la vitamine K.

— Mais pourquoi le tueur aurait-il filé des coagulants à ses victimes ?

— Je ne sais pas, inspecteur divisionnaire. Peut-être quelqu'un qui ne supportait pas la vue du sang ? proposa-t-elle, sérieuse.

— Tout en se montrant capable de décapiter un homme et de poignarder une femme ? s'énerva le flic.

Hélène s'insurgea :

— Écoutez, je fais ce que je peux. Je ne suis pas profileuse. Les motivations des criminels, c'est davantage votre rayon.

— Bon, je vais demander d'autres dosages sanguins au labo, qu'ils explorent la piste des coagulants.

JOUR 10.

Trêve : cessation provisoire des combats (le Robert). PROVISOIRE, on vous dit !

Au même moment.

— Non, écoute Emma, ça suffit cette histoire ! répéta Juliette en tapant du pied dans le bureau de son institut.

N'ayant pas réussi à joindre Nathalie, elle avait appelé son autre amie pour lui faire part de ses cogitations de la nuit. Elle poursuivit sa démonstration :

— Un cadavre, encore, passons. Ce type était une petite ordure et on ne va pas prendre le deuil. Ça n'est agréable pour personne, mais il peut s'agir d'un incident isolé, un coup de malchance, quoi. Mais là, avec cette ingénieur, Virginie Franchet, une femme sympa, on entre dans une systématique, et là, ça craint. D'autant que, pour moi, c'est un scandale de tuer les gens gentils.

— Je suis d'accord, mais Hélène est butée comme un troupeau de mules, répondit Emma de son bureau.

— Était butée. Selon moi, maintenant, elle doit se dire que ça dépasse un peu le cadre domestique et les petites aigreurs de labo. C'est une chose de cancaner sur le dos d'un collègue, c'en est une autre de décapiter ou de poignarder des êtres humains. Il faut l'aider.

— Je suis d'accord, des deux mains, mais qu'est-ce qu'on fait ?

— Tu voulais préparer un dîner ? C'est ce soir. On passe au plan B.

— MHD est toujours dans son spa normand, argumenta Emma.

— On lui fera un débriefing demain par téléphone. On est dans l'urgence !

— Ça marche. Euh… t'as une idée de plan B ?

— Non, mais on va trouver.

Dès après avoir raccroché, Emma fonça au loft afin de concocter un délicieux dîner. Pas beaucoup de temps, mais elle comptait sur son inventivité, et l'impressionnant contenu de son congélateur, pour faire des merveilles. Ce n'est pas parce qu'on s'apprête à riposter qu'on doit se contenter de hot-dogs ou de pop-corn ! Préservons le panache à la française. De la classe, encore de la classe, toujours de la classe, même embourbé jusqu'aux oreilles ! « Tirez les premiers, messieurs les Anglais », ce genre d'envol[1].

Juliette eut un mal fou à convaincre Hélène que le moment des atermoiements était passé et qu'arrivait celui de la contre-offensive organisée et musclée.

— T'as une drôle de voix. On dirait que tu as pleuré.

---

1. La phrase aurait été prononcée par le comte d'Auteroche lors de la bataille de Fontenoy (1745). Il ne s'agissait nullement de panache ou de courtoisie, mais de stratégie. En effet, étant entendu le temps qu'il fallait pour recharger une arme, tirer en premier rendait les soldats très vulnérables à la riposte de l'ennemi.

— Ben, un peu. Je viens de regarder *Chicken run*. Très marrant, mais au fond bouleversant.

— Oh, je ne m'en lasse pas. Pourtant, c'est pas tout jeune. Trop mignonne cette poulette avec son magnifique dentier. Ils sont héroïques ces gallinacés. Et puis l'autre qui n'arrive plus à pondre et que les éleveurs veulent trucider ! P'tite puce, va ! Toutefois, nous sommes confrontées à un autre type d'urgence. Réunion de crise, 20 heures, chez Emma.

Lorsqu'elle raccrocha, Hélène était partagée entre deux sentiments radicalement opposés. Gros coup de blues : elle n'avait aucune envie de se coiffer, de s'habiller et de sortir. Elle se trouvait dans une phase : fragile limace cherche petite anfractuosité pour se planquer. Toutefois, le côté mousquetairettes de ses amies, le « une pour toutes, toutes pour une », lui filait vraiment envie de pleurer. C'est chouette de pleurer sur une jolie chose, ça mérite la boîte de mouchoirs en papier. D'autant que les occasions sont rares.

Éberluée, alors qu'arrivait l'entrée, des queues de langoustines en légère sauce crémeuse safranée, Charlotte s'extasia :

— Emma, comment réussis-tu à composer des trucs pareils en quelques heures ? Moi, la semaine n'y suffirait pas.

Bouche pleine et papilles frétillantes de satisfaction, toutes opinèrent du bonnet.

— Il suffit de réfléchir avec le cœur, répondit simplement Emma.

Installées dans l'immense salon-salle à manger du loft aménagé avec un goût exquis, quoiqu'un peu minimaliste aux yeux de Nathalie et d'Hélène, elles avaient descendu deux bouteilles d'excellent champagne en apéritif, accompagnées de tapas, avec cette excellente excuse que, à volume égal, le champagne « tape » moins que le whisky. Or elles avaient besoin d'établir un plan. À la demande générale, Hélène avait mis cette trêve à profit pour narrer à nouveau les événements, dans le moindre détail, sans omettre la piste « coagulants ».

Terminant sa dernière langoustine sur un soupir de gourmande, une disposition naturelle que n'avait pas arrangée sa passion pour Vincent, incorrigible gourmet, Nathalie résuma :

— Y'a tout de même du bon dans ce deuxième meurtre, je trouve…

Quatre regards perplexes, pour ne pas dire soupçonneux, se tournèrent vers elle.

— … Ben oui… Dans le premier cas, l'odieux Lambin, on a voulu faire porter le chapeau à Hélène, entre ses empreintes digitales sur le manche du scalpel et les DVD de travaux planqués dans son placard perso. Là, les empreintes sur le poignard appartiennent à deux autres personnes. Le paquet est donc plus léger à supporter.

— Pas faux, admit Emma.

— Il y a toujours un aspect positif dans les pires situations, suffit de creuser, approuva Juliette.

— Alors ça, c'est le genre de boniments consolateurs que personne ne me fera gober, protesta Hélène. Genre « t'es mort après une affreuse agonie, mais en cherchant bien, il doit y avoir un truc super-génial pour toi dans l'histoire ».

— Je vote pour, s'exclama Nathalie. Les proverbes et autres maximes, c'est du flanc ! C'est comme « Après la pluie, le beau temps », or, quand tu suis la météo, c'est plutôt « Après le beau temps, la pluie » !

Emma se leva en déclarant, péremptoire :

— Je vais chercher le plat de résistance. On ne dit rien d'important au cours de mon absence.

Furent très vite posées sur la table basse d'élégantes assiettes carrées proposant des filets de sole nappés d'une sauce subtile à l'oseille, accompagnés de croustillants beignets de riz, légers comme une brume, et de petits légumes.

Dégustant le plat avec une moue gourmande, les yeux à demi-clos de bonheur, Charlotte, pourtant perpétuellement au régime (et ça lasse, mon Dieu que ça lasse !) intervint :

— D'un autre côté, le tueur pouvait difficilement demander à Hélène de saisir le poignard juste pour y abandonner ses empreintes. Elle se serait méfiée. C'que c'est bon ! conclut-elle en désignant les filets de sa fourchette.

— Mouifff, approuva l'intéressée dans un vigoureux hochement de tête, en avalant une grosse bouchée.

Juliette, rabrouée un peu plus tôt, réfléchissait. Elle lâcha :

— Vous connaissez mon goût pour le polar. J'en lis beaucoup et je ne rate aucune série. J'ai l'impression que si le tueur voulait vraiment buter ces deux personnes, pour des raisons très objectives selon lui, le reste était complètement opportuniste.

— Qu'est-ce que tu veux dire ? s'enquit Hélène.

— On a d'abord cru qu'il cherchait à te faire plonger, toi personnellement. Au regard du deuxième meurtre, ça ne tient plus la route. Selon moi, il est tombé sur ton scalpel, mais ça aurait pu être celui de quelqu'un d'autre. Du coup, il a planqué les DVD de travail dans ton placard pour être cohérent.

— Tu oublies que ledit placard était fermé à clé et que la clé est dans mon sac à dos.

— Et ton sac à dos, il est posé où ? Sur ton bureau, non ? Fastoche. De surcroît, je te fais sauter ce type de serrure à l'aide d'une lime à ongles, sans laisser aucune marque et en deux secondes. On n'imaginera jamais tout ce que l'on peut faire avec une lime à ongles métallique, ajouta Juliette en pro (de l'esthétique, pas du cambriolage).

— Super-intéressant, ce que dit Juliette, approuva Nathalie. Ça prouve que, contrairement à ce que pense « pas cool », il est inutile de chercher de ton côté ou de celui des secrétaires. Ce sont les victimes qui importent, ce qu'elles ont fait ou pas.

— Euh… on pourrait arrêter de l'appeler « pas cool », protesta faiblement Charlotte. Enfin, en tant que flic de la PJ, il peut difficilement la jouer gentil lutin avec un gros pif rouge postiche et un chapeau pointu sur la tête… D'un autre côté, ce n'est pas complètement leur mission…

— Ouuuuhhhh, hulula Juliette, que les prémisses d'histoire amoureuse fascinaient toujours autant.

— Charlotte a raison. D'autant que « pas cool », sans être le gars le plus gondolant d'Île-de-France, a oublié d'être crétin et qu'il sait écouter, renchérit Hélène. Il est fin, le Benoît.

Venant d'Hélène, un tel compliment frôlait l'exceptionnel. Charlotte se rengorgea un peu, juste un peu. Attention où tu mets les pieds, ma fille. Vu ton dense palmarès masculin plus que lamentable, en plus d'épuisant, donne-toi un peu de temps pour juger s'il ne s'agit pas encore d'un fissuré du néocortex. On peut être excellent flic et délabré de la case « engagement sentimental/rapport à l'autre ». D'autant que Charlotte ne savait pas trop ce qu'elle voulait. Certes, elle ne rajeunissait pas et l'idée d'une véritable relation la tentait de plus en plus. Cela étant, ne s'agissait-il pas seulement d'une envie théorique ? Après tout, Charles avait été le modèle quasi parfait pour tester ce type de vie. Or, elle s'en était débarrassé au bout de deux mois parce qu'elle s'ennuyait avec lui, en dépit de ses innombrables qualités. Une introspection sur cette incohérence n'eût pas été superflue, mais là, elle manquait de temps. Plus tard.

— Je n'ai jamais trouvé ce surnom gentil, « pas cool », approuva Nathalie. Toujours pratique, elle recentra le débat : Revenons-en à nos moutons – les cadavres, Hélène et les déductions de Juliette. J'apporte encore un peu d'eau à son moulin. Elle fixa Hélène et déclara d'une voix soulagée : Lorsque le meurtrier t'a propulsée avec violence, s'il avait vraiment voulu te dégommer, avoue qu'il pouvait difficilement trouver un moment plus idéal. Or, il t'a juste poussée pour fuir. En conclusion, nous n'avons pas affaire à un dingue sanguinaire, mais à quelqu'un qui voulait vraiment tuer ces deux personnes, comme le dit Juliette.

Emma avait fait un aller-retour éclair à la cuisine pour rapporter des ramequins de salade de fruits exotiques et un plateau de madeleines maison, joufflues, dorées à souhait, exhalant un délicat arôme de noix de coco, à damner un saint ou une adepte des régimes low-carb.

— Et ? demanda-t-elle en servant ses amies.

— Et ces deux personnes sont liées d'une façon ou d'une autre, du moins dans l'esprit du tueur.

— T'es sûre que tu ne devrais pas écrire un thriller plutôt qu'un grand roman féminin ? demanda Hélène, admirative et un peu apaisée de voir disparaître la cible virtuelle qu'elle sentait tatouée sur son front.

— Figure-toi que je commençais à me poser la même question, avoua Nathalie. Le gros point noir, c'est que ça ne m'ennuierait pas du tout de massacrer des méchants, mais je détesterais tuer des gentils. Or, dans un thriller, il faut bien des victimes.

— Juste, approuva Charlotte. Mais nous, là, qu'est-ce qu'on fait ?

Nathalie, qui semblait avoir mûrement réfléchi au plan B, déclara sans hésitation :

— Je suggère qu'on mène une contre-enquête, sur les victimes, justement. Elles détiennent la solution.

— Oui, bien, approuva Juliette. On procède comment ?

— On fouine. D'après ce que j'ai compris, Emma peut y consacrer du temps. Bien sûr, Juliette et Charlotte sont très prises et Hélène est exclue, tous les gens du labo la connaissent.

— Pas du tout ! protesta la psychanalyste. Je suis très occupée parce que je n'ai rien d'autre d'intéressant à faire. Je meuble. Mais bon, je reçois parfois des cas rissolés dont je me passerais volontiers. Un gros ménage dans mon carnet de rendez-vous ne serait pas pour me déplaire.

— Attends, moi j'ai une réserve de RTT à ne plus savoir qu'en faire. J'en suis ! ajouta Juliette.

JOUR 11.

Une femme avertie n'en vaut pas toujours deux, mais parfois quatre, voire cinq ou six.

Le lendemain aux aurores, Juliette, Emma et Nathalie convergèrent vers le 15e arrondissement pour un petit déjeuner-cellule de crise chez Charlotte.

Installée dans le bus presque désert en cette heure très matinale, le sac en papier du boulanger sur les genoux, Nathalie souriait, aux anges.

Adossé contre la porte de la salle de bains, Vincent l'avait regardée se préparer, la mine sombre. Finalement, il avait lâché du ton du monsieur qui ne rigole plus du tout :

— Nathalie, j'exige une promesse. D'accord, Emma sait se défendre. Mais si jamais ça sent le roussi, tu m'appelles aussitôt. Vous êtes intelligentes, géniales, mais le coup de poing ou de boule, c'est plutôt mon rayon…

Un ton sans emphase. Vincent n'avait nul besoin d'en faire trois tonnes, ni de se ceindre les reins d'une peau de léopard, un coutelas entre les dents et une guenon sur l'épaule, pour être crédible. Ayant grandi dans les quartiers pauvres et souvent remuants de la capitale avant de faire fortune, il savait de quoi il parlait. Se radoucissant, il avait conseillé :

— Passe chez le boulanger, achète des croissants, chérie. Tu connais Charlotte. Si elle arrive à vous trouver un yaourt maigre et une demi-pomme, ce sera Byzance !

Trop adorable ! Quant au coup de boule, Nathalie espérait ne pas en arriver à cette extrémité. Restons civilisés, le meilleur moyen d'éviter plaies et bosses.

Après pas mal d'hésitations, Emma avait opté pour le 4×4 Range-Rover de sa compagnie. Peut-être un peu conséquent pour Paris, mais elle allait transporter ses amies. Et puis, un 4×4, c'est haut (on domine la situation) et robuste (ça réconforte). Bref, en cas de retraite précipitée de quatre filles affolées, c'est plus rassurant qu'un vélo ou une trottinette. Plus rapide, aussi. Toujours prévoir le pire. C'est la meilleure façon de se réjouir qu'il ne soit pas survenu. Elle posa le sac de croissants sur la banquette arrière. Si elles se fiaient au contenu du réfrigérateur de la psychanalyste, elles risquaient toutes l'évanouissement d'hypoglycémie avant midi.

Rencognée sur la banquette du métro, Juliette se repassait la conversation téléphonique qu'elle avait échangée avec sa fille Bénédicte, juste après être rentrée chez elle la veille. Au fond, Bénédicte lui faisait penser à une Hélène plus légère et de bonne foi. Certes, à ses yeux, sa fille était tout simplement parfaite. De fait, elle possédait le même talent que la chercheuse pour éliminer les détails et se concentrer sur l'essentiel, pour établir des liens de causalité et faire jaillir les analogies. La jeune fille avait félicité sa mère pour son implacable logique. À l'évidence, seules les deux victimes comptaient, donc leur histoire, puisque là se trouvait leur point de rencontre avec le tueur. Une question turlupinait particulièrement Bénédicte : si tant était qu'ils soient détectés dans le sang des assassinés, pourquoi avait-on eu recours à des coagulants ? Sauf à espérer provoquer un infarctus du myocarde ou un méga-accident vasculaire cérébral, des somnifères, des anesthésiants – et le labo n'en manquait pas – eussent été beaucoup plus appropriés. Ce perturbant détail trottait toujours dans la tête de Juliette lorsqu'elle descendit du wagon, cramponnant le sac de croissants. Juliette aurait confié sa vie, les yeux fermés, à Charlotte. Pas son estomac !

Quelques minutes plus tard, une montagne de croissants débordait du grand saladier sorti par Charlotte qui applaudit l'initiative de ses amies :

— Ça tombe bien. Je viens de m'apercevoir qu'il me restait deux yaourts à 0 % et une soucoupe de tomates cerises. Pour quatre, ça fait quand même léger.

Le petit déjeuner se déroula dans un silence peu coutumier, les litres de café et de thé défilant au point qu'Emma songea avec angoisse qu'elles allaient devoir planifier des pauses pipi toute la matinée. Or, elles sont de plus en plus problématiques à Paris. Si notre capitale jouit de pipirooms de rue, très clean et engageantes, encore faut-il parvenir à se garer à proximité sans risquer la fourrière. Mieux vaut ne pas rêver.

Peu habituées à ne pas s'interpeller, se rabrouer, se féliciter, se couper la parole, chacune y alla de maigres tentatives pour meubler. « Ça va, là ? », « Hum-hum », « Je réfléchis », « Bon, mais on est cool sur ce truc, non ? », « Ouais-ouais », « Quelqu'un veut partager un croissant ? Y'en a une quantité. Ça se congèle super, Charlotte », « Bon, on fait, quoi ? », etc, etc.

Juliette se redressa, ses grands yeux bleus écarquillés. Elle ouvrit la bouche, la referma pour l'ouvrir à nouveau :

— Je crois qu'on devrait interroger la gardienne. Celle de l'immeuble de Stéphane Lambin.

— Et pourquoi accepterait-elle de discuter avec nous ? argumenta Emma.

— Euh… je peux prétendre que je suis sa sœur, sauf qu'on ignore s'il en a une, ou son ex-belle-sœur. Il était divorcé.

— Ex-belle-sœur, ça me plaît bien, approuva Charlotte, mais c'est moi qui endosse le rôle.

— Et pourquoi ?

— Parce que tu ne saurais pas mentir même si ta vie en dépendait. Moi, je suis une pro du sous-entendu. S'imitant, adoptant sa voix de gorge à 95 euros la consultation, elle lâcha : « Hum-hum… et ça vous fait penser à quoi ? » Sauf que ce genre de recette m'a lassée. Je suis dans la mouvance psy, répéta-t-elle pour la millième fois, son unique argument massue face à Hélène.

— Évidemment, on n'arrive pas à quatre de front, précisa Emma.

Elles durent s'arrêter quelques minutes au Bon Marché. Très joli magasin, le Bon Marché, créé par un homme qui avait le sens des affaires et du social pour ses employés. Le magasin pouvait aussi s'enorgueillir de posséder parmi les plus élégantes toilettes du Paris-shoppeuses. Un must pour une buveuse de thé comme Emma. Enfin, elles parvinrent à la porte d'Orléans, quartier où s'élevait l'immeuble de feu Stéphane Lambin.

Rose Deschamps – quel nom magnifique ! –, la gardienne, était une petite dame vivace d'une bonne soixantaine d'années. Elle fut ravie de recevoir Juliette, l'amie, et Charlotte, l'ex-belle-sœur choquée, dans sa loge, un petit deux-pièces tenu avec un soin maniaque. Rose y avait semé les menus graviers de sa vie. Une collection de photos s'alignait sur une étagère, à côté de bibelots, plus ou moins jolis mais dont on sentait qu'ils étaient tous dépositaires d'un morceau d'elle-même. Une azalée blanche, d'une insolente santé, trônait au milieu de la table recouverte d'une nappe au crochet. Un énorme nounours quadra, à la peluche un peu fatiguée, arborant fièrement un nœud papillon, était assis dignement dans le fauteuil rouge cramoisi. Répondant à un regard muet de Juliette, Rose expliqua dans un sourire vacillant :

— La peluche préférée de mon fils. Il est mort d'une leucémie, il y a vingt ans. Je peux vous offrir un café ? J'aime bien les visites. J'ai de bons propriétaires et locataires. Bon, y'a un ou deux pisse-vinaigre dans le tas, mais sans cela que des gens gentils, qui apprécient ce que je fais pour eux. Vous savez, je ne me montre jamais indiscrète. Cependant, le monde étant ce qu'il est devenu, je garde un œil sur ce qui se passe. Et je suis un vieux singe. C'est pas à moi qu'on apprend à faire la grimace.

Cinq minutes plus tard, Charlotte et Juliette étaient conquises par Rose, son robuste bon sens et sa finesse de femme à qui on ne la faisait plus depuis longtemps.

Adoptant une petite voix, brisée juste ce qu'il fallait pour se mettre en jambes, Charlotte demanda :

— Et mon beau-frère, enfin ex, l'ex-mari de ma sœur. Stéphane ?

— Oh, je ne voudrais pas vous peiner…

— Vous savez… ma sœur a divorcé. En d'autres termes, nous n'avons pas que des souvenirs positifs. Simplement, nous voudrions comprendre ce qui s'est passé. Un meurtre… c'est… difficile à digérer.

Rose leur servit un café dans de petites tasses de porcelaine au décor floral charmant et suranné, et poussa devant elles une assiette de gâteaux secs, avant de déclarer :

— Bien sûr. Ça me soulage, ce que vous dites. Voyez-vous, monsieur Lambin n'était pas parmi les plus agréables de mes employeurs. À peine courtois. Bon, je suis la gardienne et lui un grand scientifique, d'après ce que…

— Non, non, juste un scientifique, petit, tout petit, un mini… micro-scientifique, quoi, rectifia Juliette. (Peste après ce que le Lambin avait fait endurer à Hélène !)

— Eh ben, lui pensait le contraire ! Ah ça, il ne se prenait pas pour de l'eau de bidet, le gars ! En plus, radin, un vrai pou. Comme par hasard, il avait toujours un truc à me reprocher juste avant les étrennes. Et c'était pas le manque d'argent, dans son cas. Je suis pas riche et je sais que certains dans l'immeuble tirent un peu le diable par la queue. Alors, ils offrent un petit billet et un gros gâteau. Ça me fait autant plaisir. Je suis veuve d'enfant et de mari, je n'ai pas de gros besoins. Mais le geste, la marque de sympathie, d'appréciation, ça compte.

Elle était tellement chou, madame Rose, que Charlotte, émue, l'aurait bien emportée chez elle. Juliette aussi. Bénédicte n'avait pas connu sa grand-mère, morte bien avant sa naissance. C'est chouette une mamie-brioche.

— La police nous a confié que mon ex-beau-frère recevait souvent une de ses étudiantes… qui passait la nuit chez lui, déclara Charlotte, pincée puisqu'elle se prenait à son rôle.

— Ah oui, la jeune femme que j'ai reconnue sur la photo.

— Mélanie.

— Je ne voudrais pas faire de peine à votre sœur, madame.

Il fallut un dixième de seconde à Charlotte, fille unique, pour plonger à nouveau dans son rôle.

— Vous savez, ma sœur…

— Oh, je l'approuve. Pas la peine d'être grand clerc pour savoir que cette jeune femme passait la nuit chez lui et même le week-end. Je les voyais rentrer de courses. Pas le prof et l'étudiante studieuse. Plutôt des amants.

— Et, auriez-vous surpris des conversations, je ne sais pas, moi…

— Non, pas vraiment. Les visites de cette fille se sont espacées et, il y a quelque temps, je dirais un ou deux mois, je ne l'ai plus vue. Mais il y a eu cet incident. Je suis sortie de la loge, tellement ils criaient. Je ne veux pas de scandale dans MON immeuble. Tout le monde se tient bien. On peut dire les choses de façon correcte.

— Comme vous avez raison, approuva Juliette, sincère. Et ?

— Eh bien, monsieur Lambin s'engueulait, pas d'autres termes, avec une femme que je ne connais pas, d'ailleurs, je ne l'ai jamais revue ensuite. Elle tenait une feuille… une lettre à la main et la lui brandissait sous le nez. Ils se tutoyaient. À un moment, elle a hurlé : « Je ne vais pas me laisser faire, ordure. Je mets les pieds dans le plat à la prochaine réunion de labo. »

— Vous en avez parlé à la police ?

— Non, déclara Rose en croisant les bras sur sa poitrine. Je suis une citoyenne respectueuse des lois et des forces de l'ordre. Pas une indic. Un policier me montre une photo représentant une personne que j'ai vue, je le fais savoir. Cependant, je n'ai pas à lui raconter ma vie, ni celle des autres. D'autant que ce policier n'était vraiment « pas cool », comme disent les jeunes.

— Madame Rose, vous êtes exceptionnelle, commenta Charlotte.

Ce compliment lui valut un hochement de tête appréciateur.

— À quoi ressemblait cette femme ? poursuivit la psychanalyste.

— Pas le genre avenant. Le visage fermé, pas sympa. Grande, très grande, baraquée, rien à voir avec une porcelaine de Saxe. Entre châtain foncé et brune, avec un chignon tirebouchonné. Habillée à « la va comme j'te pousse ». La femme qui ne fait pas attention à son allure. Elle avait l'air drôlement remontée.

Juliette, qui ne voulait même pas imaginer que quelque chose d'affreux ou simplement de grave arrive à sa fille, certaine qu'elle ne s'en remettrait jamais, demanda d'une voix attristée :

— Madame Rose… si ce n'est pas… maladroit… Il avait quel âge votre fils ?

Les larmes montèrent aux yeux de la gardienne :

— Non, c'est pas maladroit, madame. Je trouve que c'est gentil de s'enquérir des grands drames des autres. Ça prouve qu'ils existent. Gérald avait dix-huit ans. Mignon à croquer. Oh, il ne me quitte pas l'esprit une seule journée. On se parle.

Il s'installa un silence. Un beau silence d'amitié et de compassion. Rien à dire. Trop de mots si faibles et rabâchés en pareille circonstance. Autant se taire. Madame Rose poussa un long soupir et leur versa encore un peu de café. Elle sembla revenir de très loin, du pire de sa vie.

— C'est aussi pour cela que j'aime bien m'occuper de mes copropriétaires et de mes locataires. Ce n'est pas très amusant de ne s'occuper que de soi-même. Vous me plaisez bien, mesdames. J'ai acquis un instinct de vieux chien à force de renifler les gens. Un détail me revient, je ne sais pas si c'est intéressant. Un soir, il était plus de 20 h 30 puisque les informations de la télé étaient terminées, j'ai entendu le bourdonnement répété de l'interphone de la porte intérieure. Comme vous avez vu, la porte extérieure de l'immeuble est équipée d'un digicode et la porte en verre de l'entrée d'un interphone qui communique avec chaque appartement. J'étais déjà en robe de chambre mais je suis quand même sortie. Un monsieur, qui a semblé très gêné de me voir. Bien habillé, avec un beau trench. Je lui ai demandé chez qui il montait. Il a bafouillé, s'est empêtré, ça m'a rendu méfiante.

— Et il a fini par vous le dire ? demanda Juliette en tentant de gommer l'impatience de son ton.

— Oui, chez monsieur Lambin. Un ami, a-t-il précisé. Sauf que je ne l'avais jamais vu dans l'immeuble et que monsieur Lambin n'a pas répondu. Or je sais qu'il était chez lui.

— Et il ressemblait à quoi, cet « ami » ?

— Bien mis, donc. Un homme assez petit, blond, cheveux très courts, à peine la quarantaine. Un peu poupin.

— Madame Rose, vous vous souvenez de la date ? s'enquit Charlotte qui croyait avoir deviné l'identité de ce monsieur « bien mis », grâce aux descriptions qu'Hélène avait faites d'Édouard Delarue, son patron.

— Il y a… je ne me souviens plus au juste… je dirais quinze jours, trois semaines, sans certitude…

Elles papotèrent encore un peu de choses et d'autres, Charlotte commençant sérieusement à s'en vouloir de tromper une femme si charmante. Mentir comme une arracheuse de dents à des abrutis méchants, ça mérite une petite punition, légère, très légère, théorique on va dire, histoire de marquer le coup. Un jour sans chocolat, par exemple, l'abstinence de whisky étant déjà très abusive par rapport à la gravité de la faute commise. En revanche, mentir à quelqu'un de bien, c'est moche, très moche.

Lorsqu'elles parvinrent à hauteur du Range-Rover, Emma, un peu agacée, était en grande conversation avec MHD.

— Qu'est-ce que tu veux que je te dise ! On ne va pas interrompre l'enquête… Soyons raisonnables… Oui… C'est pas notre faute si ton ventre à pattes de chien ne pense qu'à bouffer… Non, on ne peut pas se mettre en stand-by le temps que tu nous rejoignes… On est sur le sentier de la guerre… Payer une fortune pour que son chien devienne obèse, fallait y penser ! Ah bon… Combien tu auras perdu à l'issue du séjour, selon toi ? Ah… quatre-cinq ans ? Ah oui, quand même ! Bon, ça vaut le coup… en prenant ses précautions.

On dira ce qu'on veut des téléphones portables, ou plutôt de la façon dont certaines personnes les utilisent, mais c'est pratique. Toutes se souvenaient de l'époque où il fallait marcher une bonne demi-heure pour trouver une cabine téléphonique (si possible sous une pluie torrentielle), faire une queue d'une heure parce qu'un crétin, à l'intérieur, racontait sa vie par le menu sans oublier celles de son père, de sa mère, de ses frères et sœurs, voire de ses cousins. Enfin, on décrochait le combiné avec des haut-le-cœur parce que le goujat en question avait postillonné, laissant l'appareil gluant de salive, et on retenait sa respiration jusqu'à frôler la syncope parce que, à la nuit, certains confondaient cabine téléphonique et pissotière. Autre version : on s'engouffrait, émerveillé que la cabine soit libre, et on découvrait qu'elle avait été vandalisée. Il fallait alors une deuxième bonne demi-heure de marche pour en découvrir une autre.

Dès qu'Emma eut terminé sa conversation avec MHD, Charlotte relata les révélations de madame Rose aux deux autres pendant que Juliette appelait Hélène en enfonçant la fonction haut-parleur :

— Quoi ! glapit la chercheuse. Qu'allait faire Géraldine Dumontet chez Lambin ? et Édouard ?

— T'es sûre qu'il s'agit d'eux ?

— Édouard, je ne sais pas, mais c'est son portrait craché. Éric Sylvestre est beaucoup plus grand, brun un peu poivre et sel, dégarni. Loïc Leguen a vingt-six ans et ne quitte jamais son bonnet des Andes. Benjamin Laumonier a une bonne cinquantaine, cheveux gris presque blancs, ondulés, le visage plutôt émacié. Non, aucun des autres hommes du labo ne colle physiquement. Cela étant, d'après ce qu'a dit madame Rose, nous ne sommes pas sûres qu'il s'agisse d'un membre du personnel.

— Et l'autre, la femme ? insista Juliette d'une voix pressante.

— Aussi haute que large, cheveux plutôt bruns, enroulés en tortillon grotesque jamais centré, revêche et fagotée comme l'as de pique… y'en a qu'une au labo, c'est Géraldine, affirma Hélène. Or, dans ce cas, on sait qu'il s'agissait d'un membre du labo puisqu'elle a menacé Stéphane de la réunion. À ceci près qu'elle n'a jamais collaboré avec lui, d'ailleurs c'est le genre « copie pas et touche pas à mon crayon ! ». Elle se planque pour rédiger des demandes de subventions, de peur qu'Édouard la force à ajouter d'autres chercheurs capables de contribuer au projet. Du coup, son équipe vivote mais elle s'en fout. Ce qui est à elle est à elle, tout à elle, rien qu'à elle.

— Antipathique ?

— Pas vraiment. Exclusivement centrée sur elle, sa technicienne et son ou sa thésarde ou DEA. Je n'en pense pas grand-chose, si ce n'est qu'Édouard ne devrait pas tolérer ce genre de comportement archi-individualiste dans son labo. La recherche est avant tout un travail d'équipe. Seule précaution : repérer et éviter les murènes, et elles sont parfois très sournoises. Mais qu'allait-elle fabriquer chez lui ?

— L'engueuler, c'est évident. Reste à savoir pour quelle raison et ce qu'elle lui brandissait sous le nez.

— Je dois pouvoir l'apprendre.

Les talents de diplomate d'Hélène confinant au zéro absolu, Juliette s'inquiéta :

— Oh là ! Tu évites de mettre le labo à feu et à sang.

— Enfin, se révolta la chercheuse, je sais m'y prendre quand je veux, aborder les choses de manière soft !

— « Soft », tu l'épelles comment ?

— Je n'ai aucune raison de m'énerver contre Géraldine. Elle m'est totalement indifférente et, au moins, elle ne m'a jamais fait de sal… de tours de cochon.

— Tu nous tiens au courant, exigea Juliette un peu rassérénée. Au fait, trouve-nous l'adresse de la deuxième victime, cette ingénieur…

— Virginie Franchet, d'ac.

JOUR 11.

La lourdeur est parfois un avantage de poids.

Mâchonnant un chewing-gum à la nicotine qui lui évitait de sortir du bâtiment tous les quarts d'heure pour son fix (gênant en plein milieu d'une manip), Hélène se contraignit à la réflexion au lieu de foncer aussitôt dans le labo de Géraldine en bramant : « Et pourquoi tu t'engueulais avec Stéphane, hein ? » Du calme, de la mesure, de la finesse. D'abord trouver un prétexte recevable justifiant une visite à sa consœur. Leurs rapports quotidiens se limitant à « 'jour » ou « 'lut » de la part d'Hélène et à deux hochements de tête en réponse de celle de Géraldine, avec parfois, lors de grandes occasions du type rencontres au distributeur de café, « ça va ? » « ouais-ouais », le prétexte en question s'avérait coton à dénicher. Jamais Géraldine ne goberait qu'Hélène ait besoin d'un renseignement scientifique. En effet, lorsque cette dernière séchait sur un point, elle préférait passer la nuit en recherches sur des banques de données plutôt que faire état d'une lacune ponctuelle. Ne jamais donner de verges pour se faire battre ! N'ayant d'enfants ni l'une ni l'autre, elle ne pouvait pas non plus lui soumettre un épineux problème d'éducation de chers bambins. Certaine que leurs convictions politiques étaient opposées, si Hélène abordait ce thème, elles risquaient de s'acheminer vers la prise de col de blouse. Pas souhaitable quand on espère obtenir quelque chose de quelqu'un. Que faire ? Enfin, une idée potable surgit. Du moins le crut-elle.

Martiale, elle se dirigea vers le labo de sa collègue, répondant à peine au lent « Euh… 'jour, m'dame » de Loïc Leguen, l'animalier, qu'elle ne croisait dans le couloir que lorsqu'une envie pressante le poussait vers les toilettes.

Coup de bol, Géraldine était seule dans son labo. D'une voix un peu artificielle, Hélène attaqua :

— Bonjour, Géraldine, comment tu vas ?

— Hum.

— Écoute, je réfléchissais à ce remplacement d'ultracentrifugeuse.

— Les crédits ne seront débloqués que dans trois ans, c'est peut-être un peu prématuré, rétorqua l'autre d'un ton plat.

— Mieux vaut être prêts trop tôt que trop tard.

— Être prêts trop tard ? Le concept est intéressant, souligna Géraldine, toujours aussi avenante.

— Euh… j'me comprends, lâcha Hélène dont la patience – très limitée – commençait à s'effilocher. On négocie toujours un petit supplément avec le représentant. Donc, là, tu penses qu'il vaudrait mieux lui arracher un rotor gratuit pour tubes Eppendorf ou un rotor pour tubes gros volume ?

Hélène se fit la réflexion que son prétexte était encore plus stupide qu'elle l'avait redouté.

— Je m'en fiche. Je prends ma retraite dans trois ans.

— Euh… certes. Cependant, ton avis de scientifique sur les besoins du labo est précieux.

— Je me contrefiche des besoins du labo, surtout quand je l'aurai quitté.

Géraldine avança de trois pas en direction d'Hélène et débita, sèche :

— Et si t'arrêtais ton char ? Tu as quelque chose à me dire ? On y va. Sans cela, tu me laisses travailler. Je t'avoue qu'une causette avec toi me fait très moyennement saliver.

La légère trame qui soutenait la patience d'Hélène venait de craquer. D'un ton beaucoup moins amène, elle assena :

— On t'a vue t'engueuler avec Stéphane Lambin dans le hall de son immeuble. Pour quelle raison ? Quel motif impérieux a pu te pousser jusqu'à chez lui ? Car je doute qu'une amourette ait fleuri entre vous !

Le visage lourd et sans charme de Géraldine Dumontet se ferma tout à fait et ses lèvres se crispèrent d'indignation. Elle feula :

— T'es encore plus givrée qu'on le prétend. Casse-toi !

— J'attends, s'obstina Hélène que la colère gagnait. Le motif de votre dispute ? Je te rappelle qu'il a été buté.

La fureur fit trembler les joues flasques de Géraldine qui avança d'un autre pas, menaçant celui-là.

— Quoi ? Qu'est-ce que tu insinues, au juste ?

— Lambin et toi avez eu une vive altercation alors que vous ne vous adressiez pas trois phrases par jour au labo et que vous n'avez jamais collaboré à un thème de recherches. Tu le menaces d'en parler à la réunion hebdomadaire et bing, il se fait décapiter. Étrange coïncidence, non ?

Jamais Hélène n'aurait soupçonné Géraldine d'être capable d'une telle réaction. Aussi n'eut-elle pas le temps de parer la beigne qui s'abattit sur sa joue, magistrale au point de la déséquilibrer.

— Espèce de tordue ! Je vais te traîner en justice ! hurla sa collègue.

Folle de rage, Hélène la repoussa des deux mains, avec brutalité. Mais l'autre avait l'avantage du poids (si, si, de temps en temps, ça peut devenir un avantage). Elle s'aplatit littéralement sur Hélène qui se sentit partir à la renverse. En une microseconde, elle imagina la dureté de l'impact sur le sol carrelé du labo et se cramponna à son agresseuse déchaînée et bien décidée au sévère crêpage de chignon. Justement, Hélène se raccrocha d'une main au revers de la blouse de Géraldine, de l'autre elle attrapa ledit chignon… qui lui resta dans la main et l'accompagna dans sa chute. Elle se reçut sur le derrière – un moindre mal – et resta là, fixant hébétée la grosse touffe du postiche serré dans sa main. Géraldine, comme possédée, se mit à trépigner en pleurnichant :

— Rends-le-moi, rends-le-moi, tout de suite !

— Mais que… que…

— Quoi ? couina Géraldine au bord des larmes. Une femme n'a pas le droit d'être coquette ?

— Hein ?

Hélène se demandait très sérieusement si elle ne venait pas de basculer dans la quatrième ou cinquième dimension. Détaillant la grande femme lourde, sans grâce, mal fagotée, avec des lunettes qu'elle avait dû emprunter à son arrière-grand-mère, ses sourcils broussailleux et sa respectable moustache jamais épilés, sa peau luisante de sébum, elle tenta d'aligner deux pensées cohérentes.

— Coquette ? répéta-t-elle, hagarde. C'est de la coquetterie, cette espèce d'étron rachitique de faux tifs que t'arrives jamais à fixer au milieu du crâne ?

Décomposée, toute colère l'ayant abandonnée, Géraldine bafouilla :

— C'est pas joli ? Une femme avec des cheveux longs, c'est pas joli ?

Une énorme fatigue, mêlée d'une indéniable tristesse, s'abattit sur Hélène, toujours assise sur le carrelage.

— Si, lorsqu'il s'agit de ses cheveux ou même de magnifiques extensions posées par un coiffeur. Pas d'un ridicule macaron raplapla de tifs dont tout le monde songe que tu devrais le faire couper !

Défaite, désespérée, Géraldine tendit la main à Hélène pour l'aider à se relever. Elle murmura d'une petite voix :

— Je t'offre un café ?

— Sympa !

Leur gobelet à la main, elles se laissèrent tomber sur les deux chaises en vilain plastique qui meublaient l'« aire détente », comme l'avait baptisée Nadine Lassalle dans un grand moment d'optimisme. Outre les chaises, la « détente » était assurée par une poubelle en plastoque modèle fonction publique, toujours débordante de gobelets sales, d'emballages de barres ou gâteaux divers et variés, ainsi que par une table basse bancale en Formica dont la couleur vert bile disparaissait peu à peu sous les ronds maronnasses de café. Bref, un grand moment de luxe, calme et volupté, rythmé par le bourdonnement exaspérant du distributeur qui datait de la dernière ère glaciaire. Nadine affirmait : c'est mieux que rien ! Pas sûr.

Un peu honteuse, Hélène suggéra :

— Moi, je pense qu'une coupe mode serait plus seyante que ce postiche.

— Tu crois ?

— Oh, ouais. Et puis… euh… c'est gênant, mais enfin… à partir d'un certain âge, c'est fréquent, surtout chez les brunes, normal, ça se voit plus, mais… on trouve des petites bandes de cire froide pour épiler les…. (elle ravala de justesse le terme « bacchantes » et opta pour un plus charitable et lénifiant :)… le léger duvet du dessus de la lèvre, super-efficaces… Euh… en causant de coquetterie, quoi.

— Ah bon ? Enfin, d'un autre côté je ne veux pas ressembler à la poupée Barbie.

Hélène se mordit la langue pour bloquer le commentaire qui se débattait afin de sortir de sa bouche : *ma pauv'cocotte, y'aurait qu'au cinéma, avec de gros effets spéciaux, que ce serait peut-être envisageable !*

— Qu'est-ce qui s'est passé avec Stéphane ? reprit Hélène.

— L'enfoiré ! Et non, je ne l'ai pas tué, mais j'aurais pu. Sauf que la décapitation, c'est pas trop ma tasse de thé.

— Je veux bien te croire.

— Je devais obtenir une bourse de thèse financée par Uni-lipides pour Marie, ma DEA. Elle a de super-résultats, elle est brillante, bosseuse. Son projet de thèse tenait debout par grand vent. Cette ordure de Lambin est allé faire son cirque devant leur comité scientifique. Il a descendu Marie et son projet, et moi dans la foulée, pour faire mousser une DEA de chez Eli Lipsky.

— Le labo de protéomique ?

— Ouais.

— Il voulait débaucher la fille et la faire venir chez nous ?

— Hum... Pour la petite histoire, en plus d'être brillante, il s'agit d'une sublime blonde aux yeux bleus, ajouta Géraldine.

— Ha-ha ! Il était coutumier de ce genre de liaisons avec ses étudiantes ? Mélanie, cette fille de la protéomique...

— Disons que si la nana ne s'y opposait pas... La rumeur veut que son ex-femme en aurait eu marre de son rôle de mentor de grande promiscuité... ses aventures avec des étudiantes, quoi !

— Pourquoi ne m'en suis-je jamais douté ? s'étonna Hélène.

— Parce que tu ne regardes que ce qui t'intéresse.

— Pas faux. Cela étant, j'aurais dit la même chose de toi.

— Non, moi je fais semblant de ne pas voir. Toutefois, j'ai toujours eu Lambin à l'œil, tout comme l'autre punaise de Caroline Morin, observa Géraldine.

— Nous avons des goûts communs, des dégoûts, plutôt. Néanmoins, en dépit du plaisir que ça m'apporterait, je vois mal Caroline, ou une autre femme, décapiter un homme, surtout de la corpulence de Stéphane.

— Physiquement, je suis d'accord. Quant au reste, on a parfois de sacrées surprises. D'un autre côté, quelle raison aurait eue Caroline de le haïr à ce point ? Mais va savoir, avec cette verrue de Lambin !

— Ouais, je vais fouiller un peu de ce côté, approuva Hélène. Et Mélanie Devernois, la thésarde de Stéphane, qu'est-ce que tu en penses ?

— Elle est bonne, un peu les dents qui raclent le parquet. Ça n'en fait pas une meurtrière pour autant. À mon avis, un peu trop polie, trop serviable et trop charmante pour être complètement franche du collier. D'un autre côté, son rêve absolu est de devenir chercheur. Étant donné la difficulté d'ouvrir un poste au concours, elle a intérêt à rester en bons termes avec tout le monde. Elle a quand même obtenu trois beaux articles. Stéphane s'est empressé de coller son nom en premier signataire sur deux d'entre eux. Mélanie a laissé faire sans protester, par calcul, selon moi. Il lui avait peut-être fait miroiter la possibilité d'un contrat de post-doc en attendant la création d'un poste. Il était plutôt pas mal. Elle a pu joindre l'utile à l'agréable en couchant avec lui.

— Il n'avait aucune chance d'avoir un poste. Trop nul.

Après le départ de Géraldine Dumontet, Hélène resta encore quelques minutes dans « l'aire détente », dépresso-gène à souhait. Une mini-castagne, ça peut rapprocher. Dommage qu'elle n'ait pas eu lieu plus tôt, peut-être qu'elle ne serait pas passée toutes ces années à côté de Géraldine.

Elle établit une nouvelle liste de ses suspects préférés, consciente qu'elle nageait en pleine subjectivité. Si ces gens avaient l'énorme tort de ne pas lui plaire, cela ne les transmutait pas pour autant en sanguinaires assassins. Très courte, la liste, puisqu'elle se limitait à un nom : Caroline Morin. Elle aurait bien ajouté Éric Sylvestre. Après tout, Benoît Levasseur lui avait confié que son petit camarade pouvait, le cas échéant, faire le coup de poing. Mais si, à l'évidence, Éric n'était pas un pleutre et qu'il pouvait défendre sa femme, il s'agissait là d'un comportement de mâle digne de ce nom. Pas de folie meurtrière, ni de sadisme. De plus, la morgue d'Éric, qui se sentait très supérieur à tous, ne cadrait pas.

L'idée de devoir discuter avec la petite maigrelette au visage de musaraigne filait des aigreurs d'estomac à Hélène. Boire la coupe jusqu'à la lie ! Pas juste ! Parce qu'un odieux tueur rôdait, qui se cassait les pieds ? qui pataugeait dans les ennuis ? Elle ! Non seulement elle souhaitait que cet individu soit vite expédié derrière les verrous et qu'il prenne le maximum – deux meurtres avec préméditation, ça valait bien ça –, mais qu'en plus on le condamne à une peine d'exception, genre nettoyer tout le métro parisien à la gratounette ou répondre, à la main, aux dizaines de milliers de lettres qu'envoyaient chaque année les petits enfants de France et de Navarre au Père Noël. Et pas de timbres autocollants, à la langue !

Un pesant silence, du genre pas sain, régnait dans le bureau des secrétaires lorsqu'elle y pénétra. On n'entendait que le cliquètement des claviers d'ordinateur. Nadine Lasalle et Sylvie Boulanger levèrent le visage et la saluèrent d'un sourire crispé.

— Je viens vérifier un truc dans le dossier de Stéphane. Je ne suis pas sûre qu'on ait prévenu son ex-femme, dans l'affolement. Son adresse doit s'y trouver.

Nadine se leva aussitôt, proposant :

— Je vais t'aider.

— Tu es assez occupée, je peux me débrouiller.

Hélène ouvrit le grand classeur à tiroirs et écarta les bras en s'avachissant sur le meuble métallique pour que les deux autres ne devinent pas ce qu'elle faisait. Elle tira le dossier de Virginie Franchet. Un rapide coup d'œil la renseigna : elle habitait rue Girardot, à Pantin. Personne à prévenir en cas d'accident : un certain Philippe Lelièvre à la même adresse. Un petit ami ?

Elle referma, annonçant :

— Pas trouvé.

— La police a dû la prévenir, déclara Sylvie d'une voix mal assurée.

— Peut-être.

— Euh… Hélène… Euh… s'embourba Nadine, d'habitude beaucoup plus primesautière. Tu sembles… comment dire… en assez bons termes avec cet inspecteur divisionnaire…

— Nous n'avons pas fixé de date pour le mariage, l'interrompit Hélène.

— Ah bon ?

— Je plaisante. Disons que nous nous supportons pour la bonne cause.

— Eh bien… Enfin, c'est tout de même assez embêtant qu'on ait retrouvé nos empreintes digitales, à Sylvie et à moi, sur l'arme d'un crime.

Sylvie hocha la tête en signe d'approbation.

Hélène enfonça le clou, portée par son sens aigu de la psychologie :

— En général, c'est même carrément incriminant.

— Oh, là là là là ! geignait Nadine en s'éventant de la main.

Ces deux-là ne lui ayant jamais causé du tort, même si Nadine cancanait derrière son dos, inutile de les laisser mariner dans l'overdose d'angoisse.

— Je n'ai pas eu le sentiment qu'il prenait vos candidatures es-meurtres très au sérieux, les rassura Hélène.

Deux interminables soupirs de soulagement accueillirent cette sortie. Sylvie s'enquit :

— Euh… Tu… participes un peu à l'enquête ?

— J'aide.

— Écoute, si on peut te donner un coup de main, surtout, n'hésite pas.

Ça, entre Nadine qui vivait dans la terreur de casser un de ses ongles manucurés ou de perdre une de ses gigantesques créoles, et Sylvie qui refusait de pénétrer dans l'animalerie parce qu'elle avait peur des souris, même en cage, elle était super bien lotie. Elle les remercia quand même.

Au moment où elle rejoignait son bureau pour communiquer aux filles les informations glanées, Benoît Levasseur déboula.

— Coagulants, niet !

— Mer… la tasse !

Elle referma la porte de son bureau derrière eux en réfléchissant.

— À prendre avec des pincettes, parce que je ne connais pas le problème de façon spécifique… Mais si le tueur avait utilisé de la vitamine K, il s'agit d'une substance que nous fabriquons. Donc, si le médicament a bien la même forme moléculaire que notre propre vitamine K, on ne peut pas les différencier à l'analyse.

— Sauf que, d'après notre toxicologue, les concentrations sanguines n'auraient rien de comparable si on lui avait fait avaler une louche de vitamine K, argumenta Levasseur.

— Juste ! Crétine ! Pourquoi n'y ai-je pas pensé ? Récapitulons, proposa Hélène en se laissant choir dans son fauteuil. Nous n'avons exploré cette piste des coagulants que parce que les victimes auraient dû saigner à profusion, ce qui n'a pas été le cas. En première analyse, on peut affirmer qu'un tueur capable de décapiter sa première victime et de poignarder la seconde n'est pas du genre à se trouver mal à la vue d'une goutte de sang.

— Ça tombe sous le sens, admit l'inspecteur divisionnaire.

— Alors pourquoi ne voulait-il pas qu'elles saignent, ou très peu ?

— Pour qu'on ne puisse pas déterminer l'endroit précis où il les avait tuées ? suggéra Levasseur sans grande conviction.

— C'est important ?

— J'en ai pas la moindre idée. Je suis comme vous, je patouille. Au fait, vous avez avancé au cours de vos brainstormings de filles ?

En dépit du fait qu'Hélène commençait à lui faire confiance, elle n'avait pas envie de lui relater son explication avec Géraldine Dumontet, ni la probable visite d'Édouard Delarue chez Lambin. Pas encore.

— Non, pas vraiment. Notre seule conclusion satisfaisante est qu'il faut chercher du côté des victimes.

Il se leva, un peu déçu :

— Ouais, je m'y emploie.

Hélène lutta quelques secondes contre l'abattement. Coriace et obstiné, celui-ci résista des quatre fers. Bon, elle allait rendre visite à Mimi et lui offrir le bout de jambon qu'elle lui avait apporté.

Loïc Leguen l'accueillit avec un large sourire vague et un « 'Jour, m'dame ». Il s'absorba à nouveau dans le change des litières de rats, les pompons de son bonnet des Andes oscillant au rythme de ses mouvements. Certaine qu'il ne lui prêtait aucune attention, que peut-être même il avait déjà oublié sa présence, Hélène sortit Mimi de sa cage et la déposa sur la longue table de préparation de l'animalerie en murmurant :

— J'ai pas trop la pêche, Mimi.

Mimi saisit le bout de jambon de ses minuscules doigts et le grignota, assise droite sur son derrière. Lorsqu'elle eut terminé, elle croisa les mains sur son ventre replet, fixant Hélène de ses yeux noirs un peu globuleux, dans une attitude d'extrême attention, ses moustaches frémissant de concentration.

Baissant la voix, Hélène lui raconta les derniers événements. Certes, la rate ne fit aucun commentaire, mais la chercheuse eut le sentiment qu'elle compatissait.

Elle sortit de la salle, sans même que Loïc s'en aperçoive.

JOUR 11.

Pourquoi faire simple lorsqu'on peut l'avoir en version inextricable ?

Hélène patienta une bonne heure pour s'assurer que l'inspecteur divisionnaire avait libéré les lieux. Elle la mit à profit pour téléphoner à Nathalie et lui communiquer les coordonnées de Virginie Franchet.

Nathalie expliqua :

— Charlotte et Juliette ont des rendez-vous cet après-midi. Emma reçoit un gros client, en plus, ses nerfs commencent à frisotter car elle dîne ce soir avec le sublime avocat. Quant à moi, j'ai promis à Vincent de déjeuner avec lui. On reprend l'enquête demain.

— D'ac. Vous êtes des amours, les filles. Tu as des nouvelles de MHD ? Je n'ai même pas eu le temps de la rappeler.

— Oh oui. Elle nous inonde d'appels. Je crois qu'elle se mord les doigts d'être partie. Nous l'avons rassurée à tour de rôle. Dès qu'elle rentre, elle rejoint notre cercle de super-détectives.

Lorsque Hélène raccrocha, sa décision était prise, et cette décision retardait sa rencontre avec l'inénarrable Caroline Morin. Toujours ça de gagné.

Martiale, elle se dirigea vers le bureau d'Édouard Delarue et cogna du poing sur la porte. Pas de réponse. La courtoisie est une chose très précieuse que nous devons tous nous attacher à sauvegarder parce qu'elle rend la vie plus jolie. Cela étant, le code de politesse aurait dû prévoir des aménagements lorsque les gens bien élevés ont deux cadavres sur les bras, sans oublier un meurtrier. Épineuses situations lors desquelles leurs priorités ont tendance à évoluer. Forte de cette certitude, Hélène poussa la porte sans attendre d'invitation. Oh, il avait une sale tête, Édouard, avachi derrière son grand bureau ! Tout tassé, tout pâlot. Il semblait avoir rapetissé et évoquait un élève puni de cours moyen, recopiant cinq cents fois la même phrase : quand je serai grand, j'arrêterai d'être infantile ; quand je serai grand, j'arrêterai d'être infantile ; quand je serai grand, j'arrêterai d'être infantile…

Édouard poussa un soupir de fin du monde et demanda :

— Tu voulais me voir ?

— Ouais, sans ça je ne serais pas dans ton bureau, répondit Hélène platement. Édouard, j'ai besoin d'une explication. On va faire court et efficace. Si tu bidonnes ou que tu noies le poisson, je vais mal le prendre. Pourquoi t'es-tu rendu chez Stéphane il y a une quinzaine de jours ? Pourquoi n'a-t-il pas répondu alors qu'il se trouvait chez lui ?

— Comment tu sais ça ? s'affola son directeur.

— Aucune importance. Ce qui compte, c'est la réponse.

Nouveau soupir de fin du monde. Édouard vivait dans le monde de « l'ADN-roi ». C'est génial, l'ADN. Ça ne parle pas, ça ne fait pas de vagues, ça ne sent pas mauvais, ça ne pose pas de questions embarrassantes, ça reste sage.

On peut donc se convaincre que l'ADN est bien élevé, ne tue pas, alors même que nous devons à ses dysfonctionnements divers et variés la majorité de nos morts.

— Géraldine m'avait parlé de cette histoire de bourse attribuée à sa DEA par Uni-lipides et comment Stéphane avait semé des peaux de banane sous leurs pas. Je souhaitais une explication en privé, le mettre face à ses responsabilités. Sans succès. Il ne m'a pas reçu.

Bras croisés sur la poitrine, Hélène le fixait d'un œil rond, bouche serrée en cul de poule. Soudain, elle fonça vers le bureau, s'aplatit dessus et tira Édouard par le col de sa blouse. Leurs nez se frôlant, elle lui hurla à la figure :

— Tu me prends pour une daube, là ? Grave erreur ! Tu veux me faire gober que tu t'es occupé de quelqu'un d'autre que de toi ? Tu rêves, mon pote ! Je te connais depuis douze ans. La seule chose que tu aies été capable de dire à ta technicienne, Julie, cancéreuse en phase terminale, c'était « ma pauv'Juju, ma pauv'Juju ». T'as fait quelque chose pour elle ? Rien ! Elle a été rayée de ton esprit du jour où elle est entrée à l'hôpital. Normal, elle ne bossait plus sur tes manip'.

— Lâche-moi, mais lâche-moi ! T'es folle et puis, tu me fais peur, geignit Édouard.

Hélène le propulsa vers l'arrière et il retomba tel un sac de patates sur son fauteuil.

Il la fixa un instant, bouche ouverte, et fondit en larmes, en bafouillant :

— J'en ai marre, j'en ai marre ! J'ai jamais voulu être directeur de labo. C'est maman qui m'a forcé à accepter le poste. J'étais pas fait pour ça. Je voulais rester chercheur dans mon coin. Tu me fais peur, tu m'as toujours fait peur. Vous me faites tous peur. Je ne comprends rien à vos histoires. Julie… le cancer, ça me terrorise… J'ai foncé chez mon médecin, pour faire tous les tests. J'ai forcé maman à y aller aussi. Heureusement, nous, on n'avait rien. Et criant soudain comme un gamin caractériel : Je vous déteste… sans arrêt à me poser des problèmes, à me gâcher la vie. Je vous HAIS ! TOUS ! C'est un cauchemar de venir ici chaque matin. Tu comprends ? Un cauchemar !

Hélène aurait été prête à tabasser un homme adulte quitte à se faire exploser le pif… pas un enfant de cinq ans.

Glaciale, elle déclara :

— Je ne crois pas un mot de ton explication. Jamais tu n'aurais tenté de protéger Géraldine. Quant à sa DEA, tu ne connais même pas son prénom et tu t'en contrefiches comme de ta première brosse à dents. Puisque ta vie tourne autour de ton nombril et, peut-être aussi, autour de celui de mômân, ta visite à Stéphane te concernait directement. Je vais trouver. Dans le cas contraire, je préviens Levasseur. Je te vois bien en taule. Avec un psychopathe violeur comme petit camarade de cellule. Bon séjour aux frais de l'administration pénitentiaire, ajouta-t-elle, mauvaise, histoire de le paniquer jusqu'aux doigts de pied.

Hélène sortit sur un redoublement de sanglots.

Elle décida d'aller se calmer un peu les nerfs en fumant une cigarette dehors et en s'offrant un café digne de ce nom au troquet du coin. Remontée comme elle était, Caroline Morin risquait de prendre une baffe avant même d'avoir ouvert la bouche.

Elle s'assit sur le muret du parking, détaillant les passants. Son regard accrocha un couple qui riait. De loin, l'homme, un brun aux cheveux frisés, indisciplinés, ressemblait un peu à Frédéric. Elle aurait dû l'appeler. Cependant, sans même le vouloir ou le savoir, son ex-mari lui compliquait la vie, expliquant qu'ils n'aient dîné ou déjeuné ensemble pas plus d'une dizaine de fois depuis leur divorce, onze ans auparavant. Depuis, la vie sentimentale d'Hélène se résumait à une courte série de « trop » ou de « pas assez ». Machin était trop crampon, Truc pas assez intelligent, Bidule trop inconséquent. Dans ses grands moments de lucidité, Hélène Audibert admettait qu'elle se montrait trop lourde, trop exigeante et très intolérante. Que pouvait-elle reprocher à Frédéric, hormis son désordre triomphant et son étourderie conquérante ? L'ordre maniaque d'Hélène lui permettait de contrôler son environnement, de se rassurer. Charlotte lui avait un jour balancé : « Une béquille que tu as trouvé pour résister au non-amour de ta mère. Mais les béquilles finissent par gêner la marche. » Sur le moment, Hélène avait envoyé paître la psychanalyste. Toutefois, l'explication se tenait. Sa mère, Béatrice, faisait partie de ces femmes dont on se demande pour quelle raison elles ont voulu un enfant. Peut-être avait-elle aperçu une ravissante robe de grossesse en magasin et eu envie de la porter ? Hélène ayant rencontré très jeune la grande solitude au côté d'une mère inapte et inepte, égocentrique, incapable d'amour, elle s'était construite en force, en résistance. « Lâche prise, le monde ne repose pas sur tes épaules », répétait Charlotte. Facile à dire !

Elle écrasa sa cigarette et se secoua. Pas le moment de lâcher prise avec deux meurtres en souffrance ! Elle verrait plus tard.

Elle commanda un café au comptoir du troquet. Oui, elle appellerait Frédéric, ce soir ou demain. Après-demain plutôt. Frédéric n'avait qu'un souhait : reprendre la vie commune avec elle. Dès que cette perspective traversait l'esprit d'Hélène, les souvenirs d'exaspération déferlaient. Frédéric et elle arpentant durant une heure les rues glaciales de leur quartier parce qu'il ne parvenait plus à se souvenir où il avait garé la voiture : « Ben, je pensais à autre chose, mais y'avait une boulangerie en face, certain ! » – boulangerie qui s'avérait être une boucherie. L'odeur pestilentielle qui l'avait accueillie au lever et dont elle avait vite trouvé l'origine : le sac de langoustines qu'il avait achetées pour lui faire plaisir, abandonné sur la desserte de l'entrée en posant ses clés, puis oublié. Le soupir las de leur banquier la sixième fois que Frédéric s'était fait avaler leur carte bancaire par un distributeur parce qu'il s'obstinait à taper un code erroné, convaincu que la machine se trompait et reconnaîtrait son erreur. Le nombre de fois où il était rentré en claironnant : « Marrant, mon imper est devenu trop juste (ou plus large, selon ses victimes) » ; perdu dans ses pensées, il avait enfilé le vêtement d'un autre en sortant d'un bistrot ou d'un restaurant ; vêtement impossible à restituer à son légitime propriétaire puisque Frédéric ne se souvenait pas de son parcours de la journée. Au fond, elle aurait dû prendre ses jambes à son cou plutôt que de poireauter à la mairie, le jour de son mariage, Frédéric ne retrouvant plus les alliances. Épuisant ! Bon, elle l'appellerait la semaine prochaine.

Elle remonta au labo, cherchant la façon d'aborder à peu près intelligemment Caroline Morin. Une entrée en matière tonitruante, du genre « Salut ! Géraldine et moi pensons que tu es une punaise et une sournoise. Donc, même si nous en doutons, ça nous ferait rudement plaisir que tu sois la meurtrière », risquait de déplaire.

Caroline travaillait dans le petit bureau attenant à son labo lorsque Hélène déboula. Un peu surprise de voir sa consœur qui d'habitude l'évitait comme la peste, Caroline y alla d'un immense sourire chaleureux qu'elle devait répéter chaque matin devant le miroir. Sourire aussitôt en berne lorsqu'elle se souvint que deux personnes étaient mortes dans leur labo. Son petit visage chafouin se crispa d'un chagrin peu convaincant.

— Quelle horreur, mais quelle horreur ! geignit-elle en serrant ses mains qui évoquaient des serres de moineau anorexique.

— Hum, grommela Hélène qui cherchait toujours, fébrilement mais en vain, une version soft et légère à ce qu'elle voulait dire.

— Édouard est dans un état épouvantable. Je suis passée le voir il y a quelques minutes pour lui faire signer un papier. J'ai l'impression qu'il avait pleuré.

— Ah bon ?

D'un autre côté, pourquoi faire « soft » quand « hard » vous convient mieux ? Aussi chargea-t-elle avec sa coutumière délicatesse :

— T'avais de bons rapports avec Stéphane, non ?

Caroline Morin écarquilla les yeux de surprise et déclara :

— Plutôt, oui. Pourquoi tu me demandes ça ?

— Ben, parce que *a priori*, personne ne pouvait le blairer, donc c'est bizarre…

— Comment ça, bizarre ?

Prudente, Hélène jeta un regard vers le couloir séparé du bureau par une vitre. Chouette, personne, pas de témoin. Caroline ne pourrait pas la traîner en justice pour calomnies.

— Selon moi, un meurtrier consommé a tout intérêt à affirmer qu'il entretenait de bonnes relations avec sa victime. Pas de mobile, quoi !

L'accusation, assez brutale avouons-le, figea d'abord Caroline Morin. Elle sembla chercher si elle avait bien entendu... ce qu'elle venait d'entendre. Soudain, elle bondit de sa chaise, poussa Hélène avec une force insoupçonnable de la part d'une maigrichonne souffreteuse et fonça dans le couloir en couinant :

— Édouard, Édouard... elle est folle, complètement dingue ! Elle m'accuse d'avoir assassiné Stéphane... Édouard, fais quelque chose ! Édouââârd !!!!

Sournoise et rusée mais manquant de psychologie, la petite, songea Hélène. Édouard, à son habitude, ne ferait rien !

Alerté par les cris de Caroline, Éric Sylvestre sortit en trombe de son labo et tonna :

— Qu'est-ce qu'elle a encore fait, celle-là ? Les sept plaies d'Égypte à elle toute seule, sans oublier la peste, le choléra et la petite vérole. Ah non, il faut faire circuler une pétition !

Pas gentil.

Relevant la tête, royale comme un galion espagnol, Hélène réintégra son bureau. Aussitôt la porte fermée, sa mauvaise humeur se raviva. Elle ne parviendrait à rien en procédant de cette façon. D'ailleurs, il fallait être une cruche de compétition pour avoir pensé le contraire. Soyons logique : lorsqu'on tue deux personnes en douce, cela implique qu'on n'avouera pas à la première occasion.

JOUR 11.

Certains hommes manquent un peu d'allant. Mais on peut les aider.

Il était 19 h 30 lorsque la sonnerie du téléphone du salon retentit. Charlotte était allongée sur le canapé, désespérée parce qu'elle visionnait le dernier épisode de la série des *Tudors*. Trop séduisant le Henry VIII, un peu imprévisible dans le genre dangereux, très, mais vraiment séduisant. Enfin du moins l'acteur, Jonathan Rhys-Meyer. En résumé, et si l'on en croyait la série, l'Angleterre avait quitté le giron de l'Église catholique et s'était fait un ennemi mortel de l'Espagne en grande partie parce qu'une nana manipulée par son père, sir Thomas Boleyn, avait agité sa petite culotte sous le nez d'un roi à la manière d'une muleta, petite culotte qui n'en était apparemment pas à son premier visiteur. Certes, leur réussite, au père et à la fille, avait été de courte durée. Cependant, la morale de l'histoire fascinait Charlotte. Comment une coucherie, ou plutôt une impossibilité transitoire de coucherie, avait contribué à incliner l'avenir du monde.

Elle décrocha. D'abord un silence, puis un mâle qui s'éclaircissait la gorge. Enfin vint :

— Euh… docteur Claudanel… Enfin, Charlotte, puisque vous…

— Je me souviens vous avoir autorisé à m'appeler par mon prénom, Benoît.

— Eh bien… euh… je vous téléphonais pour vous… tenir au courant, en quelque sorte…

— Je reçois les infos quasi en direct live grâce à Hélène et à mes autres amies, vous savez.

— Je m'en doutais un peu… Euh… je m'en doutais mais… Euh…

À ce rythme-là, ils passeraient leur premier week-end en amoureux d'ici une dizaine d'années. Charlotte décida de prendre le taureau, ou plutôt le Benoît Levasseur, par les cornes.

— Et si vous m'invitiez à dîner ? Au restaurant.

Énorme soupir du gars qui rejoint enfin la terre ferme après avoir patouillé durant des heures dans des eaux troubles.

— Ah, mais oui… Ah, mais avec joie… d'ailleurs, j'allais vous le proposer, et…

À Noël prochain ? songea Charlotte, amusée.

— Quand ?

— Ce soir, demain, quand vous voulez.

Jetant un œil à l'écran de télévision sur lequel le bel Henry VIII restait figé, l'air vachard, elle décida :

— Demain, plutôt. Je dois… terminer la lecture de deux périodiques de psychiatrie.

Ah non, elle voulait voir la fin. Certes, elle serait sans surprise puisqu'il était acquis qu'Ann Boleyn avait été décapitée sur ordre de son époux et grâce à des dénonciations plus ou moins recevables en vertu de l'indémodable adage : « Qui veut noyer son chien, l'accuse de la rage. »

JOUR 11.

La légèreté manque parfois un peu de consistance.

Depuis son arrivée, Marie-Hortense-Dominique de La Theullade avait été palpée, massagée (car, non, on ne dit plus « massée »), scrubbée, peelée, stretchée, tapotée à coups de fines baguettes, manucurée, pédicurée, ses abdominaux et ses lombaires avaient tressauté d'allégresse sous des pierres rondes et tièdes, le tout sur fond de musiquette anesthésiante. Elle avait été enduite d'huiles essentielles au point de ressembler à une sardine en boîte, momifiée sous une pléthore d'emplâtres au nom tous aussi japonais ou indiens et peu évocateurs les uns que les autres. À la vérité, elle se sentait régénérée, rajeunie mais totalement affamée.

Ce matin même, tentant de dissimuler les borborygmes de protestation de son estomac derrière une petite toux chic, elle avait été à un cheveu de commettre l'irréparable : demander d'un ton détaché quelques viennoiseries ou toasts, accompagnés d'une lichette de beurre ou, carrément fou, d'un peu de confiture. Au lieu de cela, on lui avait servi deux blancs d'œufs citronnés, battus en mousse et passés au grill, et une ravissante mais minuscule coupelle de lamelles de pamplemousse et lychees parsemées d'une demi-douzaine de graines de sésame. Après un regard de noyée à bout de résistance pour les autres convives qui semblaient fort satisfaits de leur ration, une question fondamentale avait hanté MHD : ces gens possédaient-ils tous un estomac de libellule ou compensaient-ils en engouffrant en douce les vivres qu'ils avaient eu la prudence de planquer dans leurs bagages ? À cet instant, MHD aurait volontiers embrassé à pleine bouche un dealer de choco-BN ou de Bounty.

Depuis la veille, dans une débauche d'inventivité gastronomique mais light – archi-light –, le chef leur avait proposé : d'adorables (mais minuscules) quenelles d'asperges à l'émulsion de lentilles corail (une demi-cuiller à café) ; de fines rondelles de homard (quatre) accompagnées d'une mini-purée d'endives, trois demi coquilles Saint-Jacques à la coriandre, marinées dans du citron vert, servies sur un petit lit de roquette et de feuille de chêne (juste un filet de vinaigre balsamique) – cependant pas au même repas.

De plus, MHD piaffait d'impatience et s'en voulait de son regrettable *timing*. D'accord, l'hôtel était à la hauteur de ses espérances, se faire chouchouter du matin au soir, prendre en charge telle une mignonne poupée n'avait rien pour lui déplaire, du moins si cet état d'inertie béate ne durait pas plus de quelques jours. Mais elle ratait son *fun* ! Ses copines s'amusaient comme des petites folles en endossant l'habit de fin limier. Sans doute pas Hélène, toutefois. Certes, elle était tenue au courant des avancées tri-quotidiennement par un appel de l'une ou de l'autre. Cependant, ce rôle de spectatrice commençait à lui taper sur les nerfs. Vivement qu'elle rejoigne Paris et plonge dans l'action !

D'une humeur incertaine, elle décida de rejoindre la salle à manger pour le dîner. Aussitôt, un charmant serveur fonça vers sa table décorée d'un magnifique bouquet champêtre et remplit son verre de thé vert glacé, sans sucre, bien sûr. Il déposa à côté un minuscule godet et annonça d'un ton tendre :

— Mise-en-bouche pour patienter : bouillon tiède de légumes, relevé d'une pointe de coriandre.

Au-delà de tous commentaires, MHD le remercia d'un sourire désespéré.

Lorsque après avoir englouti en deux bouchées l'entrée – une mince, très mince, tranche de pâté de lotte et langoustine aux fleurs de vanille (même pas sûre que ça se mangeait !) – elle vit arriver le dîner de Tutu – un plein saladier d'émincé de bœuf en sauce légère, mélangé à des pâtes fraîches, le tout parsemé de gruyère bio, une honteuse pensée lui traversa l'esprit. Vraiment ignoble. Piquer le saladier du chien et lui fourguer en échange les quatre dés (véritablement de la taille d'un dé) de selle d'agneau aux cinq bâtonnets de courgettes épicées que l'on venait de lui servir.

Tutu plongea la truffe avec délice dans le saladier. S'élevèrent des bruits satisfaits de déglutition, de babines pleines de salive. Elle supplia mentalement le chien de ne pas terminer son repas. Elle pourrait prétendre qu'il risquait d'avoir faim au cours de la nuit, pauv'petite bête, monter le plat dans la chambre et engouffrer le reste à pleines mains, assise sur l'abattant des toilettes. Elle lui jura que s'il faisait preuve d'un peu de mesure et de magnanimité, elle lui offrirait, dès leur retour à Paris, un gigot (élevage français) et un poulet (label rouge).

Vaine prière lorsqu'on possède un labrador. L'estomac de ces chiens est capable de se distendre jusqu'à repousser tous les autres organes dans les doigts de pieds. Le substantif « voracité » fut inventé pour eux. Le chien avala tout, léchant avec application les bords du saladier sous l'œil dépité de sa maîtresse. Il s'allongea ensuite à côté en poussant un long soupir de béatitude. Ah non, ça, cet endroit lui plaisait vraiment ! Et puis, la promeneuse ne haletait pas après cent mètres de course modérée, au bord de l'anoxie, contrairement à sa maîtresse adorée, mais qui manquait vraiment d'entraînement. Il voulait bien revenir.

JOUR 11

Certains hommes manquent parfois de galanterie et de doigté. Les pauvres !

Une demi-heure avant son rendez-vous, Emma gara la petite citadine, qu'elle utilisait dans Paris lorsqu'elle était seule, dans le parking souterrain situé juste à côté du restaurant choisi par le très troublant maître Jean-Manuel Lerrac.

Prête deux heures avant de partir, dans un état de nerfs épouvantable, elle avait tourné telle une lionne en cage dans le loft. Arnaud l'avait inondée de conseils, de remontrances et de menaces en tous genres, au point qu'elle avait décidé de partir, dans l'espoir qu'un peu de paix et de silence l'aiderait à reconquérir son calme.

La soirée était douce. Elle allait marcher dans le quartier, en pratiquant des petits exercices de respiration censés alléger le stress.

Elle descendit de voiture et se dirigea vers la sortie, escortée par l'écho de ses talons d'escarpins claquant sur le ciment cru. Plongée dans ses pensées, elle ne vit pas les deux silhouettes cagoulées et furtives qui se faufilaient derrière les rangées de voitures. Deux petits loubards assez futés pour avoir repéré que le gardien passait la soirée à lire les journaux récupérés dans les poubelles du parking, ou en interminables conversations téléphoniques avec sa copine puis ses potes, ne jetant que très occasionnellement un regard ennuyé aux écrans de surveillance.

Soudain, l'un des voyous, armé d'un impressionnant cutter, se matérialisa devant Emma en feulant :

— File ton sac, ta montre et tes clés de bagnole ou j'te larde.

Emma tenta de reculer et découvrit alors la présence du deuxième, planté derrière son dos, empêchant toute tentative de fuite.

Oh, les braves petits ! Providentiels, les deux vilains gnomes. Du coup, ses nerfs lui fichaient la paix, elle était sereine à nouveau. Aussi répondit-elle d'une voix plutôt aimable :

— Non, je n'y tiens pas.

— Connasse. Tu me les files ou même ta mère te reconnaîtra pas.

— Inutile de devenir vulgaire ni d'insister, c'est non. De surcroît, un peu de galanterie ne serait pas superflu.

Le voyou qui se tenait dans son dos lui donna une violente poussée et Emma résista pour ne pas s'affaler sur celui qui brandissait le cutter avec la ferme intention de s'en servir.

Le reste défila à toute vitesse dans son esprit. Quel choix judicieux le tailleur pantalon gris moyen qu'elle portait. Elle aurait pu endommager une robe un peu ajustée. Et là, même pas la peine d'y penser ce soir. Prudente, elle déboutonna sa veste d'une main et fit passer son magnifique sac sur l'épaule gauche. Se méprenant, la petite frappe aboya :

— Rien à foutre de ton cul ! Le sac, la montre, les clés. Vite !

Emma hocha la tête en signe de dénégation. Il se rapprocha. Elle lut la férocité dans son regard. Il allait la taillader ne serait-ce que parce qu'elle avait résisté, le faisant passer pour un faible aux yeux de son suiveur. Sans doute les deux minables ordures ne comprirent-elles jamais ce qui se passa ensuite. Emma propulsa son coude vers l'arrière avec une violence inouïe. Il s'enfonça dans un truc mou qui laissa échapper un gémissement. En une fraction de seconde, elle bascula sur un pied et balança l'autre, armé d'un talon de douze centimètres, dans l'estomac de son agresseur le plus dangereux. Elle sautillait telle une danseuse, riant :

— Allez, un autre ! Ça y est, je me suis échauffée. Allez, filez m'en un autre. ! En bon état !

Le deuxième gars, celui qui se trouvait dans son dos, reprit son souffle et se rua sur elle, fou de rage. Un semi-uppercut en plein plexus solaire – le chakra clé ainsi que le nommait Juliette – l'arrêta net. Il flageola et tomba à genoux, des larmes de douleur dévalant sur ses joues, incapable de respirer. Emma s'en approcha et repoussa sa cagoule dans son dos. L'autre rampait, tentant de se relever. Un autre coup de pied mit un terme à ses velléités.

Emma se pencha, rabattit aussi sa cagoule et lui susurra :

— Je préfère me battre avec les pieds. Ma manucure est fraîche de cet après-midi, d'autant que les ongles limés en carré, ça exige des soins. Soudain mauvaise, elle ajouta : Maintenant, vous vous cassez ! Moi, j'appelle les flics pour qu'ils étudient les vidéos de surveillance et vous coffrent. Sans cagoule, on voit bien vos visages !

Dans l'ascenseur qui la menait vers le bureau du gardien, qui allait prendre un savon dont il se souviendrait, Emma chantonnait. Ah oui, elle se sentait bien mieux. Rien de tel qu'un peu d'exercice physique pour faire tomber la tension nerveuse.

Tension nerveuse qui la rattrapa au grand galop dès qu'elle pénétra dans le restaurant, réputé pour l'exquise et l'inventive finesse de sa carte, sans oublier la perfection de sa décoration et du service. Bouhhh ! Elle avait les chocottes et se sentait à un cheveu de fuir, quitte à poser un lapin au sublime avocat. Déferlèrent dans son esprit tous les conseils de Nathalie, de Charlotte, de Juliette, de Marie-Hortense-Dominique, sans oublier les piques d'Arnaud. Seule Hélène avait passé son tour à l'excellente raison qu'elle était beaucoup plus performante en matière d'offensive ou de contre-offensive que dans les plans « giga-séduction échevelée ». Conseils souvent contradictoires au demeurant, Nathalie prônant l'approche subtile, Juliette la franchise, Arnaud l'humour et MHD la désinvolture.

Quand le vin est tiré… Allez, on se redresse, on affiche un beau sourire et une décontraction qu'on est très loin de ressentir !

Un maître d'hôtel la mena à sa table. Jean-Manuel se leva et l'accueillit avec un évident plaisir. Était-il vraiment aussi relax qu'il le paraissait ? Pas juste.

— Vous êtes ravissante. Jusqu'au léger fard qui colore vos joues. Vous avez couru ?

Emma sentit le sang affluer à son visage. Un bon gros sang bien épais. Du coup, elle devait avoir tourné cramoisi, genre tomate bien mûre. Super-sexy !

— Pas du tout. L'ascenseur du parking était en panne. J'ai grimpé les marches. Je manque sans doute d'exercice.

Inutile de préciser qu'elle venait d'assommer deux abrutis de loubards décidés à la transformer en pâté de tête après l'avoir détroussée comme en plein bois. Emma avait noté une étrange particularité chez bon nombre de messieurs. Animés de bonnes intentions à son égard – parfois obstinément horizontales, il est vrai – ils ne risquaient *a priori* pas de se retrouver dans le lot de ceux à qui elle enfoncerait les prémolaires dans les amygdales. Pourtant, dès qu'elle mentionnait avoir été championne junior de boxe française, ils se fermaient un peu. Bizarre.

Contrairement à ce qu'elle redoutait, le dîner fut un enchantement. Elle avait tant craint que sa panique lui coupe les jambes et la parole au point de la faire passer pour une idiote possédant moins de vocabulaire qu'un perroquet peu doué. Il n'en fut rien et elle se surprit très vite à rire et à faire rire.

Pour les avoir beaucoup expérimentées, Jean-Manuel Lerrac connaissait les femmes sur le bout des doigts. Il avait aussitôt perçu l'affolement de la magnifique blonde. Assez touchant, l'affolement. En amateur éclairé de la douce gent, il avait compris qu'Emma appartenait à la catégorie qu'il convient de rassurer, d'apaiser avant de la séduire. Elle était fine, intelligente, plutôt drôle, belle, cultivée. Elle lui plaisait beaucoup. Restait à savoir combien de temps durerait ce nouvel engouement. Le papillonnage avait lassé maître Lerrac. Toutefois, la perspective de se passer la corde au cou l'enthousiasmait très moyennement. Il n'était pas encore certain d'être du bois dont on fait les hommes mariés. Pourtant, il avait déjà choisi le prénom de sa fille : Aliénor.

JOUR 12.

Un labrador ne peut pas rentrer
dans un trou de souris.
Sa maîtresse, si.

Marie-Hortense-Dominique était d'une humeur enchanteresse. Affamée, au bord de l'inanition, mais heureuse. Elle fourra ses bagages dans le coffre, régla sa note, sur un petit nuage.

Elle avait dormi telle une souche en vertu de l'excellent adage : « Qui dort dîne. » La raison de son bonheur était d'une belle simplicité. Elle se tapait le petit déjeuner famélique mais glamour de l'hôtel-spa puis filait et s'arrêtait devant le premier troquet sympa pour avaler un grand crème et deux croissants. Non, trois et peut-être un jambon-beurre en plus, si son estomac n'avait pas rétréci au-delà du réparable. Ensuite, elle rejoignait Paris au plus vite et se joignait aux filles pour jouer les détectives. Enfin participer à l'action plutôt que se contenter de narrations. Que de choses réjouissantes en perspective !

Elle promena donc Tutu avant de s'installer à sa table. La truffe aux aguets, le chien semblait guetter quelqu'un. À un point assez suspect puisqu'il ne reniflait pas bruyamment pour identifier ce qui se trouvait sur la table de sa maîtresse, décider si la chose méritait sa concentration (les blancs d'œuf citronnés ne le faisaient pas vraiment frémir de convoitise) et quelle stratégie de séduction adopter pour en obtenir un peu. Une brutale tension de la laisse, coincée sous le pied de sa chaise qui fit une embardée, tira MHD de son obsession crème-croissants. La magnifique petite bouledogue française sable pénétra dans la salle de restaurant, remorquant ses maîtres derrière elle. Une peu arrogante, la bouli, avec son moignon de queue dressé et ses gros yeux sévères qui vous fixaient. Normal : les maîtres appartenaient à la catégorie « gaga », selon MHD. Un comble puisqu'elle-même manquait cruellement d'objectivité lorsque Tutu était concerné. Pooshy-Pooshy, de son vrai nom Corilaine de La Croix de Saint-André, s'installa raide au pied de SA table, les oreilles dressées d'impatience. Ce que les humains peuvent être lents ! Et ils parlent, ils parlent, alors que la seule chose digne d'intérêt est quand même ce qu'on va manger. Ces créatures manquent d'un sens élémentaire des priorités. Enfin, madame Pooshy-Pooshy, ainsi que MHD avait nommé le couple, ne connaissant pas leur nom, la souleva avec délicatesse pour la poser sur la chaise « compagnon-chien » située entre la sienne et celle de son mari. Les petits et moyens compagnons-chiens pouvaient en effet jouir d'une chaise. Elle n'était pas interdite aux gros modèles, toutefois, installer un Terre-Neuve sur une Louis XVI exige une certaine habileté et un sang-froid peu commun. MHD sentit la soudaine nervosité de Tutu. Attendrie, elle pensa d'abord que son labrador avait formé un attachement sentimental avec la petite bouledogue française à l'occasion d'une partie de balle aux prisonniers ou de « cours après moi que je t'attrape ». Oh, si mignon ! Soudain, sur une traction de taureau, Tutu décolla, envoyant valdinguer MHD et sa chaise. Après un vol plané, elle se retrouva par terre, les jambes allongées devant elle, la mèche en bataille, sans trop comprendre ce qui venait de se passer. Dans le même temps, Tutu, ulcéré par la situation – car, franchement, cette bouledogue était d'un snob et d'un cul-cul-la-praline pas possibles –, avait sauté sur la table des Pooshy-Pooshy et engouffré en trois coups de langue ce qui se trouvait dessus. Il s'assit ensuite sur son gros derrière au milieu du chemin de table, assez satisfait de sa prestation. Des cris affolés et indignés s'élevèrent, la bouledogue y alla d'un aboiement aigu et outré, et Élisabeth Dalembert apparut. La scène étant très explicite, elle comprit vite la situation et calma le couple Pooshy-Pooshy, sans oublier leur enfant-chien.

Elle se dirigea ensuite d'un pas martial vers MHD, toujours au sol et qui cherchait désespérément un trou de souris vers lequel ramper à toute vitesse afin d'y disparaître. Pointant un index réprobateur vers sa cliente, madame Dalembert expliqua :

— Madame de La Theullade ! Lorsque son compagnon-chien est… d'une telle discourtoisie, rusticité, grossièreté, on prend une demi-pension économique au café du commerce ou de la gare et on s'extrait toute seule les comédons dans une petite salle de bains qui sent le moisi ! Vous n'êtes plus la bienvenue dans notre établissement.

Penaude, MHD se releva, eut toutes les peines du monde à faire descendre Tutu de la table (il s'amusait comme un fou, l'animal ! Vachement content de lui !), présenta ses excuses au couple Pooshy-Pooshy, ainsi qu'à leur enfant-chien, rejoignit sa Jaguar, sortit de l'hôtel, puis quitta le parc.

Sentant que son numéro de cirque n'avait pas complètement conquis, Tutu, à l'arrière, ne la ramenait pas. Allongé de tout son long sur la banquette, il jetait parfois un regard douloureux de cocker à sa maîtresse qui lui en renvoyait un autre, meurtrier et très humain, par l'intermédiaire du rétroviseur.

L'exécrable humeur de MHD ne dura pas. Elle rétrécit de cinq tailles lorsque, écouteur fermement planté dans l'oreille, elle entendit la voix de Nathalie :

— MHD ? Où tu en es ?

— Sur la route du retour. Je me tape un énorme croissant et je fonce sur Paris.

— Non, non, on ne fonce pas, on conduit en femme respectueuse des limitations de vitesse, rétorqua la sage Nathalie. De toute façon, nous t'attendons pour déjeuner.

La susnommée mauvaise humeur s'évanouit tout à fait lorsque MHD aperçut un café-restaurant, trente kilomètres après avoir quitté l'hôtel. Elle se gara. Représailles *or not* représailles ? Elle considéra d'un œil noir le chien qui jouait les pauv' p'tites bêtes contrites et malheureuses. Elle le bouclait dans la voiture et il n'aurait pas une miette de croissant. Le chien, en cabot consommé, laissa échapper un long soupir de désespoir. D'un autre côté, c'est vrai qu'elle était gonflante, cette Pooshy-Pooshy, avec ses mines supérieures. Une pimbêche, une petite punaise. Forte de son absolue mauvaise foi, MHD fit descendre Tutu.

Bon, deux pipis (elle et le chien, pas au même endroit, cependant), le crème-croissants tant fantasmé, puis Paris.

JOUR 12.

Des grandeurs et quelques médiocrités.

MHD avait rejoint Paris dans un temps record, et Emma, en professionnelle du volant, préféra ne pas l'interroger sur le nombre et l'ampleur de ses excès de vitesse.

Les cinq amies déjeunèrent tardivement dans une brasserie avant de poursuivre leur enquête. Emma, après avoir raconté son dîner dans le moindre détail, insista pour endosser à son tour le costume du détective :

— Y'a pas de raison que je ne m'amuse pas aussi.

— C'était pas très drôle, cette discussion avec madame Rose, se défendit Charlotte.

Nathalie abonda dans le sens d'Emma :

— Chacune doit participer. Là, Emma et moi formons le binôme actif.

— Nous sommes en nombre impair. Avec qui je vais faire binôme, moi ? protesta MHD. Y'a pas de raison qu'on saute mon tour.

— Mais non, mais non, on va pas le sauter, la rassura Nathalie. Tu feras binôme avec Juliette puisqu'elle a eu un tout petit rôle chez madame Rose.

MHD hocha la tête, rassérénée.

— Comment procède-t-on ? poursuivit Nathalie.

— Ça dépend. On peut refaire le plan de l'ex-belle-sœur, mais côté ex-mari, cette fois. Reste à savoir si l'immeuble a bien une gardienne. On interroge aussi ce Philippe Lelièvre s'il est chez lui.

— Qui joue l'amie, qui joue l'ex-belle-sœur ? s'enquit Nathalie.

— Le problème, c'est que je rougis dès que je mens et je n'arrive plus à regarder les gens dans les yeux, avoua Emma, dépitée de voir son grand aria lui échapper. C'est à cause de cette histoire monstrueuse de *Pierre et le loup* qu'on m'a serinée toute mon enfance. Ça m'a traumatisée, ce truc !

Pour les petits veinards qui y auraient échappé, Pierre, jeune berger en manque de distraction et d'attentions, avait pris l'habitude de crier au loup pour rameuter les villageois qui se précipitaient à son secours. Après quelques répétitions du mauvais gag qui les tirait de leur lit, lesdits villageois en eurent ras la frange. Un jour, les loups fondirent sur Pierre et ses moutons. Il hurla à l'aide. Personne ne vint. Cette histoire à volonté pédagogique, « c'est pas beau de mentir », a paniqué un nombre non négligeable de jeunes enfants, dont l'auteur de ces lignes.

— Bon, je m'y colle, décida Nathalie. Mentir pour la bonne cause, plus facile.

Une surprise attendait les deux aspirantes détectives lorsqu'elles parvinrent devant la porte de l'immeuble de Pantin : une plaque en cuivre, gravée de « Docteur Ph. Lelièvre, ancien interne des hôpitaux de Paris, Médecine Générale ». En revanche, pas de gardienne. Elles sonnèrent à l'interphone du médecin. Un déclic, la porte s'ouvrit. Emma grommela :

— Bien la peine d'avoir un interphone s'il ouvre à tout le monde !

Elles grimpèrent au deuxième et poussèrent la porte entrouverte sur laquelle était punaisée une feuille de papier : « Entrez sans sonner. Installez-vous dans la salle d'attente ». Un vieux monsieur patientait déjà. Il les salua. Sa canne serrée entre les jambes, il souriait. Deux minutes plus tard, la porte menant au cabinet s'ouvrit, sans qu'elles aperçoivent le médecin, en retrait, et retentit un jovial : « Monsieur Stéfani, comment vont ces rhumatismes ? » Le vieux monsieur disparut sur un « Pas fort, pas fort. »

Un petit quart d'heure passa avant que la porte s'ouvre à nouveau. Le médecin parut, un homme très grand, un peu enrobé, au sourire débonnaire.

— Vous aviez rendez-vous ? demanda-t-il en les regardant.

Emma et Nathalie se précipitèrent dans le cabinet, de crainte qu'il refuse de les recevoir. Une fois assises, il faudrait que le gars les soulève de leur chaise s'il voulait les mettre dehors. Elles s'installèrent donc avant de répondre dans un bel ensemble :

— Non, désolées.

Un peu surpris, le médecin contourna son bureau en demandant :

— Euh… quelle est la patiente ?

Emma encouragea Nathalie d'un petit signe de tête. Celle-ci se lança :

— Je suis l'ex-belle-sœur de Virginie Franchet et… enfin un meurtre plonge les proches dans l'incompréhension et… mon frère et moi aurions voulu des éclaircissements.

Virginie vous avait désigné comme la personne à prévenir en cas d'accident. Aussi, nous nous sommes dit que vous deviez la connaître un peu.

Le ton du médecin se fit plus sec :

— Rappelez-moi le nom de votre frère, madame.

La tasse. Nathalie tenta une maladroite dérobade en s'embourbant avec un franc talent :

— Euh… nous le connaissons tous les deux, quel intérêt ?

— Madame, je vois défiler un certain nombre de menteurs qui tentent de m'extorquer un arrêt maladie ou une ordonnance dont ils n'ont nul besoin. Dans l'ensemble, ils sont bien meilleurs que vous. Pourtant, je les repère très vite.

Le praticien se leva et, tendant le bras en direction d'une deuxième porte, ordonna :

— Sortez.

Emma se jeta à l'eau. Au point où elles en étaient, une petite couche supplémentaire de déconfiture ne changerait pas grand-chose.

— La vérité, docteur Lelièvre, c'est que notre amie travaille… travaillait avec Virginie Franchet. Le meurtrier a tenté de l'incriminer dans le premier meurtre, celui de Stéphane Lambin… Nous enquêtons donc, de façon pas trop futée ainsi que vous pouvez le constater.

— Le nom de cette amie ? s'enquit le médecin toujours méfiant.

— Hélène Audibert.

— Virginie m'en avait parlé. Une brune au caractère marqué.

— Rousse tirant sur l'auburn, rectifia Nathalie sans réfléchir.

— Bravo. Que vouliez-vous savoir ?

Nathalie résuma :

— Nous cherchons un lien entre Stéphane et Virginie. Il en existe un puisqu'ils ont été tués à quelques jours d'intervalle par la même personne.

— Elle ne l'aimait pas, le jugeant malhonnête et fourbe, offrit le praticien.

— Vous la connaissiez bien ? intervint Emma.

— Oui. Une femme remarquable, Virginie. J'étais le médecin traitant de sa mère, et je suis devenu son ami.

— Sa mère est…

— Elles vivent… vivaient ensemble. Ici, au quatrième.

— Pensez-vous que… enfin, je me doute de son désespoir et du choc terrible que lui a causé la mort brutale de sa fille mais, si nous pouvions lui poser une ou deux questions… hésita Nathalie.

Le regard du médecin devint triste. Il expliqua :

— Inutile. Madame Franchet n'a pas vraiment compris la situation. Une bénédiction, dans son cas. Alzheimer avancé. Virginie s'occupait d'elle avec une tendresse et une dévotion admirables. Ce fut d'ailleurs une des raisons de son divorce. Patrick, son ex-mari, ne voulait pas, je cite, « qu'un déchet sénile » vienne habiter avec eux. Un sale type, dans l'ensemble. Cela étant, il est éprouvant de s'occuper d'un patient atteint de cette maladie, surtout lorsqu'elle est évoluée.

Triste à son tour, Emma demanda :

— Et que va devenir cette dame ?

— Je suis en train d'organiser son placement en institution. Les choix sont limités. Virginie n'avait pas de gros moyens. Elle ne laisse pas grand-chose. Quant à l'appartement, il s'agissait d'une location. Jusque-là, mon épouse et la jeune femme que Virginie avait engagée pour s'occuper de sa mère durant la journée se relaient auprès d'elle.

Il plissa le front, semblant fouiller ses souvenirs, puis déclara :

— Attendez, un détail me revient. Une dizaine de jours avant son meurtre, Virginie était passée prendre l'apéritif. Elle ne s'accordait que de courtes périodes de liberté, pour souffler un peu. Elle craignait toujours que quelque chose arrive à sa mère durant son absence. Je suis allé chercher les amuse-bouche dans la cuisine et quand je suis revenu, Virginie discutait avec Louise, ma femme. Elles se sont interrompues et nous sommes passés à autre chose, mais je suis certain qu'elles parlaient de Lambin. J'appelle Louise. Nous habitons l'immeuble voisin.

Madame Lelièvre répondit très vite.

— Hum… Donc, Virginie était remontée. Tu sais pourquoi ? Hum… Hum… Et elle n'a pas été plus explicite ? D'accord…

Elles virent le médecin hocher la tête. Il raccrocha et résuma sa conversation à leur profit.

— Virginie avait commencé à expliquer à ma femme que si ce qu'elle soupçonnait était exact, elle n'hésiterait pas, ajoutant que Lambin allait en prendre plein les dents. Louise lui a demandé des précisions, mais Virginie n'a rien voulu dire de plus.

Elles remercièrent ensuite le médecin et prirent congé. Dès qu'elles furent sorties de l'immeuble, Emma appela Hélène, branchant la fonction haut-parleur.

— T'es au labo ? Un samedi ?

— Ben ouais. Figure-toi que les cadavres font perdre un temps fou. J'essaie de rattraper. Prendre quoi dans les dents ? demanda Hélène.

— On ne sait pas. Virginie est restée floue, répéta Emma. En tout cas, ça prouve bien qu'il existait un lien entre eux.

— Faut que je réfléchisse. Comme ça, je ne vois vraiment pas. Ils n'avaient pas de contacts particuliers, pas de recherche commune.

Elle raccrocha, et sur une impulsion se rendit dans le bureau de Benjamin Laumonier, le chercheur avec qui travaillait Virginie, enfin rentré du Japon. Il la détailla, le visage hagard, des cernes mauves soulignant ses yeux.

— J'ai pas dormi de la nuit. Je n'arrive pas à y croire. Si je n'étais pas parti au Japon, peut-être que…

— Selon moi, ça n'aurait rien changé, Benjamin, affirma-t-elle pour le rassurer.

Pourtant, un détail, un truc qu'elle ne parvenait pas à identifier, lui soufflait le contraire.

Si la chercheuse était incapable de verbaliser ses émotions, en revanche son empathie ne faisait aucun doute. Elle sentit sa terrible peine. Il baissa la tête, piètre tentative pour dissimuler les larmes qui lui montaient aux paupières.

— Vous étiez très proches ?

— Ouais. On peut même dire que nous étions amants. Ça n'a plus aucun sens de le cacher.

La surprise cloua Hélène quelques instants.

— Virginie ne voulait pas que ça se sache. On a quelques langues de vipère au labo.

— Je sais.

— Pour tout te dire, on avait décidé de se marier, quand… Enfin, quand l'état de sa mère se serait délabré au point qu'elle ne pourrait plus la garder chez elle. Elle ne voulait pas s'engager davantage, vivre avec moi avant cela, pour ne pas l'abandonner. C'était une fille géniale, tu sais.

Il ne se rendit pas compte qu'une larme coulait le long de son nez. D'une voix brisée, il déclara :

— Il vaudrait mieux que je ne mette pas la main sur le tordu qui a fait cela. Je pourrais devenir très méchant.

— La seule façon de faire arrêter ce dégénéré, c'est de trouver le lien.

— Quel lien ?

— Il existait nécessairement un lien entre Virginie et Lambin.

Benjamin lui jeta un regard perplexe.

— Virginie ne pouvait pas l'encadrer. Je n'ai jamais collaboré avec lui, notamment parce que c'était un sale faux cul qui tirait la couverture à lui. Donc, Virginie n'a jamais travaillé sur ses recherches.

— Tu connais le docteur Philippe Lelièvre ?

— De nom, par Virginie, un type bien. Elle tardait à me présenter à eux, toujours sa parano au sujet de notre relation. Ils faisaient ce qu'ils pouvaient pour l'aider.

— Sa femme s'est souvenue d'une bribe de conversation avec Virginie. Celle-ci voulait vérifier quelque chose, je ne sais pas quoi, en relation avec Stéphane et, selon son expression, le cas échéant « il devait en prendre plein les dents ». Il y a forcément un truc, Benjamin. Tu ne veux pas y réfléchir ?

— Oh que si ! Ça m'empêchera peut-être de péter un plomb. J'allais demander une semaine de congé à Édouard, en espérant remonter un peu la pente, mais c'est sans doute une mauvaise solution, d'ailleurs, comme je tournais en rond, j'ai préféré venir au labo aujourd'hui. Il faut que je m'occupe, sauf que je n'ai envie de rien faire. Ma vie vient de s'effondrer, la femme qui comptait plus que tout à mes yeux, tous nos magnifiques projets… plus rien.

Elle avança et posa la main sur son épaule. Un geste ahurissant venant d'elle.

— Écoute… je ne sais pas trop quoi te dire, mais… si des fois tu avais envie de discuter… mon bureau est situé à l'autre bout du couloir. Je suis tellement désolée, Benjamin. J'ai de la peine, j'aimais bien Virginie. Euh… Tu veux qu'on déjeune ensemble lundi ? On pourrait parler de Virginie. Je ne la connaissais pas tant que ça.

Il hésita, déchiré entre son besoin d'évoquer la femme aimée, leur vie, leurs projets, et celui de fuir les autres, de se tasser sur lui-même, de se laisser happer par un désespoir sans fin.

— Ouais… ouais, ça me fera du bien. Hélène… euh… je crois que je t'ai mal jugée. Je te voyais comme une femme indifférente, froide, égoïste.

— Pas grave. On s'est tous mal jugés. D'ailleurs, on ne peut vraiment juger les humains que dans les situations extrêmes. Les faux sympas te ferment la porte au nez parce qu'ils ne veulent pas s'emmerder avec tes problèmes. Les faux antipathiques te réservent des surprises qui rassurent sur l'humanité. Lundi, je passe te prendre à 12 h 30 ?

— D'accord. Merci.

JOUR 13.

Un dimanche durant lequel chacune vaqua à ses occupations.

Hélène alterna entre rage, incompréhension et déprime. Elle ne pouvait plus refaire le plan méga-rangement, au risque de s'inquiéter elle-même sur son état mental.

Nathalie profita de chaque atome de Vincent, et puis de Vincent, et encore de Vincent.

Emma plana sur un nuage tout rose, tout doux après l'appel matinal de maître Jean-Manuel Lerrac.

MHD balada Tutu au bois de Vincennes, attaché par une laisse sans oublier un harnais, puisque Tutu manifestait pour les canards de l'étang un intérêt tout particulier dont MHD avait senti qu'il n'était pas purement affectueux.

Juliette était aux anges puisque Bénédicte rentrait la semaine suivante. Plus que sept jours à tirer !

Charlotte, que l'ennui rongeait, se pesa, repesa, avant et après manger, puis en rentrant de son jogging.

JOUR 14.

Mimi, la marathonienne.

Ce matin-là, Hélène tergiversa quelques minutes. Elle aimait bien sa DEA Élodie N'Guyen. Elle l'avait épargnée jusque-là parce que la jeune fille appartenait à la catégorie « horriblement timide-je fonds en larmes parce que je perds mes moyens ». Ayant, jadis, souffert d'un tempérament identique, Hélène le comprenait fort bien. Une jeune fille préservée, brillante, travailleuse, bien élevée, fille à papa et maman, ce qui n'a pas que des mauvais côtés, loin s'en faut. Cela étant, si Élodie voulait rejoindre la grande fraternité de la recherche, elle avait intérêt à développer un épiderme largement plus épais. Sa gentillesse et sa timidité ne la protégeraient pas de certains requins à dents très dures, d'autant que les requins possèdent plusieurs rangées de quenottes. Et même si elle se destinait à une autre carrière, rares sont les milieux professionnels où ne règnent que la joie de vivre, la compréhension, la générosité et la bienveillance, bref la tarte à la crème du « nous sommes une grande famille ». En d'autres termes, Hélène allait lui rendre service. Elle décrocha son téléphone.

D'une voix aimable, presque maternelle, Hélène demanda à Élodie assise en face d'elle, tendue, les mains crispées sur ses cuisses, comme si on l'avait traînée devant un jury d'assises, côté box des accusés :

— Élodie, j'ai cru comprendre que vous étiez assez amie avec Mélanie, la thésarde de Stéphane.

— Euh… pas vraiment, madame, bafouilla la DEA, son regard se liquéfiant.

Non, pas de crise de larmes, je t'en prie, pas de crise de larmes. Je gère très mal ce genre de situation, supplia Hélène en son for intérieur.

— Élodie, vous vous doutez que tout le monde se pose des questions au sujet… enfin, de… Peu importe… Puisque vous êtes à peu près du même âge… les jeunes socialisent en général et…

Soudain, la jeune fille déclara :

— Papa veut que je change de labo. Mes parents sont très inquiets après ces deux… enfin, monstruosités.

— Je comprends votre père. Cela étant, nous n'avons pas affaire à un psychopathe qui tue les gens qui lui tombent sous la main, mais à des victimes ciblées, même si on ignore pour quel motif.

— C'est ce que je leur ai expliqué. En plus, je me plais ici. Mon sujet de DEA est génial et je sais que vous ferez le maximum pour m'obtenir une bourse de thèse.

— Hum, approuva Hélène d'un mouvement de tête convaincu. Et vos rapports avec Mélanie ?

— Bof… on discute de nos recherches. Parfois, on déjeune ensemble au resto-U. Elle m'a donné des petits tuyaux pour écrire mon premier article.

— Elle vous a parlé de Stéphane Lambin ? Je vous mets tout de suite à l'aise : il ne s'agit pas de curiosité mal placée mais d'arrêter un meurtrier.

Élodie soupira, un peu indécise, puis se décida :

— Elle était déçue. Écoutez madame, des rumeurs ont circulé au sujet de leurs relations, mais je ne veux pas prêter l'oreille à des ragots, même si Mélanie y a fait une ou deux allusions. En plus, il s'agit de leur vie privée.

— Déçue pour quoi ?

— Je crois que monsieur Lambin avait évoqué pour elle la possibilité d'une bourse de post-doc, en attendant, peut-être, un poste. Et puis, ça ne s'est pas fait. Cela étant, Mélanie se doutait depuis au moins six mois qu'elle devrait quitter le labo après sa soutenance de thèse. Elle me l'avait dit.

— Et que va faire Mélanie ?

— Elle a postulé dans plein de labos, à Paris et en province.

— La meilleure option. Elle a d'excellents résultats, de très bons articles. En plus, notre labo jouit d'une bonne réputation.

Hélène se rendit vite compte qu'Élodie ne savait pas grand-chose et elle la libéra, au vif soulagement de la jeune fille.

Hélène et Benjamin Laumonier rentrèrent de déjeuner peu avant 14 heures. Il semblait apaisé. Elle s'était contentée de l'écouter, lui posant quelques questions, consciente que le fait d'évoquer ses souvenirs avec Virginie écartait la mort rôdante durant quelques instants. Certes, la mort reviendrait vite, elle revient toujours. Cependant, la vie aussi est tenace. Les beaux deuils, aussi cruels soient-ils, les deuils de véritable amour, se transforment le plus souvent en douloureux mais magnifiques souvenirs qui nous accompagnent et nous retiennent au creux des heures les plus glissantes et les plus désastreuses de nos existences. Hélène souhaitait de tout cœur que tel soit le cas pour Benjamin. Laisser le temps au temps, mais le temps prend parfois longtemps. Les plaies peuvent cicatriser, abandonnant alors de précieuses zébrures au plus profond de nous, qui nous rappellent que nous sommes humains, que nous avons aimé et que nous avons été aimés. Quoi de plus important ?

Lorsqu'ils se séparèrent devant la porte entrouverte du bureau d'Hélène, Benjamin l'embrassa sur une impulsion. Ce geste fraternel toucha Hélène, qui s'appliquait pourtant à fuir le bisou collectif de la nouvelle année.

Hélène entra dans son bureau et enfila machinalement sa blouse. Ses rétines captèrent une image que son cerveau éprouva quelques difficultés à interpréter. Eh non, elle n'avait bu qu'un verre de vin ! Trônant sur le bureau, assise sur son derrière rebondi, agrippant ses plis de peau à deux mains, Mimi faisait sa toilette avec entrain. Les miettes de la gomme d'Hélène, rongée, l'entouraient, prouvant qu'elle n'avait pas perdu son temps en attendant le retour de la chercheuse. La seule chose percutante qui vint à son esprit (celui d'Hélène) fut :

— Ben, Mimi, qu'est-ce que tu fais là ?

La rate ne jugea pas nécessaire de répondre.

Un hurlement de bête égorgée les fit bondir. Mimi tourna la tête en tous sens, aux abois. Hélène la saisit et la fourra dans la poche de sa blouse avant de foncer en direction du cri à glacer le sang : le bureau des secrétaires. Une vision apocalyptique l'attendait. Mimi s'étant tassée au fond de sa poche, préférant ne rien voir.

Nadine Lasalle était assise sur son bureau, les genoux repliés sous son menton, agrippant ses cheveux cuivrés, le regard fou. Quant à Sylvie Boulanger, en pleine crise de nerfs, sanglotant et hululant, elle était parvenue à grimper en haut du meuble métallique dans lequel on rangeait les anciens dossiers. Une question idiote vint à Hélène : comment avait-elle fait pour monter là-haut ?

Tendant le bras, Sylvie éructa, au bord de l'évanouissement :

— Là, là… ca grouille !!!! J'vais vomir, j'vais vomir. Appelez les pompiers, la police, la sécurité !!!!

Hélène baissa les yeux. Une bonne trentaine de souris et de rats galopaient avec enthousiasme sur la moquette, reniflant de-ci, de-là, heureux de ce grand moment de découverte. Peut-être y avait-il une petite chatterie (terme malheureux pour des souris, préférons « gâterie ») à grignoter quelque part ?

L'un des rongeurs escalada la paraboot de la chercheuse, arrachant un râle d'agonie à Sylvie :

— Raggghhhh !!!! Elle va sauter, elle va sauter ! J'ai le cœur qui lâche. J'vais mourir… je sens que je vais MOURIR ! hurla-t-elle.

Hélène fut tentée d'y aller d'un petit cours. Rationnel, le cours. Notre aversion, notre terreur des rats et souris est un vestige des grandes épidémies de peste. Or la peste a disparu de nos contrées. De surcroît, elle se soigne, maintenant. Cela étant, elle sentit que le moment était peu propice à une telle mise au point, les deux femmes ayant basculé dans la crise de panique, irrationnelle, justement.

Géraldine Dumontet et Benjamin Laumonier surgirent :

— C'était quoi, ce hurlement inhumain ? J'ai cru que je me collais une crise cardiaque. Pas un nouveau meurtre, quand même ? demanda Géraldine, beaucoup plus avenante avec sa nouvelle coupe de cheveux.

— Non. C'est toujours ça. J'ai l'impression que les animaux se sont échappés de l'animalerie. Euh… vous pouvez vous occuper des filles, je fonce chercher des cages ?

Hélène enfonça littéralement la porte de l'animalerie. Une autre vision apocalyptique l'y attendait. Petite consolation : elle songea que si elle ne trépassait pas d'un infarctus du myocarde sur-le-champ, cela indiquait sans conteste que son cœur pétait la santé. Les grandes cages en Plexiglas gisaient au sol, pour certaines éventrées, toutes ayant perdu leur couvercle grillagé. La sciure couvrait le carrelage. Surtout, Loïc Leguen, le charmant zinzin animalier, était avachi dans un coin, son bonnet des Andes sur les genoux, le manche d'un scalpel dépassant de sa gorge. Des lettres carrées avaient été tracées sur son front, au feutre : MEURTRIER. Cherchant à se rassurer un peu en entendant le son de sa voix, elle murmura :

— Regarde pas, Mimi, c'est pas beau à voir. D'autant que tu l'aimais bien, Loïc. Merde, en pleine artère carotide gauche. Pourquoi n'a-t-il pas pissé le sang ?

Un « Bordel, je vais bousiller ce connard » retentit derrière son dos. Benjamin.

Dans un état second, les trois chercheurs, aidés par Adélaïde Lefrançois, Élodie et Mélanie Devernois, avaient poursuivi tous les rongeurs égaillés dans le labo pour les remettre dans leurs cages. Escortée de Nadine Lasalle, qui avait un peu recouvré ses esprits lorsqu'on lui avait jurécraché que plus un seul rat ne se baguenaudait dans les parages, Sylvie Boulanger était rentrée chez elle en taxi et en larmes.

L'inspecteur divisionnaire Benoît Levasseur retrouva Hélène Audibert hébétée dans son bureau, fumant une cigarette. Avant qu'il ait le temps d'ouvrir la bouche, elle para d'un :

— Pas le moment de me prendre la tête avec la clope. Trois personnes non fumeuses, avec de magnifiques poumons tout roses, viennent de se faire trucider de façon abominable. Moi, je suis toujours en vie ! Enfin… non fumeur dans le cas de Loïc, un terme peut-être abusif, mais en tout cas pas de tabac, mauvais pour les bronches ! À part cela, il planait la moitié de son temps de travail et comme il était à mi-temps…

— Quel genre de gars, ce Loïc Leguen ?

— Azimuté. Adorable, il s'occupait très bien des animaux. Un de ces jeunes sans aucune illusion, qui sait que le monde fonce dans le mur, et que même s'il se mettait sur la tête, ça ne changerait rien. Nous sommes vérolés par l'argent. Ça nous tuera. Tant pis. Mais les gros profiteurs inconscients qui s'en sont mis plein les poches en ravageant la planète et en exploitant la misère y passeront aussi.

— Ah… on est révolutionnaire ?

— Non, seulement logique. Permettez-moi une affligeante constatation : nous n'avons qu'un écosystème à notre disposition, la Terre, et nous sommes en train de la rendre invivable, au sens littéral.

— Cette mention sur son front, « meurtrier »… et si c'était lui qui avait dézingué les deux autres, une vengeance ?

— Loïc ? explosa Hélène. Vous rigolez des genoux, là ! Le gentil végétarien bouddhiste, en permanence à côté de ses baskets, qui bagarrait pour faire sortir une mouche sans la tuer parce qu'il s'agissait peut-être de la réincarnation de son arrière-grand-mère venue lui faire un petit coucou ?

— À ce point ?

— Au-delà !

— Ça faisait longtemps qu'il travaillait au labo ?

— Deux ans et demi environ, sous ma direction.

L'inspecteur divisionnaire réfléchit quelques instants puis demanda d'une voix incertaine :

— Vous ne pensez pas qu'il puisse s'agir d'un de ces mouvements hystériques de libération des animaux de laboratoire ?

— Rien à voir avec de l'hystérie ! Ils réagissent à des abus qui ont eu lieu, que ce soit dans les labos publics ou privés. Pas mal des gens se fichaient… pas sûre qu'il faille le mettre à l'imparfait… de la souffrance animale. Il ne s'agissait pas de sadisme, juste d'indifférence. Et même si certains de ces groupes ont saccagé, vandalisé des animaleries, sans jamais faire de mal aux animaux, ils n'ont tué personne, à ma connaissance. Lorsque j'étais étudiante, certains chercheurs seniors coupaient, sans anesthésie, la queue des rats, un petit bout, un plus gros bout, etc., pour les reconnaître dans les cages, alors qu'il suffit d'un feutre indélébile pour marquer leur fourrure. Vous passiez pour une mauviette et une foldingue lorsque vous protestiez.

— Vous aimez les animaux ?

— Beaucoup. J'aime la vie. Elle me bouleverse et elle me fascine. Dans ce labo, tout baigne (elle eut un sourire narquois), je suis responsable de l'expérimentation animale. Le premier qui dérape se mange une beigne et je le dénonce, sans l'ombre d'une hésitation. Il n'en demeure pas moins que les « descentes » de ces associations ont contraint à la réflexion. C'est en partie grâce à la prise de conscience qu'ils ont engendrée que la recherche a maintenant des chartes de bonne conduite envers les animaux, que les euthanasies sont très rapides et indolores, et que les modèles cellulaires se développent à toute vitesse.

— On ne peut pas tout tester sur les cultures cellulaires, d'après ce que j'en sais.

— Dans certaines recherches, l'animal est toujours indispensable. Toutefois, en attendant mieux, réservons-le à cela : l'indispensable, en le traitant avec le respect qu'on doit aux êtres souffrants.

L'œil de Benoît Levasseur s'arrondit. Un peu anxieux, il pointa du doigt vers la poche d'Hélène :

— Un rat, y'a un rat qui sort la tête !

Elle plongea la main, sortit la petite bête qu'elle embrassa sur le crâne :

— Oh, ma Mimi, je t'avais oubliée !

Assise dans sa paume, la rate se frotta la truffe de ses mains, pas contente de son séjour prolongé dans une poche de blouse. Hélène la posa sur le bureau et Mimi fonça examiner Levasseur qui se recula, demandant, pas trop rassuré :

— Elle ne va pas me sauter dessus ?

— Pourquoi vous sauterait-elle dessus ? Les animaux n'attaquent jamais sans provocation, sauf lorsqu'ils ont faim, qu'ils protègent leurs petits, ou qu'ils ont été dressés à la férocité par des humains. Pour en revenir à cette mention, selon moi, il s'agit d'un pathétique leurre. Loïc refusait d'euthanasier les animaux en surnombre, notamment les femelles, puisque nous travaillons presque toujours avec des mâles. Mauvais karma, selon lui. De surcroît, il n'a presque pas saigné, copie conforme des deux autres. Or, lorsqu'on pulvérise une artère comme la carotide, la victime se vide de son sang. Le volume sanguin d'un être humain est en moyenne de 5 litres. Ça fait beaucoup, même si le cœur s'arrête avant l'exsanguination complète. Toutefois, à raison de 60-70 battements cardiaques à la minute, je vous laisse imaginer la mare qu'on aurait dû retrouver. À l'évidence, le meurtre a eu lieu durant le déjeuner. On vous plante un scalpel dans la carotide, vous avez le temps de vous défendre, de hurler, de tenter de fuir.

— Les cages ont été renversées. Ça peut indiquer une lutte, argumenta le policier.

— Ma conclusion diverge. Loïc est tombé à la renverse, entraînant dans sa chute le haut portant sur lequel sont posées les cages.

— Ouais, ça peut aussi le faire, admit Levasseur.

— Écoutez, je ne suis pas médecin légiste, mais si quelqu'un ne saigne pas lors d'une blessure de ce genre, c'est soit qu'on a utilisé une brouettée de coagulants, or vos labos n'en ont pas retrouvé, soit qu'il était déjà mort, que le cœur s'était arrêté, donc la circulation sanguine aussi. Immobilisé, le sang stagne et coagule vite.

— C'est également l'avis de notre légiste, mais la toxico a été poussée au maximum. Elle n'a révélé la présence d'aucune substance toxique dans le sang et l'urine des deux premières victimes.

— Impossible. Il y a nécessairement une explication logique. Peut-être une molécule naturelle, je veux dire produite par l'organisme, donc plus difficilement repérable, je ne sais pas, moi !

— On va encore procéder à des analyses, mais je doute qu'on détecte un truc qui nous aurait échappé. Loïc Leguen, sa vie, vous avez d'autres infos ?

— À part les détails que je vous ai révélés, rien. Il passait la matinée dans les limbes, le MP3 vissé aux oreilles, chantonnant « bah-bah-beuh-didi », son bonnet des Andes enfoncé sur les oreilles. Des rares conversations pas mal déstructurées que j'ai eues avec lui, il ressort que, selon lui, tout était affaire de bonnes ou de mauvaises ondes. À part cela, il faisait très bien son boulot. Qui se trouvait au labo entre 12 h 30 et 14 heures ?

— Géraldine Dumontet travaillait avec Marie, sa DEA, dans leur labo. Elles n'ont rien vu, rien entendu de spécial.

— Oh, souffla Hélène au bord du désespoir, il y a de quoi se taper la tête contre les murs !

— Mon père disait « y'a de quoi se l'attraper et se la mordre », sourit Levasseur.

— Ça demande une agilité certaine. Ne sortez jamais un truc pareil à Charlotte. Contrairement à moi, c'est une femme d'une grande urbanité.

Elle vit son visage ramollir de sentimentalité. Il se leva et déclara :

— Je sais. J'aime. Promis, je vous réserverai mes grossièretés.

— À petites doses, quand même, plaisanta Hélène. Le mieux est souvent l'ennemi du bien.

Peu après le départ de l'inspecteur divisionnaire, un défilé eut lieu dans le bureau d'Hélène, chacun cherchant à savoir ce qu'elle avait pu apprendre, à l'exception, bien sûr, d'Éric Sylvestre. « Tripette ! » fut sa réponse générique.

Géraldine Dumontet la quitta en concluant :

— Tu crois pas qu'on devrait tous prendre un mini-congé sabbatique, genre un mois sans solde ? On va tous y passer.

— Non, certaines personnes n'ont rien à voir dans l'histoire et ne risquent rien, selon moi.

— Quelle histoire ?

— Pas la moindre idée, mais je vais trouver.

Deux minutes plus tard, Élodie, la DEA, frappa contre la porte ouverte. La mine triste, elle entra, referma la porte et s'approcha du bureau d'Hélène en murmurant :

— Madame… ça me fait beaucoup de peine pour Loïc. Il était inoffensif.

— Ben moi, ça me fait aussi de la peine, et en plus ça me casse franchement les pieds parce que je vois de moins en moins le lien. Enfin, pourquoi buter ce pétardeux qui ne devait lire que des BD pour enfants ?

— Pas du tout, madame, s'offusqua respectueusement Élodie. Loïc était lama.

On aurait annoncé à Hélène qu'en fait Édouard Delarue, qui ne s'était jamais remis d'avoir un jour égaré sa tétine, était le numéro 1 du Renseignement français qu'elle n'aurait pas été plus abasourdie.

— Pardon ? s'étrangla-t-elle. Lama… comme dans prêtre ?

— Bien sûr. C'est lui qui a fait connaître la méditation Lotus Lyhempo Takasi en France, avec sa sœur, Gwen, lama elle aussi.

Hélène se serait bien tapé un long whisky accompagné d'une cigarette. Perdue, elle demanda :

— Euh… comment savez-vous cela, Élodie ?

— Ce que Loïc racontait m'intéressait. Il m'a invitée au… temple, je crois que ça s'appelle ainsi. Il s'en occupait tous les après-midi, expliquant qu'il ne travaillait que le matin.

— Qu'en avez-vous pensé ?

— Eh bien… je ne suis pas certaine d'avoir tout compris. Ou plutôt, je suis sûre de n'avoir pas compris grand-chose. Cela étant, ça fait appel à des concepts sans doute intéressants. Questionnants.

Élodie lui communiqua l'adresse du temple.

Hélène décida aussitôt d'y aller, ne serait-ce que pour vérifier que le gentil Loïc, en permanence à côté de ses pompes et de celles des autres, était lama. Non qu'elle doutât des dires d'Élodie. Cependant, elle était moins crédule.

Hélène était convaincue de l'impact favorable de la méditation, qu'il s'agisse du stress, de l'immunité, donc sans doute du développement de certaines maladies. Pourquoi ? Parce que la chose avait été démontrée, scientifiquement, IRM et dosages à l'appui.

Elle appela Nathalie. Partante aussitôt.

— Oh, ça va être top. Ça m'intrigue depuis longtemps ces… je ne sais pas comment on dit… techniques ? philosophies ?

JOUR 14.

**Du lotus à l'illimitation,
il n'y a qu'un pas.**

Nathalie patientait devant l'immeuble putride qui hébergeait le temple de la petite famille Leguen lorsque Hélène apparut au bout de la rue.

Elles pénétrèrent dans un couloir sinistre qui puait la pisse centenaire et les poubelles pas souvent sorties. Sur une porte du rez-de-chaussée, une veille feuille jaunie, punaisée indiquait : « Lotus Lyhempo Takasi. Bienvenue amis-amis de 9 h à 20 h, la paix vous accompagne ». Hélène et Nathalie échangèrent un long regard perplexe et pénétrèrent dans une grande salle plongée dans une demi-pénombre. De la peinture noire barbouillait les fenêtres, empêchant la lumière extérieure de filtrer.

Un bruit de fond, grave, les accueillit : « hômmmmmm-mââââammmm ». Une odeur d'encens les saisit à la gorge. Une vingtaine de personnes étaient assises en position du lotus, tête baissée, mains sur les genoux.

— Qu'est-ce qu'on fait ? murmura Nathalie, un peu perdue.

— On essaie de trouver la sœur, Gwen.

Elles n'eurent pas à chercher très longtemps. Aussitôt, une jolie jeune femme se matérialisa devant elles, déclarant avec un immense sourire chaleureux :

— Suivez-moi, ne troublons pas le bien-être.

Elles lui emboîtèrent le pas, longeant un couloir étroit peint d'un rose pénible, à la queue-leu-leu, pour déboucher dans une minuscule cuisine qui faisait office de bureau si l'on en jugeait par les piles de papiers et l'ordinateur portable posés sur la table.

Nouveau large sourire :

— Visiteuses, vous êtes les bienvenues, amies-amies.

Ça commençait très fort pour Hélène. Nathalie, sentant que la chercheuse allait basculer dans la mauvaise humeur et risquait de balancer à cette jeune femme, au demeurant charmante, « Je suis pas votre amie. Même que je vous connais pas ! », prit les devants et, désignant Hélène, déclara :

— Mon amie-amie, ici, est… était la chef directe de votre frère Loïc.

— Quel bonheur pour lui, je me réjouis.

— De m'avoir eue comme chef ? s'étonna Hélène.

Il s'agissait là d'un compliment qu'on lui avait peu fait, jamais d'ailleurs, « insupportable emmerdeuse » étant davantage dans la norme.

— Non, son départ… la police vient de m'avertir.

— Euh… excusez-moi, nous ne sommes pas très familières de votre… euh… enfin, voilà… s'enfonça Nathalie. Voulez-vous dire que son décès vous comble ?

— Décès… Vos mots. Vos mots vous blessent. Il n'y a pas de mort…

— Si, on en a trois sur les bras, incontestables, je les aie vus, contra Hélène, laquelle perdait patience à la vitesse de l'éclair.

— Non… Vous ignorez le transfert de la mort vers la joie suprême, susurra Gwen, adorable.

— Ah ouais ! Alors là, complètement !

Sentant que le débat risquait de virer à l'aigre sous peu, Nathalie rama :

— Et votre… Lotus Lyhempo Takasi, c'est basé sur quoi ?

— Lotus Lyhempo Takasi est notre maître. Un Grand Éveille. Il s'agit d'une méditation dont le cœur, le noyau devrais-je dire, est fondé sur le méditatif. Nous plongeons dans le champ de notre conscience afin d'expérimenter l'être.

— Super ! Vous faites des ristournes pour les adhésions longue durée ? balança Hélène, peste.

— La méditation méditative, très novateur, quelle excellente idée, gazouilla Nathalie qui transpirait d'angoisse, sentant la femme de Neandertal poindre sous l'épiderme de son amie.

Neandertal, mauvaise image en ce qui concernait Hélène. En effet, Neandertal était placide, ce qui permit à *Homo sapiens*, plus faible, mais largement plus teigneux, de lui coller la pâtée et de dominer le monde. Non, Hélène était décidemment de l'espèce *Homo* très *sapiens*.

— Quel bonheur de vous voir, amies-amies. Nous cheminons, de la totale conscience au total éveil, afin d'accéder à l'illimitation. Voulez-vous me prendre par la main, me laisser vous conduire ?

— L'illimitation ?

— Oui, cette phase sublime où cessent vos limites. Joie, tout est joie.

Hélène regretta de ne pas s'être enfilé le whisky dont elle avait rêvé un peu plus tôt. Une erreur. Ne jamais remettre à plus tard ce qu'on pourrait faire aussitôt.

Contrairement à ce que pensait Nathalie, elle était au-delà de l'agressivité, ou même de la dialectique. On ne peut pas secouer tel un prunier une fille charmante et inoffensive au prétexte qu'on ne comprend pas un traître mot de ce qu'elle raconte. On est civilisé, quand même !

— Mademoiselle lama, pour en revenir à votre frère Loïc, lui connaissiez-vous des ennemis ? demanda donc la chercheuse, presque affable.

Un lent sourire étira les lèvres de Gwen, qui affirma :

— Vous semblez triste pour lui. Je vous en remercie, mais vous avez tort. Il est déjà sur le chemin du retour. Voyez-vous, l'enveloppe de lama Loïc était devenue trop étriquée pour lui puisqu'il parvenait au plein éveil…

Les souvenirs d'Hélène divergeaient également sur ce point. Loïc était en permanence assoupi et entre deux pétards. Pas sa conception du plein éveil. Cela étant, peut-être qu'éveil ne signifiait pas la même chose pour Gwen et pour elle.

— … Il l'a abandonnée. Il revient dans une autre enveloppe, plus propice.

— Hum-hum… Et des ennemis ? insista la chercheuse.

— Il n'y a d'ennemi qu'intérieur. Celui que nous hébergeons en nous.

— Ouais ? Causez-en aux multitudes de gens qui se sont faits, se font, se feront massacrer à travers le monde ! Vous risquez de faire un franc tabac, ne put s'empêcher d'ironiser Hélène. Non, la réincarnation n'est pas un super bon plan pour revivre, c'est la preuve que l'on n'est pas parfait, donc le devoir de souffrir encore dans une enveloppe charnelle avant la perfection, c'est-à-dire le non-retour. La paix ultime.

— Oh, amie-amie, vous savez cela ? Voyez, vous deviez venir. Une force vous a conduite jusqu'ici.

— Oui, un dingue qui bute tout mon labo, et j'ai la ferme intention de lui mettre des bâtons dans les roues avant qu'il y parvienne.

— Il faut tendre vers la réalité réelle. Abandonnons le virtuel réaliste, conclut Gwen.

Elle s'inclina devant les deux femmes, leur envoya des baisers et les planta là pour rejoindre le groupe des « hômmmmmm-mâââââmmmm ».

Hélène et Nathalie sortirent. Nathalie s'attendait à une explosion sur le mode « mais qu'est-ce que c'est que cette bouillie ? ». Ce qui suivit la scotcha dans ses escarpins.

— Pas bête du tout, son truc. Revenir à la réalité réelle, abandonner le virtuel réaliste.

— Aaaah, oui ?

— Hum… Sans doute inspiré du scepticisme grec. Ce qu'on voit, croit n'est pas la réalité mais une perception. Comme dans le film *Matrix*.

— Ça m'a fichu la trouille, ce film. Se dire que rien n'est vrai, réel.

— Je comprends ton sentiment. Ce genre de philosophie file le vertige. En fait, ça va au-delà. Si tu extrapoles, tout est fait dans nos sociétés pour nous plonger dans le virtuel réaliste, qui n'a que l'apparence de la réalité. Faux besoins, fausses envies, fausses peurs, fausses joies. Plein de fabrications virtuelles. Pourquoi ? Parce que, du coup, on dépense de l'argent et ça en fait gagner à d'autres, parce que ça nous distrait des choses importantes auxquelles on devrait réfléchir !

Hélène s'arrêta brusquement au bord du trottoir, plongeant dans sa tête. Bon, lorsque sa mâchoire inférieure pendait de cette façon, que son regard se vidait, bref qu'elle avait l'air d'un veau abruti, cela signifiait que ses neurones entraient en action. Se taire, attendre. Une longue minute plus tard, elle redressa la tête.

— C'est quoi le virtuel réaliste ?

— Du flan ? risqua Nathalie.

— Oui, du flan. De la prestidigitation. Faire croire à l'autre ce qui n'a aucune réalité. Et comment procède un bon prestidigitateur ?

— J'sais pas ! avoua Nathalie, de plus en plus perdue.

— Il attire l'attention ailleurs, pour la détourner de ce qui compte vraiment. Bref, de ce que la gentille Gwen appelle la réalité réelle. C'est ce que font tous les bonimenteurs, que ce soit pour nous amuser ou pour nous rouler dans la farine.

— Écoute, chérie, je ne suis pas certaine de te suivre.

— Moi non plus. Néanmoins, je crois que je viens d'avancer d'un grand pas. Cesser de voir ce qu'on me colle sous le nez. Voir enfin ce qui est là, mais qu'on tente de masquer. Hummmm… je me sens mieux. Elle est bien, cette mademoiselle lama Gwen. Un peu incompréhensible, mais bien.

— Pour l'instant, tu n'es pas trop compréhensible non plus, avoua Nathalie. Tu veux dîner avec Vincent et moi, ce soir ? Un peu de détente ?

— Mignon comme tout, mais non. Il faut que je réfléchisse.

Elles se quittèrent à la bouche de métro. Dès que Nathalie eut disparu dans les profondeurs parisiennes,

Hélène regretta d'avoir décliné son invitation. Elle n'avait aucune envie de rester seule. Elle tira son portable de son sac à dos.

— Frédéric ? Ouais, ça va… si, si… Un dîner chez l'Italien, ce soir, ça te branche ?

JOUR 14.

Ordre et organisation,
sans oublier une pincée de mauvaise foi.

Lorsque Hélène, pathologiquement ponctuelle, poussa la porte du restaurant Italien, il était 19 h 57. Trois minutes afin de s'installer, pour être assise à 20 heures tapantes, en dépit du fait qu'elle pariait que Frédéric serait, à l'habitude, en retard. De l'ordre, de l'organisation. Frédéric avait toujours eu un déroutant rapport avec les montres, du moins lorsqu'il ne les perdait, ni ne les cassait. Avec toutes les machines, d'ailleurs. Il appartenait à cette catégorie d'utilisateurs qui refusent de lire un mode d'emploi, certains qu'ils convaincront l'appareil que leur logique est bien meilleure. Hélène se souvenait d'interminables et exténuantes discussions, lors desquelles elle finissait toujours par s'emporter.

— Mais pourquoi faudrait d'abord appuyer sur ce bouton-là ? argumentait son ex.

— Parce que c'est écrit dans le mode d'emploi !

— Oui, mais pourquoi ? Moi, j'pense qu'on devrait d'abord enfoncer l'autre.

— NON !

Frédéric avait décrété une fois pour toutes que sa montre était la grande fautive. Soit elle avançait et il n'était donc pas en retard, soit elle retardait et c'était la raison de son retard. La quadrature du cercle à lui tout seul.

Quelle ne fut donc pas sa surprise lorsque Gianni se porta à sa rencontre, aux anges de la revoir :

— Monsieur Frédéric est arrivé, annonça-t-il. Quel bonheur, madame Hélène, de vous recevoir tous les deux.

Éternel romantique, Gianni, le patron de ce restaurant qu'ils avaient beaucoup fréquenté du temps de leur court mariage, espérait toujours une nouvelle union de ces anciens tourtereaux, au prétexte que « Ah, l'amore, l'amore, che bella cosa ! »

Dès qu'il la vit, Frédéric se leva, un sourire radieux aux lèvres. Ils se firent la bise pendant que Gianni fonçait chercher leurs kirs, offerts par la maison. Comme la dernière fois qu'ils avaient déjeuné ensemble, son ex tira de son vieux sac à dos une boîte noire enrubannée, la passion d'Hélène pour le chocolat archi-chocolaté n'étant un secret pour personne. Il crut bon de souligner :

— J'ai retrouvé le paquet tout de suite, juste avant de partir.

— Ça mérite une médaille ? Tu l'avais posé sur la table de la cuisine ou du salon, bref bien en vue, non ?

— Euh… oui… Sachant que son désordre galopant faisait partie de leurs pommes de discorde, il biaisa : Comment tu vas ? T'aurais pu m'appeler, quand même, reprocha-t-il, mignon.

— Cool.

— Alors ça, c'est ce que tu réponds quand ça ne va pas.

Gianni posa leurs apéritifs devant eux et prit leur commande : antipasti et côtes de veau au vinaigre, le menu qu'ils avaient toujours partagé du temps de leur union.

— Vas-y, l'encouragea son ex dès que le patron fut reparti.

— Je t'assure, tout baigne, mentit Hélène, peu convaincante.

— Et l'enquête au sujet de Lambin, ça avance ?

Un peu embêtée, Hélène piqua sauvagement du bout de sa fourchette un petit cracker qui ne l'avait même pas provoquée. Lorsqu'elle l'eut réduit en miettes, elle finit par admettre :

— Ben... on va dire que ça s'est compliqué. Un peu.

— Oh là ! Je crains le pire.

— Non, non...

— « Compliqué » dans quel sens ?

— Dans un sens assez morbide... Elle termina son kir et se lança : Y'a eu deux autres victimes.

— Hein ?

— On dit « comment ? » ou « pardon ? ».

Ils s'interrompirent le temps que Gianni dépose leurs magnifiques assiettes d'antipasti, prouvant un net favoritisme par rapport aux autres clients.

— Pardon ? reprit Frédéric sur le même ton.

— Virginie Franchet, l'ingénieur de Benjamin Laumonier, a été poignardée en plein cœur et... ce matin, l'animalier, Loïc Leguen... un scalpel planté dans la carotide.

Tentant de ne pas s'énerver, son ex demanda :

— Et tu ne pouvais pas me prévenir ?

Hélène fit une nouvelle et éblouissante démonstration de son talent pour la mauvaise foi :

— Si… d'ailleurs, j'ai failli… Euh… toutefois, je n'allais pas te casser les pieds avec des problèmes… internes au labo.

Se contraignant au calme, une entreprise de plus en plus ardue, Frédéric rétorqua d'une voix métallique :

— Tu te fous du monde, là ? « Des problèmes internes au labo ? » C'est un synonyme pour « meurtres » ?

— J'ai l'impression que tu prends les choses un peu trop à cœur, tenta Hélène, pas trop fière d'elle.

— N'essaie pas de m'entourlouper. Je te connais.

Elle crispa la bouche, feignant, assez mal, l'indignation.

— Pas du tout, pas du tout.

— Ma femme bosse dans…

— Ex-femme, l'interrompit-elle et pointant une fourchette menaçante vers lui, ce qui n'eut pas l'air de l'impressionner.

— Mon ex-femme bosse dans un labo de fondus parmi lesquels se dandine un tueur psychopathe et je ne devrais pas être mis au courant ?

Se raccrochant à ce qu'elle pouvait, elle contra :

— Nous ne sommes pas des fondus ! Quant au tueur, il n'a rien à voir avec un psychopathe, j'en mettrais ma main au feu. Justement, c'est pour cela que je t'ai appelé.

Il la regarda, perplexe, un peu déçu aussi puisqu'il avait cru qu'elle avait simplement envie de le voir. Elle reprit :

— Je crois qu'un créatif serait utile : il apporterait une autre vision.

— Je veux bien essayer, mais moi, les trucs policiers… je préfère la fantasy.

Hélène s'énerva :

— Tu m'excuseras, mais Merlin l'Enchanteur, les mondes parallèles, les maîtres du mal ou les gentilles dragonnes, ça se fait pas trop dans les labos !

— Bon, bon, raconte.

Elle lui narra tout en détail au cours des minutes qui suivirent, presque amusée par sa concentration. Lorsqu'elle eut terminé, il demeura silencieux quelques instants puis :

— Et alors ?

— Et alors quoi ?

— Où j'interviens, qu'est-ce que tu veux que je te dise ?

— T'as pas une idée ? insista-t-elle, dépitée.

— Si, identiques aux tiennes. Ces trois victimes ont un lien. Ou elles ont gravement indisposé le tueur et il s'est vengé, ou alors elles savaient quelque chose qu'il veut tenir secret, ce qui nous ramène à ce qu'a confié Virginie à la femme du médecin.

— Non, parce que, de toute évidence, dans ce cas il s'agissait d'un truc qui pouvait porter préjudice à Lambin, or c'est lui qu'on a buté. Quant à l'histoire d'une vengeance, je n'y crois pas trop. Loïc, le gentil lama planant, n'a sans doute jamais ulcéré quiconque, et je doute que Virginie ait eu beaucoup d'ennemis acharnés.

Songeur, Frédéric enroula une fourchetée de spaghettis. Soudain, sautant du coq à l'âne, une autre habitude qui rendait folle Hélène, il déclara :

— Super-intéressant, ce qu'elle t'a dit cette lama, Gwen, sur le virtuel réaliste. La théorie me fascine, surtout quand on la pousse : rien de ce qu'on croit voir n'existe. Le monde n'existe pas, c'est une illusion, une projection de nos esprits et…

La paraboot de la chercheuse partit sous la table pour atterrir sur le tibia de Frédéric. Ce coup vicieux lui arracha une plainte.

— Et ça, ça existe ? Tu peux revenir à ici et maintenant ? On remettra la réalité du monde en cause demain, si ça ne t'ennuie pas. Là, on se débat avec trois cadavres, et s'il s'agit d'une illusion, elle est vachement convaincante !

— Tu as toujours été trop rivée au réel, se défendit son ex.

— Ça fait une moyenne avec toi.

— C'est pour cela qu'on se complétait admirablement, ma chérie, plaisanta-t-il.

Plaisanterie qu'Hélène jugea douteuse, pour ne pas dire tendancieuse.

— Jusqu'au jour où tu m'aurais poussée vers la dépression nerveuse, balança-t-elle, hargneuse.

Frédéric jugea plus prudent de revenir à leur discussion.

— Un détail m'intrigue… Admettons : ces trois personnes connaissaient un secret qui mettait le tueur en danger et il s'en est débarrassé. Quand tu crains que ton secret soit dévoilé, tu ne mollis pas.

— Où veux-tu en venir ?

— Virginie a été tuée cinq jours après Lambin. Cinq autres jours se sont écoulés avant que Loïc y passe à son tour.

Hélène plissa les paupières d'attention :

— Et ?

— Lent, le rythme. Virginie et Loïc avaient largement le temps de baliser et de se mettre sous protection de la police en déballant tout. Donc, selon moi, ils ont appris tardivement ce que le tueur cherchait tant à cacher. Ou alors, celui-ci a mis un certain moment à identifier les gens au courant de son secret.

— Ah ouais, pas mal, docteur Watson.

— Loïc travaillait au labo depuis longtemps ? voulut savoir Frédéric.

— Deux ans et demi, à peu près.

— Il s'intéressait aux gens, au labo ? Le genre curieux, fouineur ?

— Oh, pas du tout. Je ne suis même pas certaine qu'il se soit un jour rendu compte qu'il travaillait dans un labo ! Le modèle grand adepte de la fumette, qui plane en permanence et qui n'a aucune chance de redescendre un jour parce qu'il a perdu l'itinéraire vers la planète Terre et le plancher des vaches, précisa Hélène.

— Donc, pas le gars à aller fouiller dans des dossiers ou les mémoires d'un ordinateur ?

— Vraiment pas, affirma Hélène en terminant son verre de vin. Il arrivait le matin dans l'animalerie, on ne le voyait pas et il repartait à 14 heures. Il déjeunait sur place en vitesse. Normal, quand tu ne manges que du tofu et des graines germées et que tu bois du thé au beurre de yak, c'est pas fastoche à trouver au resto-U ou dans les bistrots du coin.

— En conclusion, il a vu ou entendu quelque chose par hasard. Ou alors, le secret est, comment dire... perceptible dans l'animalerie.

— Mais t'es super-bon ! s'extasia Hélène, sincère.

Un sourire conquis éclaira le visage de Frédéric.

JOUR 15.

La réalité réelle est-elle miscible dans le café au lait ?

À 8 heures le lendemain matin, Hélène fonça dans le 20e arrondissement. La porte du « temple » était fermée. Elle jeta un coup d'œil soupçonneux à l'escalier qui grimpait vers les étages. Une impressionnante couche de saleté, de graisse noirâtre, de « elle ne savait trop quoi et préférait continuer à l'ignorer » recouvrait les marches de bois. Bon, elle ne s'assiérait pas. Pas envie de choper le tétanos ou une mycose, ou tout autre affreux machin.

Elle patienta une bonne vingtaine de minutes dans le couloir sombre jusqu'à ce qu'une silhouette pousse la porte de l'immeuble. Hélène se redressa. Enfin, la lama Gwen ? Raté ! Un type d'une crasse repoussante avança en titubant dans sa direction. Des remugles de sueur et de mauvaise vinasse fouettèrent les narines d'Hélène qui réprima un haut-le-cœur. Il bafouilla :

— Alors la p'tite mignonne ? On a besoin de compagnie ? T'as pas un peu d'blé, j'boirais bien un café.

— J'en doute, rétorqua Hélène.

Il faudrait tout de même que certaines personnes peu subtiles se rendent compte que la dame plantée en face d'eux en a déjà ras la frange et qu'elle va verser dans l'exécrable humeur si on continue à charger la mule ! Tel ne fut pas le cas de son interlocuteur qui tendit la main et l'agrippa par l'imperméable, plus pour se retenir que par agressivité. La rage bouillonna en Hélène. Bon, elle ne pouvait pas le mordre : à tous les coups, elle attrapait une quinzaine de maladies, toutes plus répugnantes les unes que les autres. Elle ne pouvait pas non plus le repousser avec violence : étant donné son état d'ébriété avancée, il risquait de tomber à la renverse et de se fracasser le crâne. Elle hurla :

— Tu me lâches, DuGenou, parce que tu vas te manger un pain sévère !

— Pas zentil, pas zentil, bredouilla l'autre qui ne manifesta aucune intention d'obtempérer.

Soudain, une voix guillerette retentit dans le dos du gars :

— Ami-ami, Loulou. La dame n'a pas envie de jouer. Laisse-la.

Aussitôt le poivrot lâcha l'imperméable. Un sourire aux lèvres, il se tourna :

— Lama, lama… pas zentille, la dame.

— C'est qu'elle ne te connaît pas. Allez, va faire un petit tour.

Le gars imbibé disparut, à la surprise d'Hélène.

— Amie-amie, vous êtes revenue. Joie, joie. Tout est joie.

Hélène, soulagée de ne pas en être venue aux mains avec le Loulou, décida de prendre les choses avec calme, en espérant obtenir de Gwen des infos exploitables.

— Mademoiselle lama… je peux vous offrir un café, un crème quelque part ?

— Oh, c'est très mauvais. Ces excitants contribuent à notre nervosité…

M'aurait étonnée, pesta Hélène en son for intérieur. Inutile de lui demander si elle pouvait s'en griller une. À tous les coups, l'autre se trouvait mal.

— … En revanche, je peux vous offrir une infusion de thym.

Chouette ! Juste ce dont elle avait toujours rêvé ! Prête à tous les sacrifices, elle lança :

— Bien volontiers.

Elle suivit donc Gwen le long du couloir rose qui menait à la petite cuisine. L'autre s'affaira autour d'une bouilloire en s'enquérant :

— Que souhaitez-vous, amie-amie ?

Elle commençait à lui taper sur les nerfs avec ça.

— Je m'appelle Hélène.

— Joli prénom, amie-amie.

Encore raté !

— Mademoiselle lama, j'ai besoin de votre aide.

— Toute l'aide dont vous avez besoin est en vous.

Elle n'allait pas s'en sortir avec cette fille.

— Certes, je m'applique à la voyance extra-lucide, sans grand succès jusque-là.

L'autre la considéra, très intéressée.

— Certains périples sont plus longs que d'autres, certaines portes de conscience, plus lourdes à pousser.

— Hum-hum… Justement, une… porte de conscience me résiste pas mal…

Bourrique de porte !

— … lama Loïc vous aurait-il parlé de quelque chose ayant trait à son travail… matériel au labo ?

Gwen lui tendit une tasse de terre dont s'élevait une vapeur odorante et pas si repoussante que l'aurait parié Hélène. Agréable, même.

— Il évoquait souvent ces petits êtres enfermés dans des cages. Et ceux que vous tuiez…

— Non, on ne tue pas. On euthanasie.

— Peut-être, mais vous n'avez pas le droit, contra Gwen avec une grande gentillesse. Vous interrompez leur voyage, leur cycle. Loïc communiquait avec eux, à l'écoute de leur principe immatériel. Il essayait de les consoler. Une enveloppe charnelle de rat ou de souris, n'est pas la plus faste.

— Je vois.

Un sourire amusé éclairait le joli visage de Gwen qui déclara :

— Amie-amie, vous ne voyez pas puisque vous ne vous servez que de vos yeux. Loïc m'avait parlé de votre rate Mimi. Vous discutez avec elle, c'est donc que vous lui prêtez quelque chose de plus qu'aux autres rongeurs.

— Non. Toutefois, quand tous les gens du labo m'ont bien pris la tête, c'est la seule qui me détend et m'amuse. Écoutez, Gwen, la réalité, qu'elle soit réelle ou pas, me rassure. Donc, la science. Je n'ai sans doute pas envie de songer que je risque d'être réincarnée en rat de laboratoire. Or, dans cette réalité, il faut arrêter un tueur. (Elle eut une idée brillante.) Je vous rappelle qu'il a interrompu le cycle de Loïc. Et ça, c'est moche !

— Pas faux, admit l'autre. Cependant, nous discutions peu de son travail. Certaines choses le blessaient, mais nous ne jugeons jamais et nous intervenons le moins possible, sauf lors d'une souffrance d'un frère ou d'une sœur. Des petits êtres avaient disparu.

— Disparus ? Comment cela ? Euthanasiés ?

— Volatilisés.

— Mademoiselle lama, aucun rongeur ne se volatilise de MON animalerie, rectifia Hélène. Tout est organisé à la perfection. Récemment ?

— Non. Lama Loïc ne savait pas au juste quand. Mais ça l'avait troublé. Ah... Il aimait beaucoup une des femmes du labo. Une amie-amie, selon lui. Une très belle aura. Après beaucoup d'hésitation, il lui avait raconté la disparition des petits êtres, pensant qu'elle avait peut-être une explication.

Hélène sentit qu'elle allait apprendre un élément crucial.

— Quand ? Qui cela ?

— Oh, sans certitude, je dirais il y a deux semaines. Je ne me souviens pas du nom de cette amie-amie.

— Une très belle aura au labo ? Y'en a pas tant que cela. Virginie Franchet ?

— Oui. Vous avez aussi été séduite par son aura.

Soudain triste, Hélène dit :

— En effet. Son cycle a également été interrompu.

Elle eut beau questionner encore Gwen, il fut vite évident que la jeune femme n'en savait pas davantage. Cependant, elle l'avait grandement aidée. L'étau se resserrait. À la fureur brouillonne qui habitait Hélène depuis des jours se substitua une rage froide.

Dans le métro qui la conduisait au labo, elle en vint à une conclusion sidérante : elle aurait été assez tentée par l'harmonie bienveillante qu'elle avait sentie en Gwen et en Loïc, la fumette en moins. Manque de bol, puisqu'elle sur-sécrétait des louches d'adrénaline en un clin d'œil, elle avait peu de chances d'y parvenir. Même pas en rêve ou dans mille ans. D'autant que, selon elle, un plat de lentilles au tofu ne remplacerait jamais une côte de bœuf à la moelle.

Dès qu'elle eut enfilé sa blouse, elle fonça dans l'animalerie, remise en état. Difficile de penser qu'un meurtre s'y était déroulé, et pourtant, elle revoyait le pauvre Loïc. Aussitôt, un remue-ménage dans la grande cage, une petite truffe rosée qui apparaissait entre les barreaux du couvercle. Mimi l'avait sentie. Elle sortit la rate et la posa sur la longue table de préparation, lui demandant :

— T'as un principe immatériel, toi ? De qui il vient ?

Mimi la considéra avec le plus grand sérieux et bâilla à se décrocher la mâchoire. Hélène joua quelques minutes avec la petite bête. Le jeu, toujours le même, consistait à déplacer un crayon rapidement, crayon que Mimi pourchassait dans le but de le ronger. Ça la changeait des pellets de nourriture, dont la dureté était conçue pour qu'elle s'use les incisives, puisque les dents des rongeurs poussent continuellement. De toute façon, en rate délicate et sensée, Mimi préférait les gâteaux, le jambon, les fruits et le fromage à son alimentation super-équilibrée. Pour avoir un jour goûté un des pellets, Hélène lui donnait raison.

La chercheuse la replaça dans sa cage et détailla l'animalerie. Elle récupéra le grand registre dans lequel elle exigeait que soient consignés les naissances suivies du sexe, les euthanasies, le nombre d'animaux par cage numérotée, les expériences en cours avec le nom de l'expérimentateur, leurs dates de début et de fin, les substances éventuellement testées. De l'ordre, de la méthode. Le registre dans les bras, elle allait sortir de la pièce, lorsqu'une pensée la retint. Si ce qu'elle cherchait se trouvait bien entre ces pages, si le tueur l'apercevait, elle risquait de finir de façon brutale et pas agréable. Bon, elle allait vider une des grosses boîtes à archives de son bureau et fourrer le registre dedans afin de le sortir discrètement de l'animalerie. Elle le replaça donc sur l'étagère et se dirigea d'un pas martial vers son antre.

Lorsqu'elle revint cinq minutes plus tard, le registre ne se trouvait plus où elle l'avait posé. Elle retourna l'animalerie. Il avait disparu.

Hélène se serait volontiers collé une baffe. Deux, même. Elle se destina un chapelet de noms d'oiseau, tous soulignant sa crucherie. Puis elle parcourut le labo au pas de charge, entrant dans les bureaux et les labos sans même lancer un bonjour, à seule fin d'établir la liste des personnes présentes. Ne manquait que Nadine Lassalle. Un suspect de moins, toujours ça de gagné.

Ne sachant trop quoi faire, elle appela l'inspecteur divisionnaire afin de lui relater les derniers événements.

— C'est vraiment bête pour le registre.

— Vous me pardonnerez cette menue faiblesse, mais je n'ai pas trop envie de me faire découper en rondelles, riposta-t-elle, mauvaise.

— Ne le prenez pas mal, mais, si ça se trouve, la solution est dedans.

— Non, pas si ça se trouve. On ne l'aurait pas volé sans cela. Ce qui implique que cette histoire tourne autour des rongeurs. Loïc et Virginie se sont fait tuer parce que le premier avait compris et qu'il s'était confié à la seconde. Si ça se trouve, Virginie a commis l'imprudence d'acculer le meurtrier, et il s'est débarrassé d'elle.

— Et Lambin ?

— Je ne sais pas. Peut-être avait-il aussi découvert le pot aux roses ?

— Il ne faut à aucun prix que ce registre quitte le labo. Pour l'instant, dans l'attente de la décision du juge, je ne peux pas faire grand-chose. J'envoie un de mes gars qui se postera à la porte du labo. Il demandera à ceux qui sortent d'ouvrir leurs sacs et sacoches. Ceux qui refuseront seront suspects.

— Je peux refaire le tour des popotes. J'exige d'inspecter le contenu des sacs et autres. Ceux qui ne veulent pas me prennent en pleine figure.

— Mauvaise idée.

— Pourquoi ?

— Parce qu'il ne faut surtout pas que cette personne détruise le registre. Or c'est ce qu'elle fera si elle vous voit sur le sentier de la guerre.

— Il s'agit d'un épais registre à couverture cartonnée. Ça ne se détruit pas si facilement.

— C'est toujours non. Je le sens mal. Écoutez, j'obtiens un mandat et ce soir, vous m'attendez et on fouille tout le labo. L'idée, c'est que le coupable, voyant le policier en faction devant la porte, planque le registre dans un coin. Donc, bien sûr, vous ne parlez à personne de la perquisition.

— Je ne suis pas idiote, protesta-t-elle.

— Non, mais vous avez parfois une perception inquiétante de la réalité, rétorqua Benoît Levasseur.

Ils devenaient pénibles, tous, avec leurs réalités, réelles, irréelles, ou virtuelles !

Son bureau faisant face à la porte sécurisée, Hélène tenta d'épier les faits et gestes de ses petits camarades au moment de leur départ. En vain. Elle ne vit personne effectuer un rapide demi-tour en apercevant le policier de faction, ni refuser d'ouvrir sac ou cartable. Cela étant, le gars était planté devant la porte depuis une heure de l'après-midi et tous l'avaient vu. D'autant que, à l'instar de nombre de ses collègues, même déguisé en Garfield ou en Betty Boop – plus difficile à imaginer étant donné sa carrure, son cou de taureau et ses fières bacchantes –, il aurait toujours eu l'air d'un flic.

Il était 20 h 30 lorsque l'inspecteur divisionnaire Benoît Levasseur fit enfin son apparition. N'ayant grignoté qu'un mini-paquet de mini-madeleines pour tout déjeuner, Hélène avait l'estomac dans les talons, et son envie d'un whisky bien tassé virait à l'obsession. Les nutritionnistes sont marrants ! Cinq fruits et légumes par jour, qu'ils disent. Est-ce qu'ils les mangent, eux, d'abord ? Pas trop gras, pas trop salé, pas trop sucré. Pratiquez régulièrement un peu de sport. Une seule personne du labo avait appliqué le conseil en joggant et en soulevant des haltères. Lambin. Mort. Certes, elle l'admettait, mort en très bonne santé. Pour le reste, Hélène attendait de pied ferme un mode d'emploi circonstancié et cohérent lui expliquant comment on pouvait manger équilibré lorsqu'on soutenait un rythme effréné, que les seuls aliments aisément disponibles se résumaient aux gâteaux et autres barres aux céréales du distributeur, et que le moindre menu du jour dans un troquet voisin revenait à une quinzaine d'euros, et encore, en n'ayant pas trop d'exigences qualitatives. Quant au resto-U auquel pouvait accéder le personnel des labos avoisinants, il fallait compter environ une heure de queue pour le bonheur d'ingérer, perplexe, des aliments qui avaient indiscutablement la forme et la couleur de denrées classiques mais en possédaient rarement le goût.

— 'Lut, marmonna Levasseur en déposant un sac en papier blanc devant elle.

Méfiante, elle l'ouvrit et en extirpa un sandwich pain de mie saumon fumé, un brownie et une canette de soda light.

— Vu la taille du labo et comme nous ne serons que quatre, ça risque de durer. Vaut mieux se restaurer un peu.

Ah, il était vraiment bien ce gars ! Le petit côté nounou ajoutait un plus. Certes, pas le genre expansif ni poilant, mais son métier ne devait pas encourager à la franche rigolade tous les jours.

— Sympa, merci. Vous n'auriez pas une flasque de whisky ?

— Non, désolé.

Pédagogue, mais un peu inconscient, il ajouta :

— Le prenez pas mal, mais l'alcool, il faut y aller mollo. Un, deux verres de bon vin à l'occasion. Toutefois, ça peut devenir traître.

Oh bonhomme, tu vas être servi avec Charlotte, qui saoulerait un corps de garde à elle toute seule, en étant encore capable d'entonner La Traviata *sans fausse note !*

— C'est gentil de vous inquiéter de ma santé, déclara-t-elle.

Elle expédia le sandwich et le brownie en un clin d'œil puis revint sur ses déductions et celles de Frédéric. Levasseur l'écoutait avec une attention presque déplaisante, le regard rivé sur elle. Intriguée, elle demanda soudain :

— Vous êtes myope ?

— Euh… non.

— Aucun défaut de vision ?

— Non, vraiment.

— Pourquoi vous fixez les gens de cette façon ?

Un sourire.

— Il s'agit d'une technique efficace avec un peu d'entraînement. Lorsque quelqu'un va passer à l'attaque, son regard le trahit avant ses gestes. Et puis, ça déstabilise. Le problème revient ensuite à trier les innocents timides et impressionnables des menteurs.

— Ça marche à tous les coups ?

— Non, il y a d'extraordinaires menteurs, pas si répandus que ça, toutefois. Les plus dangereux sont les gens antipathiques : on a tendance à ne pas les croire alors qu'ils disent la vérité.

— C'est pour cela que j'aime la science. Objectif. Au fond, je n'aurais pas voulu devenir flic. Le pire de l'humain en petite culotte sale tous les jours. Beurk !

— Je me fais parfois la même réflexion, plaisanta-t-il.

Ils furent interrompus par la sonnerie de la porte sécurisée.

— Ah… les renforts, annonça Levasseur en se levant pour aller ouvrir.

Deux jeunes femmes à l'allure agréable firent leur apparition. Levasseur les présenta :

— Anna Garcia et Mégane Olivier.

— Oh, la police deviendrait-elle féministe ? ironisa Hélène.

— La police est pragmatique. Vous voulez concevoir un système de sécurité infaillible, vous souhaitez une fouille imparable, entre autres ? Les femmes arrachent, même si certains éléments masculins sont bons aussi. Quand mes sœurs planquaient une tablette de chocolat, je ne réussissais jamais à la trouver.

— À quoi ça tient une vocation, hein ? balança Hélène en se moquant ouvertement de lui. Bon, on y va ? Si on n'y passait pas la nuit, je n'en ferais pas une maladie.

— Docteur, y a-t-il des choses dont nous devons nous méfier ? Problèmes de sécurité ? s'enquit Mégane d'une voix plaisante.

— Oui, tout ou presque. Vous n'ouvrez aucun flacon, aucune bouteille. Vous ne plongez les mains dans rien sans gants. Vous ne tournez aucune manette au risque de faire exploser l'immeuble. De toute façon, je serai à vos côtés.

Elle leur décrivit ensuite le grand registre noir.

Tous enfilèrent des gants de latex. Un quart d'heure plus tard, Hélène admettait la justesse du raisonnement de l'inspecteur divisionnaire. Alors qu'il s'activait à retourner placards et tiroirs de bureaux avec la délicatesse d'un troupeau d'éléphants mécontents, soufflant d'agacement, les deux enquêtrices avançaient avec une méthode qui ravissait la chercheuse, n'épargnant rien, quadrillant les pièces à elles deux. En esthète de l'organisation, Hélène, détailla la façon dont elles procédaient. Elles partaient toujours du centre de la salle, rayonnant de façon symétrique, l'une au sud, l'autre au nord. Ouais, classe ! Peut-être donnaient-elles des cours particuliers aux gens qui perdaient leurs lunettes, leur carte bancaire, leur montre, leur portable entre la baignoire et le lavabo ? Frédéric ferait un élève de choix – sauf qu'il était irrécupérable. De plus, ces deux dames étaient gentilles comme tout. Hélène n'avait donc aucune raison de leur infliger un tel supplice.

Il s'écoula trois bonnes heures. Personne ne semblait proche de la crise nerveuse, sauf elle. Tout le monde restait calme, posé, professionnel, s'interrogeant avec civilité, alors qu'elle aurait volontiers filé des coups de pieds dans toutes les portes pour se défouler. Avec des sandales chouchou, c'est risqué. En revanche, avec des paraboots on peut y aller franchement. Elle avait faim, sommeil, elle en avait marre. Elle décida d'aller bouder quelques minutes dans son bureau et de s'en griller une.

Les fesses posées sur le rebord de son bureau, elle aspira une longue bouffée. Soudain un bruit, une sorte de frottement accompagné d'un grincement métallique. Le cœur d'Hélène fut victime d'une douloureuse embardée. LE BRUIT ! Poing brandi, elle se rua dans le couloir et pila devant Anna qui la regardait, un peu surprise.

— Docteur... ? Ça va ?

Hélène se plia pour dissiper la douleur qui lui broyait la poitrine et retrouver son souffle.

— Voui, voui... on ne peut mieux, bafouilla-t-elle.

— C'est dangereux ce qu'il y a là-dedans ? demanda Anna en désignant une énorme bonbonne rouge munie d'un long flexible métallique et montée sur roulettes.

— Non, pas du tout. Si, très.

Soudain, elle s'époumona :

— Levasseur, ici, tout de suite !

L'inspecteur divisionnaire surgit d'un labo et rejoignit au pas de charge les deux femmes, dont sa collègue qui songeait que, décidément, les chercheurs n'étaient pas des gens tout à fait normaux.

— Quoi, quoi ?

— J'ai trouvé ! Quelle crétine, mais quelle crétine ! J'aurais dû y penser plus tôt.

— Quoi ? quoi ? répéta Levasseur.

— Choc thermique. Congélation ultra rapide. – 196 °C au mieux.

— Expliquez !

— La congélation lente, type votre freezer, peut abîmer les membranes des cellules. Aucune importance dans le cas d'un steak ou d'un poireau que vous n'avez pas l'intention de… ressusciter, si je puis dire. Gros ennui dans le cas de cellules expérimentales, de bactéries, ou même de spermatozoïdes pour les fécondations *in vitro* que vous devez récupérer vivants une fois décongelés. On applique donc une congélation quasi instantanée avec de l'azote liquide, – 200 °C minimum, ou plutôt maximum. C'est froid. Très froid. Je vous rappelle qu'un congélateur domestique est réglé à – 20 °C.

Hélène se pencha et récupéra le flexible. Elle en visa Levasseur en faisant mine de basculer la manette qui le terminait et commenta :

— Un puissant jet d'azote liquide. Vous claquez en quelques secondes. À mon avis, les victimes ne se sont pas méfiées un instant. Tout le monde traîne en permanence cette bonbonne pour congeler des échantillons biologiques. C'est le bruit des roulettes que j'ai entendu le soir où Virginie a été assassinée.

— Et comment on pourrait le prouver ? Je veux dire, la cause de la mort ?

— Sur un être humain entier, je n'ai pas de certitude. En revanche, comme je vous l'ai dit, la congélation lente provoque la formation de gros cristaux de liquide intracellulaire qui peuvent endommager les membranes des cellules. Avec la congélation ultra rapide, on obtient des minicristaux qui n'abîment rien ou pas grand-chose. Il suffit de vérifier l'intégrité des membranes.

— Je transmets au légiste. Bravo, là, je crois qu'on vient d'avancer d'un grand pas. Toutefois, ma liste de suspects s'allonge.

— Pourquoi ?

— Parce que votre hypothèse, très convaincante, ne sous-entend aucune force physique particulière. Le tueur peut-être une tueuse.

— Un prestidigitateur mâle ou femelle, parce que tout le reste, la décapitation, le poignard, le scalpel, tout était de la mise en scène pour nous éloigner de la vérité.

— Tout juste, approuva Levasseur. On se recolle à la fouille ?

Hélène, toute bouderie volatilisée, acquiesça d'un mouvement de tête et passa une nouvelle paire de gants de latex.

Ils pénétrèrent dans le labo de Benjamin Laumonier. Il s'écoula encore une demi-heure jusqu'à ce qu'Anna, à quatre pattes, pousse une exclamation victorieuse en brandissant le gros registre, glissé sous la haute armoire de rangement du bureau de Benjamin.

Sans même attendre une question, Hélène assena :

— C'est pas lui.

— Pourquoi ?

— Je vous rappelle qu'il était en congrès au Japon lors des deux premiers meurtres.

Mégane intervint :

— Ça pourrait être un parfait alibi. Lointain en plus. Il prétend qu'il part, mais reste en France pour commettre ses crimes, ou alors il rentre plus tôt. Même chose pour votre patron, Édouard Delarue, prétendument à la campagne le jour du meurtre de Lambin.

Décidée à défendre Benjamin – qu'Édouard se débrouille ! –, Hélène ne réfléchit qu'une seconde :

— Bon… Il a dit que ce n'était plus confidentiel. Benjamin et Virginie étaient amants et comptaient se marier. Ils s'adoraient. Personne n'était au courant.

Anna prit la suite :

— Qui dit qu'il ne s'agit pas d'un gros mensonge pour détourner les soupçons ? Virginie Franchet n'est plus là pour affirmer le contraire.

Ils l'agaçaient, ces trois flics. Toujours à voir le mal partout ! Mais elle avait de la ressource !

— Selon moi, le carnet ne portera aucune empreinte digitale, ou alors les miennes, celles de Loïc et peut-être celles du meurtrier. Mais je vous parie votre poids en marshmallows que vous n'y retrouverez pas celles de Benjamin, qui n'avait aucune raison de s'en servir.

— Si le meurtrier est aussi futé que je le pense, il aura effacé toutes les empreintes. Surtout si Laumonier est bien notre homme.

De ses doigts gantés, Mégane feuilletait avec délicatesse le registre posé sur le bureau. Elle déclara :

— C'est normal qu'il manque une page ? Déchirée.

— Que non ! répondit Hélène en se penchant. Tous les cahiers de labo ont des pages numérotées. Quand on rature, la ligne barrée doit toujours être lisible et il est interdit de supprimer des pages. Surtout pour retrouver une erreur lors d'une manip. Parfois pour vérifier.

— Donc, le meurtrier a arraché la page incriminante et l'a détruite ou est sorti avec, facile à dissimuler, résuma Anna.

Un sourire carnassier étira les lèvres de la chercheuse et elle tapa dans ses mains de satisfaction.

— Je ne saisis pas trop la raison de votre jubilation, observa Levasseur d'un ton accusateur.

— Grave erreur de sa part, murmura Hélène. D'abord, j'ai une mémoire d'éléphant. Ensuite, je vais retrouver le contenu de la page manquante grâce à ce qui suit ou précède.

Mégane tourna une page et remarqua :

— Attendez, *a priori*, ce qu'il y avait sur cette page remonte à deux ans, un peu moins. Faudrait avoir une sacrée mémoire, en effet.

— J'ai encore mieux que ça, gloussa Hélène, si mauvaise que l'inspecteur divisionnaire s'attendit au pire. Je ne sais pas si le gentil lama planant sera réincarné, mais il vient de nous filer un sacré coup de pouce par-delà la tombe. Du moins ses pétards.

— Je vous suis de moins en moins, grommela Levasseur.

— Ainsi que je vous l'ai expliqué, il était en permanence entre deux fumettes.

— Pas au labo, quand même ? s'indigna Mégane.

— Jamais rien senti de suspect. En revanche, avant et après, ça ne laisse aucun doute dans mon esprit. En d'autres termes, je me méfiais quand même de ses capacités de concentration. Loïc avait l'habitude de tout griffonner sur des bouts de papier, des Post-it. Une fois tous les quinze jours, quand il semblait un peu redescendu, j'exigeais qu'il recopie tout dans le carnet et je conservais les brouillons pour contrôle.

— Vous n'êtes pas du genre confiant, remarqua Levasseur.

— Venant de vous, ça ne manque pas de sel, rétorqua-t-elle. Et où qu'y sont les mignons brouillons ?

Ils la dévisagèrent et elle les sentit près à se ruer dans la direction qu'elle indiquerait.

— Dans une chemise, dans mon bureau. Je garde tout, ça peut toujours servir.

— Bon, ben on y va ! ordonna l'inspecteur divisionnaire.

— Ça va pas se faire en cinq minutes. Il faut tout pointer.

Levasseur consulta sa montre et précisa :

— Même pas deux heures du matin. On a tout notre temps. Libérons nos deux efficaces complices. À deux, ça devrait suffire.

— Bon, on conserve le registre pour savoir ce qui est inscrit avant et après, décida Hélène.

— Attention aux empreintes ! s'inquiéta Levasseur.

— Je ne vais pas baver dessus et y appliquer tous mes doigts ! s'insurgea la chercheuse.

Les deux jeunes femmes les saluèrent et disparurent.

— Je vous offre un petit café, docteur ?

— Non, deux. Vous savez, bien sûr, qu'il n'y a pas d'heures sup' pour les chercheurs. Quant aux récupérations, faut pas rêver, bougonna-t-elle, pour la forme.

De fait, jamais elle n'aurait lâché le morceau se sachant si proche du but. D'ailleurs, elle n'avait plus sommeil. Certes, un bon whisky n'aurait pas été superflu.

Il partit à rire :

— Si je comptais toutes mes heures supplémentaires et les vacances que je n'ai pas prises, la retraite serait proche.

Ils burent leur café en silence avant de passer à l'attaque. À la bouche en cul de poule de l'inspecteur divisionnaire, Hélène sut qu'il tournait autour du pot pour lui poser une question d'ordre personnel. Elle songea qu'il aurait fait un exécrable joueur de poker. Trop transparent en matière de sentiments et d'émotions, le Levasseur.

— Je n'ai pas eu de nouvelles de Charlotte depuis quelques jours. Elle va bien ? Euh… elle m'a donné la permission d'utiliser son prénom.

— Je n'allais pas me trouver mal devant cette ahurissante familiarité, plaisanta-t-elle. Je suppose que vous êtes un grand garçon ?

— Euh… en effet.

— Alors, passez-lui un coup de fil. Idéal pour prendre des nouvelles.

— Euh… en effet.

— Bon, on passe aux choses sérieuses ?

Elle sortit une épaisse chemise verte d'un tiroir et étala devant eux un monceau de petits papiers, feuilles arrachées, Post-it couverts de la grosse écriture enfantine de Loïc, en déclarant :

— Voilà. Ne reste plus qu'à les classer par ordre chronologique. Je suggère qu'on fasse des tas par année, puis on ordonnera ceux de 2008, puisque la page arrachée remonte à fin juin de cette année-là.

Ils s'activèrent une bonne demi-heure, au bout de laquelle quatre monticules s'élevaient devant eux. Hélène retrouva vite les papiers concernant le mois de juin 2008.

Calculette en main – à nouveau gantées, les mains –, comparant les brouillons de Loïc et le registre, Hélène additionna toutes les naissances des mois précédents, les euthanasies et les rongeurs impliqués dans des expériences.

Soudain, elle abattit son poing sur le bureau en éructant :

— Oh bordel ! Loïc avait raison. Douze rats ont disparu du registre.

— Et, et ? la pressa Levasseur.

— Douze ! C'est un joli lot, bien rond. Les lots expérimentaux ou témoins sont en général de six ou de douze.

Elle feuilleta le registre, remontant dans le temps, vérifiant les protocoles expérimentaux. Nouveau cri :

— Lundi 28 janvier 2008, début d'une manip visant à vérifier l'absence de génotoxicité d'une substance X4, mise au point par les laboratoires Synthéxéno, encore non brevetée, d'où le fait que le nom chimique n'est pas indiqué. L'expérience incluait 3 lots de douze rats, un lot témoin ne recevant pas la substance, un lot la recevant à raison de 5 mg par kilo de poids corporel et un lot à 10 mg/kg. La manip devait durer six mois. Date d'euthanasie prévue, le vendredi 27 juin 2008. Une manip de Stéphane Lambin et Mélanie Devernois.

— C'est quoi, génotoxicité ?

— Des substances ou des rayonnements capables d'endommager l'ADN, le matériel génétique, donc éventuellement de provoquer un cancer.

— Ah ouais, mauvais !

— Juste.

— Qu'est-ce qui a pu se passer, selon vous ?

— Je commence à avoir une petite idée dans le genre bien cradingue. Attendez… Stéphane prenait ses vacances en juin.

Elle arracha ses gants et les fourra dans la poche de sa blouse puis sortit en trombe de son bureau et revint deux minutes plus tard avec une liasse de feuilles. Elle lui en tendit une en annonçant :

— Vacances du personnel, 2008.

Il la parcourut et souffla :

— Lambin, deux dernières semaines de juin. Rentré mardi 1er juillet. Et ça vous suggère quoi ?

— Mélanie Devernois a sacrifié les animaux seule, sans témoin.

— Et c'est interdit ?

— Pas si on est honnête. Mais Mélanie voulait tellement signer ses articles… Or si la substance se révélait toxique, Synthéxéno, qui finançait la recherche, la retirait purement et simplement et demandait à ses chimistes de mettre au point une autre molécule plus prometteuse. Tintin, les publications. En plus, dans son affreuse petite tête, Mélanie a dû penser que si elle leur offrait des résultats agréables, elle avait une chance d'être embauchée chez eux dans l'éventualité où elle n'aurait pas de poste de chercheur dans le public.

— Et donc ?

— Selon moi, les rats qui recevaient la plus grosse dose de X4 ont révélé sa génotoxicité. Devernois les a fait disparaître et les a remplacés par des rats du stock. Il lui fallait quand même les échantillons biologiques, ne serait-ce que pour les montrer à Stéphane.

— Les rats du stock ?

— Ceux qu'on garde au cas où un chercheur aurait besoin de rats un peu âgés.

— Une fraude ? s'indigna l'inspecteur divisionnaire. Et une fraude super-grave. Ça arrive vraiment, des trucs pareils ?

— Mais vous tombez de Mars, ou quoi ? Bien sûr que ça arrive, en général pour des choses bien moins graves, heureusement. Et encore, la France est très préservée.

— On est plus honnête ? ironisa-t-il.

— Non, on est fonctionnaires ! Mal payés, mais payés chaque fin de mois. En d'autres termes, que nos résultats ravissent ou pas l'industriel qui finance la recherche, et qui risque de l'arrêter, donc de fermer le robinet à crédits si son produit n'est pas à la hauteur de ses espérances, on touche quand même notre salaire. Ajoutez à cela qu'un directeur de DEA ou de thèse, c'est aussi fait pour ça : fliquer les résultats. Sauf qu'elle est vraiment rusée, la Devernois !

— Plus pour longtemps, comptez sur moi. Il ne me manque que quelques preuves. Ça devrait être plus simple maintenant. Je vous raccompagne chez vous.

— Non, il est presque trois heures du matin et je n'arriverai pas à dormir. Je vais m'assoupir un peu dans mon bureau.

— Pas d'ânerie. Méfiez-vous d'elle. Et surtout pas un mot.

Hélène croisa les bras, incrédule :

— Vous me prenez vraiment pour une godiche ?

— Oh non ! Je vous prends pour une femme bien. C'est un gros désavantage face à certaines personnes. Les tueurs, par exemple. J'embarque le registre, pour recherche d'empreintes.

Après son départ, Hélène poussa au trois quarts la porte de son bureau et éteignit le plafonnier. Il fallait des preuves à l'inspecteur divisionnaire ? Elle allait lui en trouver. Au moins une. Aux aguets, certaine d'avoir vu juste, elle attendit. Une longue heure s'écoula, durant laquelle Hélène s'interdit de fumer afin de ne pas se faire repérer à cause de l'odeur de fumée. Justicière, un vrai sacerdoce ! Le déclic de la porte sécurisée la fit bondir et son cœur battit la chamade. On se calme. Mélanie était menue et, elle, de taille à l'aplatir comme une crêpe, d'autant qu'elle connaissait maintenant son mode opératoire : la bonbonne d'azote liquide. Or celle-ci ne passait pas inaperçue. De plus, Hélène n'avait aucune envie de l'affronter, de la saisir par la blouse et de la secouer jusqu'à ce qu'elle avoue. Elle souhaitait juste obtenir sa première preuve.

Elle s'efforça de patienter quelques instants, autant pour récupérer une fréquence cardiaque normale que pour permettre à Mélanie de recouvrer le registre qu'elle avait glissé sous l'armoire de Benjamin. Le raisonnement d'Hélène avait été le suivant : prise de court en découvrant le policier en faction, Mélanie avait paré au plus pressé en arrachant la page révélatrice. Toutefois, elle était assez intelligente pour se douter que ce manque alerterait un jour quelqu'un et probablement Hélène Audibert, chargée de l'animalerie. Même sans les brouillons de Loïc et sans cette page, il suffisait de reprendre tout le registre pour découvrir l'impardonnable supercherie. Un gros travail, pas impossible toutefois. Il fallait donc que Mélanie récupère le fameux carnet et qu'elle le fasse disparaître au plus vite. Cette nuit.

Hélène fonça dans le bureau de Benjamin. À sa grande surprise, Mélanie ne s'y trouvait pas. Elle poussa la porte du labo illuminé de Stéphane. Personne. De plus en plus décontenancée, elle avança de quelques pas. Un infime crissement derrière son dos. Elle bondit vers l'avant alors qu'un jet glacial s'écrasait sur sa blouse. L'azote liquide. Elle s'accroupit, mettant la paillasse entre elles. Mélanie déclara d'une voix un peu ennuyée :

— Ça ne sert à rien. Vous allez mourir, comme les autres. Bon débarras. J'aurais dû vous tuer cette nuit-là, juste après Virginie. Hurlant soudain : Vous me cassez les pieds, tous !

Hélène avait perdu toute sa superbe. Même qu'elle pétochait pas mal. Elle ne résisterait pas dix secondes à une bonne douche d'azote liquide, notamment si Mélanie visait les artères et les veines du cou, ainsi qu'elle le supposait. Mais quelle gourde ! Levasseur lui avait pourtant conseillé de la mettre en veilleuse. Toujours faire confiance aux professionnels ! Bon, gagner du temps. Essayer de trouver un plan Z pas trop débile pour sortir du labo, si possible en vie. Manque de chance, Mélanie et sa bonbonne étaient plantées devant la porte.

— Et Stéphane, il avait découvert les manip bidons ?

Le regard affolé d'Hélène faisait le tour de la pièce, à la recherche d'une arme, de n'importe quoi. Rien, il n'y avait rien d'utilisable contre une tueuse dans ce fichu labo. Encore un coup de Stéphane !

D'une voix légère, presque éthérée, trahissant la nana vraiment frappée, Mélanie expliqua :

— Bof, dans son cas, il s'agit d'un ensemble d'événements fâcheux. Disons qu'il a commencé à avoir des doutes. J'étais passée à côté d'une très légère génotoxicité sur le lot à 5 mg/kg. On ne peut pas être toujours parfaite. Bien sûr, il s'est demandé pourquoi elle avait totalement disparu du lot qui recevait double dose. Il voulait reproduire l'expérience.

Hélène leva la tête avec prudence pour détailler les étiquettes des produits alignés sur la paillasse et l'étagère qui la surmontait. Allez, un petit coup de bol sous forme d'acide sulfurique ou chlorhydrique ou de soude, ou même d'acide acétique pur.

— Sale type mais pas complètement pourri, donc. Pardon, Stéphane ! Du coup, votre carrière était terminée avant d'avoir commencé. Dans notre milieu, on pardonne une erreur, jamais une fraude.

— Si, pourri. Il m'a sautée plus d'un an en me promettant un contrat de post-doc. Jusqu'à ce que je découvre qu'il faisait du plat à une fille de la protéomique. Je ne l'intéressais plus. Je lui avais pondu des papiers et il n'avait qu'une hâte : que je dégage pour recruter l'autre. J'ai compris qu'il n'y aurait aucun contrat, aucun poste. Il était normal qu'il paie. Et cet abruti de Loïc qui berçait les animaux avec des chants tibétains s'est rendu compte qu'il manquait des rats. Et il a fallu qu'il en parle à Virginie. C'est leur faute ! Ils n'avaient qu'à pas se mêler de mes affaires.

Elle était complètement fondue. Inutile d'espérer la raisonner, sur le mode lénifiant : « Mais c'est pas si grave que ça, trois meurtres abjects et prémédités. Ça peut s'arranger au petit poil, si vous êtes mignonne avec moi et que vous me laissez sortir saine et sauve... » Trouver une arme, et plus vite que ça ! Le regard d'Hélène fit à nouveau le tour de l'étagère, de la paillasse. Rien. Elle se souvint alors qu'elle avait exigé que les bases ou acides dangereux soient rangés dans des placards à ras du sol pour minimiser les risques de projections en cas de chutes. Bravo, Hélène, quand il faut accumuler les idioties, t'es la championne ! Un grincement. Mélanie se rapprochait de la paillasse en tirant la bonbonne. Réfléchir. Réfléchir, mais vraiment très vite.

Son regard tomba sur le seul flacon de verre à portée. NaCl, chlorure de sodium, du sel de cuisine, pas vraiment une bonne vieille grenade, ni même un Taser. Un autre grincement. Hélène se redressa brusquement, brisa le col du flacon sur le rebord de la paillasse et balança son contenu au visage de Mélanie, plantée à moins de deux mètres d'elle. L'autre hurla en lâchant le flexible métallique. Le sel lui brûlait les yeux. D'un coup de pied, Hélène repoussa la bonbonne à l'autre bout du labo et se rua vers la tueuse. Mettant en pratique les conseils d'Emma, elle lui balança de toutes ses forces son poing dans le plexus solaire. Mélanie se plia en gémissant. Ne sachant plus ce qui dominait chez elle, de la rage ou de la trouille, Hélène cogna partout où elle le pouvait, jusqu'à ce que la thésarde s'écroule. Elle récupéra un gros rouleau de scotch dans le bureau attenant et entreprit de saucissonner celle qui avait eu la ferme intention de la tuer et qui geignait, à demi assommée :

— Mes yeux, mes yeux, je vais devenir aveugle !

Lorsqu'elle eut transformé Mélanie en momie scotchée, l'épuisement post-adrénaline lui tomba dessus. Elle lutta contre l'envie de s'affaler au sol.

Mélanie Devernois pleurait en gémissant. Hélène alla chercher une pissette d'eau distillée et ordonna :

— Ouvrez les yeux. Un bon rinçage devrait suffire.

Jours 19 à 21, bref, le week-end et le lundi suivants.

N'exagérons rien : tous les jours ne sont pas des galères… mais presque.

Le week-end, au cours duquel toutes ses amies s'étaient relayées pour la baby-sitter, la requinquer, la nourrir et l'abreuver dans le cas de Charlotte, avait fait un bien fou à Hélène.

Frédéric était passé le dimanche midi, charriant un gros sac du traiteur thaï, une bonne bouteille de bourgogne, sans oublier un bouquet de roses jaunes, les fleurs préférées d'Hélène, et un petit nounours roux, au cou enrubanné. Certes, elle avait un peu passé l'âge des peluches, d'autant qu'elle ne se souvenait pas avoir manifesté une passion enfantine à leur égard, mais l'attention était charmante.

C'est donc tout à fait ragaillardie qu'elle débarqua au labo ce lundi matin-là. La surprise la cloua lorsqu'elle pénétra dans son bureau. Un autre énorme bouquet de fleurs l'attendait, accompagné d'une carte signée de tous. Si, si, même d'Éric Sylvestre. Se succédaient de petites phrases qui émurent la chercheuse : « Merci », « Ça sert d'avoir un caractère de cochon », « Ça nous aurait quand même fait de la peine que tu te fasses trucider », « Bravo pour ton courage », etc. Seul Éric s'était fendu d'une semi-pesterie, sans doute plutôt cordiale : « T'es sûre que c'est pas toi qui les attire ? »

C'est donc réjouie qu'elle frappa à la porte du bureau d'Édouard Delarue. Lui aussi semblait avoir repris du poil de la bête. Il se leva et l'accueillit avec une salve de compliments, si outrés qu'elle se méfia aussitôt.

— Ah, Hélène, mon héros... enfin, mon héroïne ! Quel courage, quelle maîtrise, quelle perspicacité ! Sans toi le labo sombrait. Merci, merci mille fois...

Trop, là !

— ... Bon, oublions toute cette sinistre histoire et retournons à nos recherches. En paix.

— Édouard, la teneur de cette lettre que tu as brandie sous le nez de Stéphane ?

Il rougit jusqu'à la racine des cheveux et bafouilla :

— Aucune importance... enfin, vraiment, maintenant...

— Qu'est-ce qu'elle contenait pour que tu trouves le courage de te rendre chez lui ?

Prétendant l'indignation, il se défendit :

— Enfin, n'insiste pas ! Il s'agissait d'une chose... privée.

Rien n'est privé quand quelqu'un se fait buter. Alors trois personnes... Comme tu le sais, maintenant, Levasseur et moi sommes aussi potes que si nous avions partagé nos bavoirs. Il n'y a pas plus crampon que ce gars. Tu as le choix. Tu me dis la vérité. Je vois si ça concerne les meurtres. Dans le cas contraire, tu as ma parole que ça restera entre nous, même si on s'engueule gravement un jour.

Elle perçut sa panique et, étrangement, une sorte de colère.

— Ta parole ? vérifia-t-il.

— Ferme et définitive.

— Cet enfoiré de Stéphane a envoyé une lettre à maman… Tu aurais vu ce tissu d'ordures… J'étais un puceau dégénéré, un incapable, je tirais la couverture à moi parce que j'étais infoutu d'obtenir des résultats tout seul, tout le monde me détestait, si j'avais un peu de dignité, je quitterais le labo…

Les larmes montèrent aux yeux d'Édouard ; Hélène, affolée à l'idée d'essuyer une autre crise de sanglots de son boss, cria :

— Ah non, on ne pleure pas ! On est un grand garçon !

— Maman était… dévastée. Je crois que c'est la première fois de ma vie que j'ai eu envie de cogner quelqu'un.

— Saine réaction, approuva Hélène. Ma devise : tu m'en mets une, je t'en colle deux. Ce truc de tendre l'autre joue, je l'ai jamais senti.

— J'ai foncé chez lui. Ce lâche a refusé de me recevoir.

— Justement, c'était plutôt un pétochard et un sournois, Stéphane. Je ne comprends pas pourquoi il a écrit une telle lettre. Tu pouvais le traîner en justice.

— Et prendre le risque que tout le monde se gondole avec le « puceau dégénéré » ? Il savait très bien ce qu'il faisait.

— Ça cadre si mal avec lui. Pourquoi ?

Un gros soupir lui répondit, puis :

— Tu sais comme il léchait les bottes de tout le monde.

— Sauf les miennes. Il les prenait dans le pif et il ne l'ignorait pas.

— N'empêche, il a réussi à apprendre que j'avais émis un jugement plus que réservé sur son passage au grade de directeur de recherches. Il était le dernier des chercheurs seniors à être toujours chargé de recherches. Ça le rendait dingue. Je ne l'ai pas fait par vacherie ou parce que je le trouvais faux cul, mais à cause de sa médiocrité scientifique.

— Terme exact.

— Qu'est-ce que tu vas décider ? s'inquiéta Édouard.

— Rien. J'ai déjà oublié la teneur de notre conversation. (Elle sourit, vacharde.) Bien contente qu'il n'ait pas obtenu le grade de directeur de recherches, tiens !

Se rendant soudain compte qu'elle évoquait un mort, même un mort provenant d'un vivant antipathique, elle corrigea :

— Enfin, paix à son âme quand même. Cela étant, je n'ai jamais compris pourquoi il fallait respecter des défunts qui n'avaient jamais été respectables de toute leur existence.

Hélène travailla d'arrache-pied jusqu'à midi, dans le vain espoir de récupérer son retard. Marre des cadavres ! C'est pas sain et ça fait perdre un temps fou, notamment ceux qu'un tueur a la discourtoisie et le mauvais goût de semer sous vos pas.

Le souvenir de Virginie, souriante, cherchant toujours à accommoder les uns et les autres, puis celui de Loïc, les pompons de son bonnet des Andes se balançant au rythme de ses mouvements, douchèrent aussitôt sa mauvaise humeur. Une vague de tristesse l'envahit. Même pour Stéphane. La haine qu'elle éprouvait pour Mélanie flamba. Cette tordue avait abattu trois personnes, dont deux précieuses aux yeux d'Hélène, tout cela pour couvrir sa fraude, laquelle si elle n'avait pas été découverte à temps, pouvait se solder par la mise sur le marché d'une substance aux effets potentiellement ravageurs.

Un coup de poing assené contre la porte de son bureau la fit sursauter. M'enfin, les gens ne pouvaient pas frapper normalement ? Elle beugla, mécontente :

— Ouais ?

La porte fut propulsée et une brassée de nanas hilares hurla :

— Ta-da !

Ses cinq amies se serraient dans l'encadrement à la manière de sardines en boîte, parlant toutes à la fois, au point qu'il était impossible de les comprendre.

Nathalie : « On a beaucoup hésité, mais… »

Emma : « Non, parce que je ne voulais pas que tu nous refasses le coup des sushis cuits, la honte… »

Marie-Hortense-Dominique : « Moi, j'étais pour le menu caviar-champagne, mais elles m'ont traitée de snob… »

Juliette : « Le but, c'était quand même de te faire plaisir… »

Charlotte : « Je vais encore prendre 300 g et cette crétine de balance qui parle ne va pas me rater demain matin… »

Un cri, celui de Nathalie,

— Tie-break, tie-break.

Toutes se turent, à l'exception de Juliette qui protesta faiblement :

— Tu m'écrases, MHD.

Nathalie reprit :

— MHD connaît un super-restau près de Rungis, genre le repaire des bouchers qui savent ce que le mot « viande » signifie. Côte de bœuf en entrée, bœuf aux carottes en plat principal et hachis Parmentier en dessert, plaisanta-t-elle. Les légumes sont archi-variés : frites, pommes de terre sautées, pommes dauphine, pommes en robe des champs, purée. Bref, ton menu de prédilection. Allez, allez, hop, Tu t'habilles et on fonce !

Hélène les regarda et déclara, trop émue pour s'étendre :

— Je vous adore, les filles !

Un cri multiple lui répondit : « Nous aussi, nous aussi, nous aussi, nous aussi, nous aussi… »

Grand format, 18,90 €

Format poche, 6,90 €

CINQ FILLES, 3 CADAVRES
MAIS PLUS DE VOLANT
Andrea H. Japp

Cinq copines partagent depuis toujours leurs déboires professionnels et sentimentaux : Emma, la blonde pulpeuse en mal d'enfant, Nathalie, la mère au foyer qui vient de se faire plaquer, Hélène, la tête chercheuse qui a fait de son absence de diplomatie une arme redoutable, Charlotte, la psy qui finit toujours par coucher avec l'un de ses patients, et enfin Juliette, l'esthéticienne qui dorlote une clientèle masculine triée sur le volet.
Le jour où Charlotte découvre un cadavre enchaîné au volant de sa voiture, elle panique et appelle immédiatement ses amies à la rescousse. Très vite, elles échafaudent un plan mais se retrouvent prises dans des histoires qui les dépassent largement, d'autant plus que d'autres cadavres s'en mêlent et que le premier a disparu…

Quand la reine du crime s'attaque à la *chick lit*, autant dire qu'on s'amuse drôlement et qu'on tourne les pages aussi vite qu'on engloutit un macaron !

Andrea H. Japp est l'auteur d'une vingtaine de romans, de recueils de nouvelles, de scénarios pour la télévision et de bandes dessinées. Elle est aujourd'hui considérée comme l'une des « reines du crime » françaises.

DITES-MOI QU'ELLE EST VIVANTE
Anne de Pasquale

Disparue. Volatilisée. Les mots, vides de sens, résonnent dans la tête d'Ellen lorsqu'elle raccroche le téléphone. Jamie, sa fille de 14 ans, en vacances à Paris, n'a pas donné signe de vie depuis dix jours.
Quelques semaines plus tard, la police conclut au pire. Cependant, Ellen refuse de perdre espoir alors que son mari semble admettre la mort de Jamie. Seule, elle décide de continuer les recherches. Pourtant, le danger rôde, car elle est plus proche de la vérité qu'elle le croit…

Pourra-t-elle retrouver sa fille avant qu'il ne soit trop tard ?

Anne de Pasquale est américaine. Elle vit en France depuis de nombreuses années. Comédienne, au cinéma et à la télévision, auteur de chansons et de musiques, interprète également, coscénariste de quarante moyens métrages, elle signe ici son premier roman.

HUSH
Ce que vous ne dites pas peut vous tuer...
Kate White

Ses yeux étaient ouverts. Sa bouche s'était immobilisée en un rictus. Et sur son cou, du sang s'écoulait d'une longue balafre.
Au matin de sa première nuit avec le docteur Keaton, avec qui elle travaille dans une clinique d'insémination artificielle, Lake Warren s'éveille au côté d'un cadavre. C'est le début de la descente aux enfers.
Pour ne pas risquer de perdre la garde de ses enfants, elle doit se taire, mentir à la police et découvrir elle-même la vérité. Bientôt, d'inquiétants indices viennent – littéralement – s'amonceler devant sa porte. Lake comprend alors qu'elle est dangereusement proche des secrets sordides de la clinique et de Keaton. Mais peut-elle encore faire machine arrière ?

« Un suspense oppressant » - *Cosmopolitan USA*
« Un thriller acéré » - *New York Daily News*

Kate White, rédactrice en chef du magazine *Cosmopolitan* américain, a reçu le prestigieux Matrix Award 2003 de la presse magazine. Sa série de polars consacrés à Bailey Weggins figure parmi les meilleures ventes outre-Atlantique. Elle est également l'auteur de *Blonde létale* chez Marabout.

BLONDE LÉTALE
Kate White

« Tout avait commencé par une coïncidence. Pas une de ces coïncidences glaçantes qui vous donnent l'impression que quelqu'un vient de piétiner votre tombe. En fait, je me suis par la suite rendue compte que l'appel téléphonique que j'avais reçu cette nuit-là, à la fin de l'été, n'était pas si imprévisible que cela. Mais, sur le coup, il m'avait laissé sans voix. Et, bien entendu, il marqua le début d'une série d'évènements atroces. »

Une comédie doublée d'une énigme policière, avec des suspects et des mobiles à foison, et un suspense qui vous tiendra en haleine jusqu'à la dernière page…

Kate White habite New York. Elle est rédactrice en chef du *Cosmopolitan* américain. Elle est aussi l'auteur de nombreux best-sellers.

Pour l'éditeur, le principe est d'utiliser des papiers composés de fibres naturelles, renouvelables, recyclables et fabriquées à partir de bois issus de forêts qui adoptent un système d'aménagement durable.

En outre, l'éditeur attend de ses fournisseurs de papier qu'ils s'inscrivent dans une démarche de certification environnementale reconnue.

Photocomposition Nord Compo

Imprimé en France par CPI Brodard & Taupin

Pour le compte des Éditions Marabout.
Dépôt légal : Mars 2011
ISBN : 978-2-501-06508-5
40.5401.1
Édition 01
N° d'impression : 61734